中国俄罗斯侨民文学
及其所蕴含的中国元素

吴彦秋 著

南开大学出版社
NANKAI UNIVERSITY PRESS

天 津

图书在版编目(CIP)数据

中国俄罗斯侨民文学及其所蕴含的中国元素 / 吴彦
秋著. － 天津：南开大学出版社，2025.3. － ISBN
978-7-310-06685-8

Ⅰ. I512.06

中国国家版本馆 CIP 数据核字第 2025WF0020 号

中国俄罗斯侨民文学及其所蕴含的中国元素
ZHONGGUO ELUOSI QIAOMIN WENXUE JIQI SUO YUNHAN DE ZHONGGUO YUANSU

南开大学出版社出版发行
出版人：刘文华
地址：天津市南开区卫津路 94 号　　邮政编码：300071
营销部电话：(022)23508339　营销部传真：(022)23508542
https://nkup.nankai.edu.cn

天津泰宇印务有限公司印刷　全国各地新华书店经销
2025 年 3 月第 1 版　　2025 年 3 月第 1 次印刷
230×170 毫米　16 开本　15 印张　2 插页　209 千字
定价：72.00 元

如遇图书印装质量问题,请与本社营销部联系调换,电话:(022)23508339

　　本书为浙江省哲学社会科学规划课题"中国俄罗斯侨民文学及其所蕴含的中国元素研究"（课题编号：23NDJC325YB）的研究成果

序

我怀着无比激动的心情，为我的硕士生、得意门生，台州学院外国语学院副教授——吴彦秋的专著《中国俄罗斯侨民文学及其所蕴含的中国元素》撰写序文。

这部专著是对中国俄罗斯侨民文学研究领域的一次深入探索，也是对中俄文化交流史的一次重要梳理。

中国俄罗斯侨民文学作为世界和俄罗斯文学史上的一簇奇葩和中俄文化交流史上的瑰宝，不仅具有极高的学术价值和文化价值，还承载着两国人民之间的深厚友谊。

中国俄罗斯侨民文学是我学术生涯中的一个重要方面，从1967年开始我一直致力于中国俄罗斯侨民文学遗产的发掘与研究。这些文学遗产，因为是"白色"的，所以在新中国成立后曾被禁止出版，在"文化大革命"期间又被当成"封资修"垃圾扔掉了。我从垃圾里搜集了它们，并在改革开放后出版了"中国俄罗斯侨民文学丛书"（中文版5卷本）、"中国俄罗斯侨民文学丛书"（俄文版10卷本）。在此基础上，我的论文集《李延龄文集》也作为学术研究成果得以出版。此外，我提出了"哈尔滨白银时代""哈尔滨批判现实主义"等与中国俄罗斯侨民文学研究相关的重要理论。

于是，我在国际上被称为这一研究领域的领先者、领衔者。许多外国学者专程来到中国与我切磋中国俄侨文学问题。俄罗斯阿穆尔州作家协会主席伊戈尔·伊戈纳浅克多次在论文里和研讨会上称我为"伟大的学者"，《阿穆尔州真埋报》记者叶·沃依坚克博士在专门论述我的论文里也称我为"伟大的学者"。

我应该极其欣喜了。

可是，我的心情并不是这样的。我还有苦恼，令我最苦恼的就是我没有接班人，考察过好几个人都不行。——那么，现在好了，吴彦秋副教授就是这个接班人。

换句话说，就中国俄罗斯侨民文学研究来说，下一代领衔者就是吴彦秋。

吴彦秋，是我从前的硕士研究生。她在我的诸多研究生中是最优秀的：她非常勤奋，有理想，有天赋，有毅力，有思想，有见地……可以说是出类拔萃。早在研究生阶段吴彦秋就开始研究中国俄罗斯侨民文学了，毕业之后她也一直致力于这一领域的研究，并且取得了重要的研究成果。《中国俄罗斯侨民文学及其所蕴含的中国元素》这部专著就是她的最新研究成果。应当说，这一研究成果是颇有学术高度的。

吴彦秋的这部专著以严谨的学术态度研究并系统地梳理了中国俄罗斯侨民文学的发展脉络。书中不仅对中国俄罗斯侨民文学的历史背景、文学特点进行了详细分析，更重要的是揭示了其中所蕴含的丰富中国元素。不是别的什么，而恰恰是这些元素，使得中国俄罗斯侨民文学成为世界文学史上独一无二的瑰宝！——它是俄罗斯文学的一个重要组成部分，但它又与一般俄罗斯文学有所不同，因为它闪耀着中国文化的光芒。那大量的中国题材，那大量的中国背景，那大量的中国人和物，那颇受中国文学与文化影响的写作手法等，都是俄罗斯境内文学所没有也不可能有的。

吴彦秋恰恰就是抓住了中国俄罗斯侨民文学的这一最重要特点。

吴彦秋副教授近几年发表过该领域的相关论文。应当说，这部专著是她多年学术积累的结晶。吴彦秋不仅细读了共计 235 万字的"中国俄罗斯侨民文学丛书"（中文版 5 卷本）和共计 1145 万字的"中国俄罗斯侨民文学丛书"（俄文版 10 卷本），还查阅了大量的其他文献资料，多次深入实地考察，常与我对话，与相关学者进行交流，从而形成了自己新的视角和新的思路。因此，这部专著的学术价值是颇高的，它为中国俄罗斯侨民文学的研究提供了新的视角和思路。

吴彦秋的治学态度应成为青年学者的榜样，颇值得广大青年学者学习。

我相信，《中国俄罗斯侨民文学及其所蕴含的中国元素》这部专著的出版，将为中国俄罗斯侨民文学的研究注入新的活力，为中俄文化交流史研究提供宝贵的资料。

吴彦秋的这部专著不仅具有学术价值和文化价值，在当前还具有政治价值。应当说，这部专著的出版对促进新时代中俄全面战略协作伙伴关系也是有一定积极意义的。

在此，我要对吴彦秋表示衷心的感谢，一则感谢她对我的学术主张的继承和发扬，再则感谢她为中国俄罗斯侨民文学研究领域做出的重要贡献。

我期待着这部专著能够得到广大学者和读者的喜爱和认可。

最后，愿这部专著成为中俄文化交流的又一桥梁。

李延龄

2025 年 1 月 8 日

前　言

　　中国和俄罗斯关系密切，接触甚广。现阶段，两国政治、经济、教育等各个领域的合作都更加紧密，双方了解彼此文化的兴趣也就更加浓厚。在现代世界中，全球化对文化交流有着强烈的影响。现代欧洲引入的欧洲多元文化主义政策以失败告终。在此方面，中国俄罗斯侨民的历史，尤其是侨民文学中的文化部分，为两国人民的文化交往提供了宝贵的经验。多亏当时有能够对受众产生系统影响的文学，一方面，俄罗斯侨民在很大程度上避免了民族主义的压迫；另一方面，白军未屈服于日本军国主义者的"劝告"。

　　俄罗斯侨民文学是俄罗斯文学乃至世界文学的一个重要分支，涉及俄罗斯人在其境外国家和地区生活的方方面面。它是俄罗斯文学发展中有别于传统文学的重要组成部分，其中有许多是描写俄罗斯人在移居国生活和经历的叙事作品。自 20 世纪 50 年代以来，俄罗斯侨民文学作品有了突破性的发展，涵盖了多个具有特色的文化环境，囊括了生活在美国、加拿大、中国、日本等地的俄罗斯人的生活经历。

　　俄罗斯侨民文学的发展历史可追溯到 20 世纪初，当时十月革命后，大量俄罗斯人，其中包括一些知识分子，如作家、教师、艺术家等，离开自己的祖国，进入其他国家，他们为了记录自己的生活经历，创作了许多经典的俄罗斯侨民文学作品。

　　俄罗斯侨民文学从总体上分为两大部分——欧洲俄罗斯侨民文学和中国俄罗斯侨民文学。然而学界对这两部分所研究的程度和水平大有不同：欧洲俄罗斯侨民文学的相关资料被较好地保存和收藏，并得到了较为充分的发掘和研究，取得了一定成果；相对于欧洲俄罗斯侨民文学，学界对中国俄罗斯侨民文学的研究起步晚，发展慢，成果少，但其研究空间相当广阔。近年来，一些学者开始越来越多地关注中国俄罗斯侨民文学。齐齐哈尔大学还成立了俄罗斯侨民文学研究中心，该中心对中国俄罗斯侨民文学的研究和发展起到了积极的推动作用。正如著名学者李延龄教授对中国俄罗斯侨民文学所做的阐释：哈尔滨的俄罗斯侨民文学是俄罗斯文学的重要组成部分，同时也是中国文学的一部分。

十月革命后，一部分俄罗斯侨民去了西欧和美洲，另一部分来到了中国。对于中国来说，俄罗斯侨民是推动其发展的贡献者之一。可以说中国是俄罗斯侨民的第二祖国，也是大多数俄罗斯侨民魂牵梦萦的地方，承载着他们的文化记忆和精神传承。中国的文化和传统及其传播的精神影响同样在俄罗斯侨民的生活中体现得淋漓尽致，例如俄罗斯侨民具有丰富的中国文学知识，熟知中国的历史和社会，并以此来认知和理解自己的文化身份。此外，中国在社会、经济和文化方面也对俄罗斯侨民有着深远的意义。中国的俄罗斯侨民中涌现了一批著名的诗人和作家，如阿列克谢·阿恰伊尔、阿尔谢尼·涅斯梅洛夫、瓦列里·别列列申、尼古拉·巴依科夫、阿尔弗雷德·黑多克、薇拉·孔德拉托维奇·西多洛娃、亚历山大德拉·巴尔卡乌、菲尔多尔·卡梅什纽克、谢尔盖·阿雷莫夫、魏涅迪克特·马尔特等。

中国俄罗斯侨民文学继承了俄罗斯传统的批判现实主义，其创作成果中又增添了许多中国元素，如"出淤泥而不染"的莲花以及历史悠久的中国社会元素（长城、园林、寺院、钟、塔、庙宇、亭台楼阁、民宅、笛子、二胡、鼓、古琴、琵琶、佛、道、儒、观音、烧香、拜佛、龙、丝绸）。这些作品都从一个侧面反映了生态平衡与社会和谐，反映了中国社会的物质和精神风貌。

面对异国他乡新的文化现实，来到中国的俄罗斯诗人、作家将其纳入作品之中，丰富了自己的创作和影响读者的方式，形成了新的世界文化图景。因此，在科学和理论方面，较为重要的是确定在中国传统文化影响下发展起来的中国俄罗斯侨民文学的主要特征。

分析中国俄罗斯侨民文学中的中国元素不仅具有较强的理论意义，而且具有更大的现实意义。

中国俄罗斯侨民文学的缘起与发展离不开大量俄罗斯侨民进入中国并定居于此的社会现实。从不同搬迁原因、不同历史时期、不同文化教育背景、不同政治经济地位、不同定居区域等差异化因素来看，中国俄罗斯侨民文学发展基本横跨了 20 世纪，在不同的历史阶段和不同的地理区域影响下逐渐产生了差异化的创作特征。中国元素是中国俄罗斯侨民文学作品的鲜明创作特征和重要情感依托，深入分析中国俄罗斯侨民文学的创作背景、文学内涵、文学精神，并进一步剖析其中所蕴含的中国元素，具有较高的文学研究、专题探讨与社会历史研讨价值。

目　录

第一章 中国俄罗斯侨民文学概论

由于特殊历史条件和社会发展原因，侨民文学在世界文学领域占有极为重要的地位，以俄罗斯、德国和马来西亚侨民文学等为代表的侨民文学，是世界文学的重要组成部分。整体而言，俄罗斯侨民文学具有所涉迁移地域较广、文学发展阶段明确和创作内容丰富动人等特征。不论是从文学发展历程追溯，还是从文学贡献评价层面来看，俄罗斯侨民文学在世界范围内均有极大影响，也形成了多领域的广泛成就。

第一节 中国俄罗斯侨民文学的本质与延伸

一、中国俄罗斯侨民文学的本质探寻

中国俄罗斯侨民文学是独特的文学，是中俄文化合璧的瑰宝，是世界文学宝库中的一颗奇异珍珠，是伟大的文学。从其文学本质来看，其爱国主义、创伤与思考、中国元素等文化内涵，共同构成了其复杂深刻的文学创作本质，并延伸形成了丰富的文学特征，对近现代世界文学史产生了极为深刻的影响。

（一）深具爱国主义内涵的文学主题

在中国的俄罗斯侨民文学创作中，主题层面表现出一种深刻的情感纽带关系和对祖国的深切思念之情。这些俄罗斯侨民由于各种原因，如中东铁路的修筑、国内政治局势的变动等，选择在中国定居。尽管他们的身份和职业各不相同，有的是工人、技师、农民，

有的是流亡者，但他们都共同拥有着对俄罗斯的深厚感情。

这些侨民在中国的生活经历中，不断感受到中俄两国文化的交融和碰撞。他们的内心深处始终保留着对故土故乡的眷恋和思念，这种对俄罗斯的热爱和眷恋成为他们文学创作的核心主题。他们的文学作品不仅记录了在中国的日常生活和工作经历，更表达了对俄罗斯自然风光、历史传统和文化的怀念。他们通过文字，传达了对祖国语言的热爱、对俄罗斯文学和艺术的崇拜。这种对祖国的热爱使得他们的文学作品充满了情感的力量和真实感。

在相关的俄罗斯侨民文学创作中，俄侨作家们通过对记忆中故乡的细致描写，展现了他们对故乡的深厚感情。他们以文字为媒介，将故乡的群山、森林、河海、田野、农房等景物描绘得栩栩如生，让读者仿佛置身于那片遥远而美丽的俄罗斯土地。

从民族情感升华的层面来看，这些作家在文学创作中不仅仅有对故乡自然景观的描写，更有对俄罗斯民族情感的深化和表达。他们通过对故乡的描绘，展现了俄罗斯民族对自然、土地和家园的热爱，以及对传统和文化的坚守。在现实展现的层面，这些俄侨作家通过撰写自己在哈尔滨、青岛、上海等地的离乡生活，展现了俄罗斯侨民在中国的生活状态和心理感受。他们描述了自己在中国的生活经历，包括工作、交往、文化冲突等各个方面，将这些经历融入文学创作中，使之成为作品的重要组成部分。同时，这些作品也表达了作者对故乡的深刻眷恋之情。无论他们在中国生活了多少年，无论他们取得了多少成就，他们对俄罗斯的思念和眷恋从未减少。他们在文学作品中，通过回忆和描写，表达了对故乡的深深眷恋，对故土的思念之情溢于言表。

然而，俄侨作家尽管对故乡有着如此深厚的感情，但也面临着无法回归故土的现实桎梏。他们的身份和环境使得其无法轻易地回到俄罗斯，无法再次踏上那片熟悉的土地。这种无法回归的痛苦和无奈也成为他们文学创作中的一个重要主题。

这种对故土深切的思念之情，作为一种民族特有的情感，已经深深根植于他们的基因中，并且将继续传承给下一代。然而，当他们领着孩子走下火车，站在哈尔滨火车站的月台上，回望身后，祖国已经变成遥不可及的彼岸。尽管有些人仍然保留着俄罗斯国籍，但现在的祖国已经变得遥不可及，这是一个冷冰冰的现实。这种爱国之情，言语难以形容。月是故乡明！尤其那些心里明白再也回不去了或是很难再回去了的人们，对祖国更是有着无限的留恋、无限的思念。

在审视中国俄罗斯侨民文学诗人和作家的作品时，会发现他们中的大多数人都有表达对祖国的思念之情的文字。有一位诗人名叫扬科夫斯卡娅，她主要在哈尔滨从事创作，后来她去了日本，日本对哈尔滨俄侨诗人的了解主要是通过此人实现的。她有一首诗这样写道：

> 思想在痛苦中凝结，
> 国界那边在青烟缭绕的地平线不远地方——
> 有座白色的房子
> ……
> 那是我的家
> ……
> 生活何其残酷，我只能永远不断地见它于梦乡
> ……①

著名俄侨诗人瓦列里·别列列申能讲一口流利的东北话，曾经翻译过老子的作品，把中国的许多经典作品译成俄语。他离开中国之后去了巴西，在巴西成为诺贝尔奖的被提名者，成为南半球最著名的诗人之一。瓦列里·别列列申在俄侨诗人中是数一数二的人物，他有首这样的诗：

> 我不能把心分成份、成片，
> 俄国、俄国，我金子般的祖国。
> 我博大的心爱宇宙一切国家，

---

① 李延龄主编：《松花江畔紫丁香》，李延龄、乌兰汗译，哈尔滨：北方文艺出版社，黑龙江教育出版社，2002年，第162页。

但，唯独对你的爱超过对中国。

......

当深秋，十月初的日子里，

亲切、却令人发愁的北风萧瑟，

当黄昏的晚霞燃得如同篝火，

我往北方看得久，且更多更多。

......①

特别有说服力的是以乌斯特里亚夫为代表的"路边转换派运动"。乌斯特里亚夫是哈尔滨俄罗斯人，"路边转换派运动"是他发起的一个思潮，它反映的是中国俄侨从畏惧苏维埃政权到拥护它的转变过程。它的口号是"去工作，回去，回到祖国去"。这是俄侨中一次集中的、有代表性的运动。这一思潮影响了许多作家及其创作。因此，应当说中国俄侨文学是完全意义上的爱国主义文学。

（二）展现创伤中思考的复杂情愫

处于逃难中的俄罗斯侨民，心灵或多或少都有创伤。一连几个年头的国内战乱使人们普遍受到伤害，其中包括工人、农民、知识分子在内的社会各个阶层。肃反扩大化把大批并非反革命的人逼上政治和生活的绝路。强制性的农业合作化伤害了相当数量的农民。因修筑中东铁路而来到中国的俄侨虽然没有上述的凄楚，但是面对改天换地的俄罗斯，面对一脸愁容的同胞，他们或者陷入茫然，或者觉得祖国已经陌生。至于在日伪统治时期，绝大多数俄侨也与中国人民一样，受尽了法西斯的欺压与凌辱，被迫接受侵华日军"七三一"部队人体实验的受害者中有很多是俄国人。这种创伤既是个人的，又是民族的。侨民作家恰恰是将涉及面很广的这种创伤写进了中国俄罗斯侨民文学作品。

在阿尔谢尼·涅斯梅洛夫的大部分诗集，如《没有俄罗斯》《小车站》《血色的反光》《白色舰队》等中都可以找到这类叙述。涅斯

---

① 李延龄主编：《松花江晨曲》，谷羽译，哈尔滨：北方文艺出版社，黑龙江教育出版社，2002年，第92页。

梅洛夫曾在现哈尔滨市道里区中央大街教育书店的顶层居住过。他在《关于俄罗斯》的诗中写道：

　　……

　　　　我们走吧！它不再复返，

　　　　这个沉重、号啕的大船。

　　　　何必哭喊，还双手向前？

　　　　不用诅咒，也不用祝愿。

　　……①

　　再如莉迪亚·哈茵德洛娃的《俄罗斯》，她这样写道：

　　……

　　　　但晚了！我疲惫已极……

　　　　我的心已经是沉沉死气，

　　　　我的帆船要撞九级浪峰，

　　　　它，会撞得破碎支离。

　　　　我来不来啦。我不知

　　　　你的温存还是你的威力。

　　　　我将在人家中国土地上，

　　　　化作一阵不安的叹息。②

　　这是绝望，也是抱怨，有祷告，也有呐喊，在相当程度上反映了 20 世纪前 50 年苏联社会的种种问题，中国俄侨文学的伟大价值之一就在于这一点。可以说中国俄侨文学是苏联 20 世纪前 50 年的一面镜子，它真实地反映了历史。近年来欧美许多学者怀着极大的兴趣关注中国俄罗斯侨民文学遗产的发掘，根本原因就在于此。

　　（三）融入中国情结的文化创作

　　中国俄罗斯侨民文学在起源、题材选择、创作风格以及社会背景等方面，都深刻地留下了中国的痕迹，这与俄罗斯本土文学形成

----

　　① 李延龄主编：《哈尔滨，我的摇篮》，顾蕴璞、李海译，哈尔滨：北方文艺出版社，黑龙江教育出版社，2002 年，第 50 页。

　　② 李延龄主编：《松花江畔紫丁香》，李延龄、乌兰汗译，哈尔滨：北方文艺出版社，黑龙江教育出版社，2002 年，第 53-54 页。

了显著的区别。换言之，俄侨作家既然生活在中国，就不可能不受中国文化的影响。

在俄罗斯侨民中几乎没有人完全不懂汉语。著名的汉学家、在哈尔滨出生的俄罗斯科学院院士梅利霍夫先生，每天在莫斯科郊区还在坚持写作。他在自己的书中写了这样一句话："成千上万的俄国人汉语讲得都不错。"一方面，俄侨文学中有大量的中国题材，除了俄国、苏联社会生活和俄侨社会生活，还涉及大量的中国社会风貌和自然景色，描绘了俄罗斯人和中国人的生活。我们几乎找不到作品中不涉及中国的中国俄侨作家，例如前面所提到的涅斯梅洛夫，他的一首诗描述了齐齐哈尔郊区的农村生活，极为生动形象：

> 车从路的土丘上下来，
> 咯咯吱吱，一摇一晃。
> 轭下白额牛的牟拉嗦，
> 拖到了，颈下的地上。
>
> 车夫，在他身后赶着，
> 上半身一直光到腰上。
> 热乎乎的，热乎乎的，
> 他一双晒黑了的肩膀。
>
> 草原照着黄昏的霞光，
> 云像一颗颗琥珀一样，
> 又像米粒似的金煌煌，
> 从锹上边落到了车上。
>
> 粮食，装进货车车厢，
> 车厢，装得勉勉强强。
> 钢铁旋风将旋转而起，
> 颠颠簸簸去异国他乡。

……①

此外，诗人巴尔考是哈尔滨俄侨文学的奠基人之一，她不是流亡者，而是为修中东铁路前往中国东北生活的。她这样写中国的过大年：

……

> 可突然炮仗乒乒乓乓，
> 终止大家安谧的休闲，
> 空中喷出扬雪般火花，
> 街道如同喷发的火山。

……

> 呼啸乒乓不叫人悚然，
> 还有爆竹橙黄色光点。
> 震耳的炮仗动地惊天，
> 接接连连从早响到晚。

……

> 行善积德人不怕炮仗，
> 就妖魔鬼怪害怕炮仗。
> 念咒的老妇嘟嘟囔囔，
> 无声息，很快嘴，很木然。

……

> 按规矩相互拜完了年，
> 节日烟雾笼罩的人们，
> 就欢度大年初一夜晚，
> 客主一起打麻将，在桌前。②

还有诗人伏拉吉写哈尔滨旮旯胡同的一首诗，更是活灵活现：

> 风轻轻吹拂着榆树枝，

---

① 李延龄主编：《哈尔滨，我的摇篮》，顾蕴璞、李海译，哈尔滨：北方文艺出版社，黑龙江教育出版社，2002年，第25页。

② 李延龄主编：《松花江畔紫丁香》，李延龄、乌兰汗译，哈尔滨：北方文艺出版社，黑龙江教育出版社，2002年，第16-17页。

春已来到马家沟这里。
中国老头坐在大车上，
嚼着烧饼，哼着小曲。

小孩在饭馆儿前吵嚷，
姑娘匆匆买糖葫芦去。
端着豆腐还提着蒲包，
一个爱克斯腿瘸女子。

收破烂儿的闭着眼睛，
大门阴影里哼哼唧唧。
傅家店在热烈叫嚷中，
商品的漩涡沸腾不已。

街上是香喷喷的空气，
大煎饼使劲挥放香味，
故乡哈尔滨，中国城市，
使劲挥放春天的气息！①

哈尔滨俄侨大多数都是热爱中国的。第一代人曾在这里修铁路，与中国人一道把一个小渔村变成了大都市。在哈尔滨，有一份特殊的情怀流传下来。第二代人在这里留下了辛勤工作的身影，也曾在此寻求庇护，甚至在这里建立了自己的家庭。他们对这片土地充满深情，这种情感根植于他们的心中。随着时间的推移，第三代人在哈尔滨出生、成长、接受教育。他们中的许多人能说一口流利的汉语，将哈尔滨视为自己的故乡。对于他们来说，这座城市不仅是成长的摇篮，更是他们生命中无法割舍的一部分。这种深厚的情谊跨越了年代和时空，成为哈尔滨的独特印记。它见证了这座城市的发

---

① 李延龄主编：《松花江畔紫丁香》，李延龄、乌兰汗译，哈尔滨：北方文艺出版社，黑龙江教育出版社，2002年，第129页。

展变迁，也体现了人们对故土的眷恋。正是这份情怀，让哈尔滨成为一个充满故事和回忆的地方，也让这里的居民更加珍惜和热爱这片土地。无论时代如何变迁，这份特殊的情愫都将延续下去。第三代人会将这份情感传承给下一代，让他们了解哈尔滨的历史和文化，继续书写这座城市的故事。而这，正是哈尔滨魅力的一部分，也是这座城市独特文化的体现。例如，涅杰利斯卡娅是在哈尔滨长大的，其诗中有这样的诗句：

> ……
>
> 过去的岁月，愈去愈远……
> 异国夕阳的火光在我们头上腾越。
> 我见过不少美丽的都市，但是你呀，
> 我那扬尘的城市，你最亲切。
> ……[1]

诗人沃赫金在《告别》一诗中，把自己当成哈尔滨的儿子：

> ……
>
> 满洲，你平原无边无际，
> 你蔚蓝色的远方，
> 有时竟叫我忘记，
> 我，本不是你的亲生子。
>
> 告别不会垂头丧气，
> 在陌生但可爱的另一个天地，
> 我，将要把你回忆，
> 像对朋友、兄弟、母亲的回忆。
> ……[2]

这些热爱中国的俄侨，一经离开，对哈尔滨就是魂牵梦萦。

---

① 李延龄主编：《松花江畔紫丁香》，李延龄、乌兰汗译，哈尔滨：北方文艺出版社，黑龙江教育出版社，2002 年，第 152 页。

② 李延龄主编：《哈尔滨，我的摇篮》，顾蕴璞、李海译，哈尔滨：北方文艺出版社，黑龙江教育出版社，2002 年，第 274 页。

七岁来到中国的诗人瓦列里·别列列申童年时在哈尔滨接受教育，他在作品《思乡》中，把第二个祖国称为"温柔的继母"。在离开中国去巴西之后，1968 年，他在巴西出版的《我，一定要回中国！》一诗中，写下了这样几句刻骨铭心的诗句：

> 穿过几个胡同，你去拱桥前，
> 在那儿，我们常告别到明天。
> 别了，永不回还的幸福体验！
> 我平平静静、明明确确知道，
> 我肯定要回中国，在死的那天。①

但是，很遗憾，他没能回来。

再例如，尼古拉·巴依科夫的名作《大王》中充满了中国的佛教和道教的精神。李延龄院士经过研究得出结论：巴依科夫乃近代生态文学的奠基人，其《大王》乃世界生态文学的开山之作。

二、中国俄罗斯侨民文学的价值延伸

中国俄罗斯侨民文学发生并存在于 20 世纪上半叶的中国，俄侨作家大多集中于中国的哈尔滨、上海等城市，人数众多，在中国的文化生活中也是相当活跃。俄侨作家在难以遏制的精神迷惘中，在异国他乡深情地抒发弃国之苦、离乡之愁与漂泊之艰辛，并在创作中既继承了俄罗斯现实主义文学创作传统，又吸纳了俄国"白银时代"自然主义文学的基本特质，深切地保持了俄罗斯文化传统深层意识中的强大张力。很显然，俄罗斯文化基因在俄侨作家那里发挥了作用，牵制着俄侨作家的基本行为方式和思考方式。不过必须看到，俄侨文学创作与俄本土文学创作有着明显的差异性。作为中国文学的特殊组成部分，俄侨文学表现为俄侨作家笔下的多维中国书写成分，在中俄文化的双重碰撞下位于中俄文学的双重场域中而生成的特殊性，也决定着俄侨文学创作的特殊内涵属性、独特的艺

---

① 李延龄主编：《松花江晨曲》，谷羽译，哈尔滨：北方文艺出版社，黑龙江教育出版社，2002 年，第 90 页。

术价值和深远的社会意义。

（一）生存时空影响着他们对中国影像的观察和判断

俄侨文学在异国他乡的土地上孕育生成，大量的俄侨作家跨越世纪创作了丰富的文学作品，也审视了文化冲突与文化交融的深刻历史特征。从旅居中国各地的社会现实和社会发展层面来看，很多俄侨文学作品从新的视角对中国的自然、社会、风土人情与历史变迁等展开了多维度的描述，在重构中国近现代社会现象与发展特征时，以不经意的细腻笔触与微观视角展现了俄侨心中的中国形象，丰富了现有关于中国近现代的文献资料留存。在俄侨作家长期深入社会风俗的描述之下，中国形象在俄侨文学作品中呈现出具体而丰富的特征。

从哈尔滨、上海和北京等地的文学描述来看，大量聚焦社会生活和底层人物的形象构造以及中国本土人民与俄侨之间的广泛社会交流，不仅呈现出中国宽广包容的胸怀以及以儒释道为主流的社会风俗，更展现出融合自然风物、乡村生活、社会变迁的复杂社会维度考察，由此展现出独具特色的文学之美。扎根于中国影像判断与观察的俄侨文学作品创作，构造出俄侨与中国广泛互动的生存时空，一定程度上改变了部分作品对中国近现代负面形象的单一描绘，搭建了更为立体、多元和丰富的近现代中国景观。

（二）与中国深度关联并产生情感共鸣

在感受俄侨文学作品的同时，读者很容易发现并注意到俄侨作家的中国形象塑造和建构的情感性特征。也就是说，俄侨作家笔下的中国形象即使呈现出十分明显的差异化，但其共同的表征是中国形象的塑造和建构不是孤立地完成的，他们在展示中国形象的同时流露和映现了人物的内心情感，而这种情感也流露和映现了作家的某种情感倾向。

俄侨诗人作品中涉及中国题材的诗歌不胜枚举，主题更是多种多样，其中包括中国的城市、建筑、文化、语言、宗教、哲学、民间艺术、民间传说、自然生态等，创作内涵兼具西方诗歌的热情豪迈与中国诗歌的婉约细腻，诗歌中描写中国的一字一句都源自俄侨诗人对中国由衷的热爱，中国、中国城市、中国人民以及中国文化在俄侨的心中和眼中都别有一番意义、韵味和风采。①新的文化身份与新的情感变动，以及隐藏在意识或无意识深处的民族记忆难免产生一定冲突，从而出现思想矛盾和精神焦虑。对俄侨作家在文学作品中所传达的双重边缘处境中的困惑、自省、焦虑状态以及十分复杂的情感状态，需要给予重点关注和审视。

（三）与中国文化精神交叉融汇

俄侨文学代表性诗人瓦列里·别列列申、雅科夫·阿拉金、雅丽安娜·科洛索娃、涅斯梅洛夫等的创作都受到中国大地的哺育，受到白山黑水的滋养，一些作品在字里行间亦以独特的情感表达和独特的精神诉求反哺生于斯长于斯的中国土地。中国情感潜入深层次时则表现为中国精神之追寻，抑或为一种无意识的中国精神之旅。同时，从整体来看，特别是历史地审视，俄侨文学对传播中国文化精神的作用不容低估，是沟通中俄文化的重要桥梁。

第二节　中国俄罗斯侨民文学概述

一、俄罗斯侨民文学的概念

俄罗斯侨民文学主要分为欧洲俄罗斯侨民文学和中国俄罗斯侨民文学两个组成部分，其中中国俄罗斯侨民深耕中国民风民情和传统文化，大量中国元素的融合使得中国俄罗斯侨民文学展现出独特的艺术魅力。

20世纪以来，20多万俄罗斯人迁居中国，他们在东北或长三角一带安家落户，发展商业和教育业，创办工厂，带来俄罗斯的人文精神、文化精髓，传播俄罗斯的传统经验，留下了宝贵的物质和精

---

① 贾立娇：《论中国俄罗斯侨民诗歌中的情感主题》，《齐齐哈尔大学学报》（哲学社会科学版）2014年第2期，第120页。

神财富。在此期间，俄侨作家及诗人把中国当作第二故乡去喜爱，其作品中充满了对中国自然景观、人文景观、民俗、哲思、历史事件等各个方面的叙述和描写。这便造就了中国俄罗斯侨民文学最主要的特色之一——蕴含丰富的中国文化元素。翻开他们的作品，既能看到中国奇异的自然风光，也能看到中国古老的文化。俄罗斯侨民文学独特且富有价值，源于俄侨在中国创造的文学成果。因此，中国俄罗斯侨民文学既属于俄罗斯，也属于中国。它富含深厚的文化底蕴和历史内涵，具备卓越的美学品质，值得悉心品味和深入探讨。

二、俄罗斯侨民文学的特征

俄罗斯侨民及其文学的出现与发展有深刻的历史渊源与社会背景，从第一浪潮发展至第三浪潮，俄罗斯侨民文学创作从社会巨变、侨居心路逐渐延伸到更为广阔的社会学思考领域，呈现出立体且复杂的创作特征，也焕发了独特的艺术魅力。

（一）聚焦社会巨变议题，展现文学思考

有不少作品都展现了作家对于刚刚过去的革命事件和国内战争的回顾与评价，如布宁的《罪恶的日子》、什梅廖夫的《死者的太阳》、列米佐夫的《被掀动的罗斯》等作品。这些作品通常以人道主义为基础，从文化角度展现和阐述动荡时期的社会现象。对历史变迁的反思，对个人命运、俄罗斯侨民乃至民族前景的探究，使得部分作家将目光投向俄罗斯的历史和民族文化传统。因此，梅列日科夫斯基的长篇小说《诸神的诞生》，以及一系列历史哲学散文，如什梅廖夫的散文《老瓦拉姆》和《天国之路》、苔菲的小说《女巫》等应运而生。这些作品均表现出浓厚的"寻根"情怀。

（二）饱含对故土的思念与眷恋之情

长期在异国他乡生活的特殊环境，让大部分侨民作家对俄罗斯保持着深深的怀念。在这种情感驱使下，他们通过文学作品回忆过去的生活，抒发离乡背井的痛苦、离别的悲伤以及对家乡的思念。这些作品不仅反映了侨民作家的内心世界，也为他们提供了一个表

达情感的平台。侨民文学作品主要分为两类：一类是带有回首往事色彩的作品，如库普林的中篇小说《热涅达》、格·伊凡诺夫的诗集《蔷薇》，以及萨沙·乔尔内依的诗集《渴望》和《童年的岛》等；另一类是自传性作品，如布宁的《阿尔谢尼耶夫的一生》、什梅廖夫的《朝圣》和《上帝的夏日》，以及扎伊采夫的《格列勃的游历》等。这些作品将回忆、对祖国的怀念以及失去家园的孤独感融为一体，道出了一代侨民的心声。同时，它们也展现了背井离乡的人们对祖国的依恋和忧思，尤其是对俄罗斯文化的深深眷恋。在这些作品中，侨民作家唱出了天涯游子的愁苦和隐痛，让读者感受到他们在异国他乡的艰辛历程。

总之，侨民文学作品以其独特的情感表达和深厚的文化内涵，为人们呈现了一幅生动的侨民生活画卷。这些作品不仅传递了侨民作家对家乡的思念之情，还反映了他们对俄罗斯文化的热爱。在文学史上，侨民文学作品成为一道独特的风景线，见证了侨民在异国他乡的奋斗与成长。

但是，在侨民作家群体中，对于俄罗斯文化传统的情感认知存在一定的差异。一部分作家对俄罗斯文化传统的态度相对淡薄，甚至对其基本持否定观点。他们更多地将目光投向西方世界，接受西方流行的社会哲学思潮，并认同现代西方社会的基本价值观。这种现象在一定程度上反映了侨民作家群体内部的多元性。他们对文化传统的认知和接受程度各异，有的坚守俄罗斯文化根基，有的则更加倾向于西方价值观。这种多元化的态度使得侨民文学在表达方式和主题上更具丰富性和包容性。然而，不论对俄罗斯文化传统的感情如何，侨民作家都难以割舍与俄罗斯文化的联系。他们的作品在反映侨民生活、表达内心情感的同时，仍然透露出对俄罗斯文化的某种程度的关注和怀念。这种情感或许复杂，但正是这种复杂性赋予了侨民文学作品独特的魅力。

（三）关注宏大的社会发展与人类学议题

随着时间的推移，一些富有经验的作家将艺术焦点转向一些永恒的主题，如生活的奥秘、宗教在日常生活中的影响、对爱情的探讨和对死亡的反思等。布宁在海外的创作是挖掘这一主题的优秀典范。济·吉皮乌斯的诗集《光华》、维·伊凡诺夫的诗集《暮色》、格·伊凡诺夫的诗集《1943—1958 年诗抄》等白银时代诗人的晚期作品，常常将对历史的探索、宗教的深思熟虑和哲理的寻求融合在一起，诗意地表达了他们对生活的理解，充满了浓厚的形而上学的思辨气息。

此外，也有部分作家在孤独感、困惑感以及乡愁的表现中，对社会人生的人文关怀透出一种忧患意识。以俄侨诗人布罗茨基为例，他的作品展现出对生命本体意义的深刻追寻，同时他也对人的生存状况和价值进行了深思熟虑的探讨。这种探索不仅源于他对人类生存状况的敏锐观察，还体现在他与现代西方思想界的共鸣上。布罗茨基的文学创作超越了单一的文化背景，将西方哲学思想与他的诗歌相结合，展现出更广泛的意义领域。这种跨越文化界限的探索，为他的作品赋予了更为深刻的内涵，使其在文学史上具有重要地位。布罗茨基的诗歌作品如同一面镜子，反映出他对人类生存状态的反思和对生命价值的追问。这种独特的视角和深刻的思想使得他的作品具有较高的艺术价值，同时也为读者提供了一个思考人生和生存问题的窗口。总之，布罗茨基作为一位俄侨诗人，他的文学创作在追寻生命本体意义和探讨人的生存状况与价值的同时，展现出与现代西方思想界的共鸣。这种独特的创作视角和深刻的思想内涵，为世界文学的发展注入了新的活力。

第三节　中国俄罗斯侨民文学的新发展趋势

一、中国俄罗斯侨民的三次侨居浪潮回顾

俄罗斯侨民文学，作为世界文学中不可或缺的一部分，却未得到学界足够的关注和研究以及广大读者的广泛关注。尽管如此，侨民作家布宁、索尔仁尼琴、布罗茨基荣获诺贝尔文学奖，足以证明

侨民文学在俄罗斯文学史和世界文学史上的重要地位。俄罗斯侨民文学堪称 20 世纪世界文学中独特的现象，它不仅继承了俄罗斯现实主义写作流派的传统，还将侨居国与祖国的文化元素融合在一起。在创作过程中，侨民作家不受当时本国政策的束缚，得以自由地反映现实生活和表达观念。这种独特的文学现象为世界文学增添了丰富的多样性，而侨民作家的创作不仅揭示了他们所处时代的社会现实，还表达了其对俄罗斯文化根源的怀念和对自由创作的渴望。

如果可以选择，谁又愿意做一个漂泊的流浪者？正如作家恰达耶夫所说："请相信，我比你们中的任何一个更爱自己的祖国。但是，我没有学会蒙着眼、低着头、闭着嘴巴爱自己的祖国。"①在 20 世纪的俄罗斯，历史变革频繁，政治动荡不安，意识形态领域的严格管制使得众多才华横溢的文学家和知识分子纷纷离开祖国。在此期间，共出现三次大规模的侨居浪潮。

总之，20 世纪的俄罗斯侨居浪潮见证了众多优秀文学家和知识分子的背井离乡。这些浪潮中的侨民作家在全球范围内继续创作，丰富了世界文学的多样性。他们的作品不仅揭示了所处时代的社会现实，还对俄罗斯文化和侨民生活进行了深入挖掘，为文学史书写了独特的篇章。

二、对应侨居潮的俄侨文学风格的演变

正如前文所述，伴随着三次主要的侨居潮，大量俄侨入华，随着中俄民族交流的深化与政治、经济、军事等领域合作日益紧密，不同时期侨居潮对应产生的中国俄罗斯侨民文学呈现出差异化特征，文学创作中蕴含的中国元素也逐渐从单一转向多元、从浅表转向深刻、从个别转向普遍，俄侨文学的中式风格融合与中国元素呈现使得俄侨文学创作魅力持续提升。对应前文所述中国俄罗斯侨民三大侨居浪潮，笔者总结提炼了相应阶段中国俄罗斯侨民作品的文

---

① 刘宏伟：《中国俄罗斯侨民文学的中国文化元素浅究》，《北方文学》2017 年第 33 期，第 110 页。

学特征，分析如下。

（一）俄侨文学创作第一次浪潮

在十月革命后的"第一次浪潮"中，大约有一千万俄罗斯人离开祖国，其中许多是知识分子。这些人因贫困和经济压力，以及政治因素，如社会压迫、缺乏政治权利、民族限制和宗教禁令等，选择移居到欧洲和美洲。他们希望在这些地方寻求工作和幸福，尽快融入新的社会。

这一时期的俄罗斯侨民文学作家，视自己为俄罗斯民族文化的传承者和继承者。他们致力于捍卫普希金、托尔斯泰和陀思妥耶夫斯基的人道主义传统，将其视为自己的义务。尽管其作品所表现出的程度有所不同，但他们都未曾倡导个人主义。相反，他们倡导人与世界、社会、自然、宇宙的融合，这是俄罗斯的一种理念。

同时，这些作家中的许多人都是白银时代文学的传人。他们对普希金关于人的内心和谐的思想有着深深的认同，将其视为最高理想。在精神上，他们也与白银时代的作家，如果戈里、莱蒙托夫、丘特切夫和陀思妥耶夫斯基等，有着紧密的联系。

（二）俄侨文学创作第二次浪潮

第二次世界大战引发了新一轮俄罗斯侨民文学浪潮。

战争时期，波罗的海周边国家在苏联统治时期并未认同其领导，同时，苏联战俘和年轻人在战争结束后也选择留在异国他乡，不愿返回家乡。第二次世界大战期间，苏联共增加了60余万侨民，他们在异国他乡生活，面临着与祖国截然不同的制度和思想。

在异国他乡生活的过程中，许多侨民开始拿起笔，倾诉对家乡的思念之情。这一代侨民中涌现出许多著名的作家，如尤里·伊万斯克和鲍利斯·纳尔齐索夫等。他们的作品描绘了侨民生活的艰辛和思乡之情，为文学史留下了独特的印记。尽管侨民作家在异国他乡生活，但他们始终保持着对家乡的热爱和关注。他们的作品反映了侨民生活的各个方面，同时也对俄罗斯文化和历史进行了深入挖掘。这些作品不仅揭示了所处时代的社会现实，还为文学史书写了独特的篇章。

在 20 世纪，俄罗斯侨民文学的第二次浪潮诞生于集中营。然而，无论是苏联还是后来的俄罗斯，都对此不愿提及。同样，西方历史学家也避免提及这一现象，因为他们不想暴露同盟国政府在二战、饥荒和政治等原因导致的流亡者问题上所扮演的不光彩角色。在语言学家看来，第二次浪潮并未像十月革命后的 1920 年—1940 年的侨民文学那样，为俄罗斯文学贡献出一批艺术杰作。然而，在第二次浪潮代表人物的命运和世界观中，却与第一次浪潮有着共同之处，那就是对苏联现实在政治上的不接受。尽管如此，第二次浪潮时期的侨民作家仍然在文学创作中表达了对家乡的思念和对自由的向往。他们的作品描绘了侨民生活的艰辛和思乡之情，为世界文学增添了丰富的多样性。总之，俄罗斯侨民文学的第二次浪潮虽然并未受到广泛关注，但这一现象仍然为世界文学发展注入了新的活力，俄侨作家在第二次浪潮中用自己的才华和独特视角书写了独特的篇章。

第二次浪潮时期的作家与苏维埃作家在创作风格和主题上存在显著差异。他们在小说中描绘的主人公，往往是在苏联现实生活中无法找到位置的人，包括无法接受集权制度之残酷性的知识分子、在集体化生活中破产的农民以及在不同年代遭到打压的普通公民。这些角色在第二次浪潮作家的笔下，呈现出一个充满悲剧的时代，与苏维埃作家笔下英雄主义的时代形成鲜明对比。第二次浪潮时期的俄侨作家在作品中展现了对意识形态的超越和突破。他们不再受限于传统的观念和教条，而是勇敢地面对内心的恐惧和外界的压力，塑造了一批具有新的全人类道德的主人公。这些主人公不仅仅是俄罗斯人的代表，更是全人类的缩影，他们的故事和冲突具有普遍性和时代性。

在创作过程中，这些作家面临来自社会和政治的多重挑战。他们的作品往往触及敏感的话题和禁忌，如对苏联现实生活的批判和对个人自由的向往。然而，他们并没有因此退缩，而是坚定地表达了对自由和独立的追求。他们通过文学，传达了对个人权利和尊严的重视、对集体主义的反思。这些作品不仅反映了苏联现实生活中的悲剧，还展示了人类在面对困境时所展现出的勇气和坚韧。他们通过主人公的奋斗和挣扎，展现了人类精神的力量和对美好生活的向往。这些作品成为声音的传递者，为那些被压迫和忽视的人们发声，为自由和正义呐喊。

（三）俄侨文学创作第三次浪潮

在俄侨文学史上，第三次浪潮主要受到俄侨回归的影响。这一时期，苏联本土文学界对以往流亡海外的俄侨作家作品进行了全面的回顾与反思。这些作家在国外的生活经历和创作成果，为苏联文学提供了丰富的素材和多元化的视角。随着俄侨作家的回归，苏联文学界对他们的作品展开了深入的研究和探讨。这些作品不仅反映了侨民生活的艰辛和思乡之情，还展示了他们在不同国家和文化背景下的创作特点。通过对这些作品的回顾与反思，苏联文学界得以深入了解俄侨作家的内心世界，以及他们在文学创作中所追求的价值和理念。

与此同时，第三次浪潮时期的文学作品也表现出对俄罗斯本土文学传统的传承与创新。在这一时期，俄侨作家将他们在国外的生活经历和所见所闻融入文学创作，为俄罗斯文学带来了新的元素和活力。这些作品在反映社会现实的同时，也展现了作家对祖国和人民的关爱之情。

在 20 世纪 70 年代，一份名为《第三浪潮》的俄罗斯迁移者文学艺术丛刊在巴黎创刊。1982 年，美国加州大学邀请了一批俄罗斯侨民作家和来自世界各地的斯拉夫学者，在洛杉矶举办了以"第三浪潮：俄罗斯侨民文学"为主题的研讨会，并随后出版了同名论文集。第三次浪潮时期的俄罗斯侨民与前两次浪潮时期的侨民在本质上存在差异，因为他们的代表人物都是在苏维埃时代出生的。这些后来的流亡者，大部分都见证了苏联人民战胜德国的胜利，并为自己的国家感到自豪，同时也为巨大的损失感到痛心。

在第三次浪潮中，雷马克、海明威、加西亚·马尔克斯和卡夫卡的作品在 20 世纪五六十年代引发了一阵巨大的模仿浪潮。与此同时，帕斯捷尔纳克、曼德里施塔姆、茨维塔耶娃、巴别尔、皮里尼亚克、奥列沙和哈尔姆斯的作品，以及普拉东诺夫的作品，对未来侨民作家产生了深远的影响。

第三次文学浪潮中的俄侨文学确实存在一些难以克服的问题，其中最显著的是缺乏固定的读者群体。这种情况可能会使其陷入恶性循环，因为没有固定的读者群体，俄侨作家的作品就很难得到广泛的传播和认可，这会进一步削弱他们的创作动力和反思进步的能力。另外，有人认为俄侨文学的回归可能会使其失去原有的特色和魅力。这种观点认为，一旦俄侨作家回到本土，他们的作品可能会失去那种独特的侨民视角和情感，从而失去一部分原有的吸引力。这种回归可能会导致俄侨文学的衰退，因为它可能会失去那种独特的侨民经验和情感表达。然而，这并不意味着俄侨文学已经走到了尽头。实际上，许多俄侨作家在回归本土后，依然能够创作出许多优秀的作品。他们的创作不仅为俄罗斯文学提供了丰富的素材和多元化的视角，而且在新的环境中，他们可能会找到新的创作灵感和动力，进一步丰富和发展俄侨文学。

三、中国俄罗斯侨民文学的发展特征

由于生存环境、精神差异、历史因素等问题，俄侨作家的自我表达及文字书写方式与苏联本土作家呈现出较大的差异。这种差异的原因在于意识形态的分歧——不同的社会制度导致了不同的世界观与价值观。

在生存环境方面，俄侨作家在国外生活，面对不同的文化背景和价值观念。这种环境使他们更加关注个人经历和感受，从而在文字表达上呈现出更为个性化和丰富的特点。相比之下，苏联本土作家在较为统一的社会制度和文化背景下，可能更倾向于遵循某种特定的写作规范和风格。

在精神差异方面，俄侨作家在国外生活，可能更容易受到不同文化的影响，形成自己独特的价值观和审美观。这种精神差异使得他们在文字表达上更加多样化，表现出更为丰富的想象力和创造力。而苏联本土作家在较为统一的精神氛围中，可能更倾向于遵循某种特定的文学传统和风格。

在历史因素方面，俄侨作家在国外生活，可能更加关注历史事件和现实问题，从而在文字表达上呈现出更为现实主义的特点。而苏联本土作家在较为稳定的社会环境中，可能更倾向于关注文学艺术本身，从而在文字表达上呈现出更为抽象和浪漫的特点。

（一）第一次浪潮时期的中国俄罗斯侨民文学发展特征

为了适应思想解放的需要，中国先进的知识分子大量引进俄语作品，并将其翻译出版。这些作品不仅包括文学作品，还包括哲学、经济学、教育学、自然科学等领域的著作。这些外来文化在民间自发自觉的影响下，实现了意识形态和价值导向从局部到相对广泛的传播与理解。

随着哈尔滨、天津、北京和上海俄侨数量的增长与规模化集聚的形成，俄罗斯文化如同潮水般涌进中国。苏联的文学、电影、哲学、经济学、教育、自然科学、音乐、舞蹈、美术等文化艺术形式，适应中国的民俗文化氛围，实现了融合创新。哈尔滨是中俄文化交流的重要窗口，大量俄罗斯文学作品在此被翻译成中文，使得中国的读者能够更加方便地接触到俄罗斯文学的精髓。天津、北京和上海等地，也纷纷成立了俄罗斯文学研究机构，促进了中俄文化交流的深入发展。

苏联的电影、哲学、经济学等领域的著作，为中国知识分子提供了新的思考和启示。他们从中汲取了丰富的思想营养，将其融入自己的研究和实践。同时，中国的学者和艺术家也积极地吸收俄罗斯文化的优秀成果，将其与中国的传统文化相结合，创作出许多具有独特风格的文化艺术作品。

在音乐、舞蹈、美术等领域，俄罗斯文化的影响尤为明显。中国的音乐家、舞蹈家和画家从俄罗斯的艺术中汲取灵感，创作出许多具有中俄合璧特色的作品。这些作品在民间广为流传，丰富了中国人民的精神文化生活。

传统交融与文化理解为俄侨在华生存和生活提供了较为友好的环境，一定程度上成为十月革命后大量俄国难民涌入中国的助推因素，也推动了 20 世纪初期开始的中国俄罗斯侨民文学的创作发展。

（二）第二次浪潮时期的中国俄罗斯侨民文学发展特征

从中国俄罗斯侨民文学创作土壤耕耘与风格塑造层面来看，这一时期的中国俄罗斯侨民文学创作围绕社团宣传、社会现实研究和教育文化发展等相对严肃的社会议题展开，20 世纪以来俄侨在华文学创作等日常活动对哈尔滨、上海和北京等城市的近现代转型、思想文化繁荣和经济社会发展产生复杂的积极影响。

其一，自 1898 年以来，俄侨在中国积极开展了一系列文化活动，包括建立出版机构、创办刊物、发表文章和出版著作。目前，这些文献被收藏在各个图书馆、博物馆等机构，以及一些个人收藏者手中。这些文献的语言包括俄语、汉语和英语等，体裁和题材丰富多样，内容涵盖政治、经济、文化、教育、考古、民族、外交、民俗等多个领域。这些俄侨文献为我们了解和研究 1898 年至 1945 年期间的中俄关系、文化交流以及俄侨在中国的生活提供了宝贵的资料。同时，这些文献也反映了当时俄侨在中国的生活状态和心理变化，具有很高的历史价值和文化价值。

其二，俄侨群体密切关注现实生活，他们所创作的许多作品都生动地记录了当时当地的政治、经济、文化以及日常生活。其中，中东铁路的修建成为俄罗斯人大量侨居中国的契机。这一历史事件得到侨民的广泛关注和详细记录。例如，《东省铁路：1903—1913》一书以编年纪事体形式回顾了中东铁路运行 10 年的情况。这本书对铁路的机构、站点、运输、与西伯利亚铁路的连接、贸易等方面进行了详尽描述，为我们了解当时的中东铁路提供了珍贵资料。此外，《东省铁路管理报告》以图表形式列举了东省铁路下属机构，并对下属的河运、商业、医疗、军事、教育、文化、宗教、土地、矿业、商业、通信等部门进行了统计汇编和概述。这些文献为我们了解俄罗斯侨民在中国的生活及贡献提供了宝贵的线索，同时也展现了他们在中国的日常生活和在经济、社会发展中的重要作用。①

---

① 于学斌：《俄侨文献：20 世纪上半叶的中国记忆》，《中国社会科学报》2020 年 7 月 27 日，第 6 版。

其三，中东铁路管理局在中国亦建有高等学校。《中俄工业学校的建立及 1920—1921 学年业务概况和工作计划》介绍了中俄工业学校（哈尔滨工业大学前身）的创建以及 1920 年至 1921 年其机构、院系、教学和发展计划。《哈尔滨商学院 15 年历史回顾：1906 年 2 月 26 日—1921 年 3 月 11 日》这篇文章主要回顾了哈尔滨商学院 15 年的历史，其中包括商务学堂的创办、傅家甸成为哈尔滨商业中心的过程，以及俄侨在中国的生活和活动。商务学堂是由东省铁路管理局创办的，傅家甸因为中东铁路的修建，成为中国人聚居区，同时也是哈尔滨的商业中心。在 20 世纪初，傅家甸的商贸、修理业、手工作坊、服务业等行业招揽顾客、推销货物的方式在《哈尔滨—傅家甸：工商和铁路指南》《中国工商同业公会》中有详细的描述。其中，《中国工商同业公会》的附录中还有 99 幅手绘彩色商铺手工作坊的招幌，这些招幌直观地反映了当时的商品状况、手工作坊和店铺的种类，以及商业广告的招徕方式。1910 年，哈尔滨暴发疫情，除了俄侨出版的报纸有大量的报道外，还有专门的书籍加以记录，如《远东的鼠疫和中东铁路的防疫措施》记述了 1910 年—1911 年东北鼠疫、防治措施及人们的生活状况。在中华民国建立后，俄侨不仅亲见而且参与了许多大事，对此俄侨文献有丰富的记载，例如《中华民国政治行政体制》对 1911 年—1920 年中国的行政体制进行了详细介绍。此外，俄侨出版的各种手册、指南、概况、日历、地图、电话簿、历年的统计年鉴、大事记、调查报告、税制、会议纪要、工作报告、文件汇编、简讯、列车时刻表和运价表、书目、实业地产景点等简介，在当时具有指南、汇编、汇总的意义。如今，这些文献已成为 20 世纪上半叶历史的见证物，包含了这一时期的大量信息。

其四，大量俄侨从事学术研究，他们的研究成果涵盖了政治、经济、历史、考古、民族、文化等各个学科。这些著述对于我们理解 20 世纪初期的中国具有很大的借鉴意义。在俄侨文献中，《中国人口与农民：史料概述》详细介绍了东北人口分布、民族及农业；《满洲农业、工业、人类健康与气候的关系》探讨了东北工业、农业、人类健康等状况与气候的关系；《中国年节旧俗记略》则用汉、俄、英三种语言详述了 20 世纪上半叶中国人的春节习俗和社交礼仪；《现代中国民俗与迷信》记录了 20 世纪二三十年代的中国民俗文化和传说；《奥罗奇人——满洲同宗》将奥罗奇人同满族进行了比较研究，认为二者是同族。此外，俄侨还发表了许多国际政治方面的著述。例如，《太平洋问题解决之途径》对日俄之战后期列强间经济、军事、地缘政治等各个方面进行了对比和综合分析；《满洲商贸现状及发展问题》概述了中国东北与欧美日韩等国的贸易关系。在俄侨的学术著述中，即使是关于动植物、农作物的调查报告，对于今天研究历史地理、生态史、经济史来说也是非常重要的参考资料。在俄侨研究者中，也不乏 C.M.希罗科戈罗夫、И.А.洛帕京等有影响力的学者。C.M.希罗科戈罗夫撰写的《民族共同体：关于民族和人种基本特征的研究》是最早对民族共同体要素进行探索的成果之一。这些俄侨文献为我们提供了丰富的研究资料，帮助我们更好地了解 20 世纪初期的中国以及俄侨在中国的生活和活动。

其五，俄侨在 20 世纪初成立了许多学术机构，其中最为有名且成绩卓著的当数俄国东方学家协会和东省文物研究会。俄国东方学家协会成立于 1908 年，旨在研究亚洲地区的各种文化现象。该协会创办了会刊《亚细亚时报》，刊登了大量关于中国历史、地方志、考古发掘等方面的研究成果，为学术界提供了宝贵的资料。东省文物研究会成立于 1923 年，其主要研究方向为东北地区的文化遗产和历史文化。1929 年，该研究会改名为东省特别区文化发展研究协会。东省文物研究会创办了会刊《东省文物研究会通报》，同样刊登了大量关于中国历史、地方志、考古发掘等方面的研究成果。这些学术机构和会刊为当时的中国学术界提供了丰富的研究成果，对于推动中国历史、地方志、考古发掘等领域的发展起到了重要作用。同时，它们也为后世学者研究 20 世纪初期的中国历史提供了宝贵的资料。

其六，俄侨在 20 世纪初不仅积极参与了中国的政治、经济、文化等活动，还记录了大量自身发展的历史。这些历史记录为我们了解当时俄侨在中国的生活、工作情况以及宗教在哈尔滨等地的扩张

情况提供了宝贵的资料。《俄罗斯在满洲的情况》以编年体例记载了
1616 年—1910 年俄罗斯人在东北地区的活动，为我们了解俄罗斯
人在中国的历史提供了详细的资料。《从乌拉尔到哈尔滨》回忆了作
者 1916 年—1923 年随军从乌拉尔到哈尔滨的军事活动，高尔察克
时期的军事、政治、宗教、人事和物资等情况在这一回忆录中有较
详细的记载。《满洲渔猎》以图文形式描写东北俄侨渔猎生活，是东
北渔猎文化的缩影。《哈尔滨布拉戈维申斯克教堂历史》记录了哈尔
滨布拉戈维申斯克教堂的发展演变过程及侨民的日常宗教活动。《哈
尔滨俄罗斯人科学和文化生活剪报》真实反映了 1929 年—1945 年
俄侨的生活。《远东报》是俄国人在 1906 年创办的中文报纸，尽管
是沙俄的喉舌，但是对社会现象也有一些详细的报道。此外，俄侨
撰写的文学作品中，其背景材料反映了当时的中国社会。例如，《大
地》回忆了上海、湖北、湖南等地俄侨与中国人之间的往事，对当
地的环境和人文有细致的描写；《绿色战线》记录了俄侨在中国东北
及俄罗斯远东地区的社会生活和各政治阵营间的斗争；《在满洲的故
事》以散文体记述了作者在中国东北时接触的人和事。阅读这些文
学作品使我们不仅能理解俄侨的心路历程，而且能够了解中国的社
会生活、风土人情。这些文学作品为我们研究 20 世纪初期的中俄关
系、文化交流以及社会生活提供了丰富的资料。

（三）第三次浪潮时期的中国俄罗斯侨民文学发展特征

中国俄罗斯侨民文学创作适应二战后中国如火如荼的经济社会
建设与中苏关系阶段演进的历史背景，以及大量俄侨长期深度融入
中国民俗生活的社会现实，实现了创作内涵的极大丰富。

二战结束后，第一代侨民及其后代在面临苏联的感召时，做出
了不同的选择。根据汪之成的研究，我们可以了解到一些在沪的俄
侨作家的选择。在这些人中，列夫·格罗谢、叶夫谢娃、伊丽英娜、
波梅兰采夫、斯维特洛夫、帕维尔、谢维尔内、斯洛博奇科夫、谢
戈廖夫、阿尔弗雷德、海多克等文艺名流响应了政府的号召，选择
回到苏联。与此同时，一些不愿回到苏联的白俄侨民则选择撤离上
海，前往美国加州。这些白俄名流包括梅丽·维济、列兹尼科娃、

奥莉加、斯科皮琴科、扬科夫斯卡娅、苏哈京等人。另外，还有一些人的资料有限，我们无法确切了解他们的下落。这些选择反映了二战后第一代侨民及其后代在面对苏联感召时所做出的不同选择。

（四）依托侨民文学的中俄文化深入交流

为了加快国内经济恢复和发展，自 1947 年起，苏联开始以安家置业、扶贫济困为理由，号召在外侨居的俄侨返回祖国。在中国俄罗斯侨民中，有一部分人是在 1917 年俄国十月革命后逃往中国的。经过三十年的异国生活，他们对于祖国的思念之情尤为强烈，渴望与国内的亲人团聚。更为重要的是，苏联在二战中取得了胜利，这一结果改变了中国俄罗斯侨民对苏联的"偏见"，使得祖国在他们心中充满了崇高感。在这种情况下，许多中国俄罗斯侨民选择响应苏联的号召，回到祖国参与建设。这一现象反映了二战后国际局势的变化以及苏联对在外侨居的俄侨的号召力。

苏联解体后，中国当代文学作品在俄传播的数量和影响力急剧下降。1992 年至 2002 年的十余年间，仅四部当代中国中短篇小说选集在俄罗斯出版，有七年为中国小说的出版空档期。在近半个世纪的文学创作活动中，中国俄罗斯侨民留下了数千部（篇）文学作品。这些作品深入揭示了中国俄罗斯侨民"离散"式的心路历程，表达了他们对祖国的忧思、苦恋、追忆和怀想。通过这些作品，我们可以看到侨民文学叙事的"离散民族主义"特征。这些作品不仅记录了中国俄罗斯侨民的历史，还描绘了他们谋生和奋斗的历程，从陌生到融入，从隔阂到认同。随着中国俄罗斯侨民的陆续离去，曾经繁华的俄侨文坛逐渐变得空寂，但他们创作出的文字和诗句却作为一种精神遗产流传至今。

中国俄罗斯侨民文学与中国现代文学在 20 世纪上半叶并行发展，共同描绘了中国的自然地理和文化民俗风貌。它们不仅具有极高的文学史价值，也具有重要的史学史价值，成为不可替代的宝贵遗产。通过阅读这些俄罗斯侨民文学作品，读者可以更深入地了解俄罗斯侨民在中国的生活经历和心路历程。这些作品记录了他们在中国的奋斗和成长，以及他们如何在中国这片土地上寻找自己的身份和归属感。这些故事和经历不仅为读者提供了深入了解俄罗斯侨民的机会，也为其提供了一个独特的视角，去审视 20 世纪上半叶中国的社会历史背景和文化风貌。

在新时代背景下，随着中俄双边关系不断加深，双方已建立起新时代中俄全面战略协作伙伴关系。在此大背景下，两国间的人文交流机制也在逐步完善，其中，中国文学在俄罗斯的翻译和推广活动明显加快了步伐。一系列反映中国发展状况的当代小说、诗歌的选集和长篇小说传入俄罗斯。其中绝大部分作品为传统意义上的严肃文学，也有少量通俗小说，它们从不同的角度观察近年来中国的社会生活，反映了时代的变迁和人们价值观念的变化，其风格涉及各种流派，包括改革文学、寻根文学、新现实主义小说、魔幻现实主义小说、儿童文学等。

第四节　中国俄罗斯侨民文学的研究意义和价值

俄侨文学在很大程度上展现了俄侨作家对祖国的深厚感情。尽管他们身在国外，但他们的心始终与祖国紧密相连，关心着祖国的命运和故乡的亲朋好友。在他们的一系列作品中，我们可以看到对同时代俄罗斯人在祖国的生活和命运的描绘。这些作品不仅揭示了其国内作家看到却无法发表的内容，也为我们提供了一个独特的视角，去了解当时苏联的社会政治生活和人民的精神面貌。与此同时，他们以自己的创作之手，勾勒出了"漂泊之舟"上所有人的日常生活和精神生活。这样的创作不仅延伸并拓宽了 20 世纪的俄罗斯文学，使其以多棱面、多轴心的形式展现在世人面前，还卓有成效地扩大了俄罗斯文学在世界文学之林中的影响力。俄侨文学作为俄罗斯民族文化宝库中不可分割的一部分，具有独特的"混血文化"特征。这些作品不仅反映了侨民作家对祖国的思念之情，也为我们提供了一个宝贵的窗口，去审视 20 世纪俄罗斯社会的历史背景和文化风貌。通过阅读这些作品，我们可以更好地理解俄侨作家如何在异国他乡坚守自己的文化信仰，传承和发扬俄罗斯民族文化。

从最初的创作意图出发，俄侨作家的文学作品创作有着唤醒群众对自由的渴望、呼唤民主变革以及推动社会进步的宏大社会议题，聚焦社会理想实现和美好生活创造的维度，从微观走向宏观的俄侨作品创作呈现出复杂立体的多元思考。随着苏联解体带动的俄罗斯国内政治制度与社会环境巨变，大量俄侨作家以更为民主和自由的视角重构了关于俄罗斯的社会认知与政治探寻，在陷入社会巨变的制度失落的同时，很多新时期的俄侨作家适应新思想和社会新变化，在怀念过去日子的同时产生了对新时期俄罗斯的认知并融合了侨居异国的文化特征，在吸取历史创作经验和本土故事的基础上推动了更适应现代社会包容开放特征的文学运动，并展开了多元化的俄侨新时期作品创新创作。从阶段划分和特征归类层面来看，新时期的俄罗斯作家将更多的关注度投放在了世界文学宏大议题创作和俄罗斯本土文学内容升华等层面，以自身对社会的观察以及思考展现了青年一代俄侨作家的创作，更开启了俄罗斯侨民文学的新时代。但是从一定程度上来讲，新时期的俄侨文学创作与此前的俄侨文学有了本质的区别，可以认为此时期的俄侨文学是原有俄侨文学的消亡和新时期俄罗斯文学的诞生。

本章小结

总结来看，本章关注了俄罗斯侨民文学在中国的演进和发展历程，从探寻中国俄罗斯侨民文学的本质并延伸到其价值分析、深入研讨中国俄罗斯侨民文学基本概念、特征及推导中国俄罗斯侨民文学发展新趋势的维度出发，深刻重现了俄罗斯侨民文学在中国的发展历程与现代价值，对于深入探讨俄罗斯侨民文学的基本内涵与发展特征并优化其基础研究理论框架具有极为深刻的意义。

第二章　中国俄罗斯侨民文学的特征简析

第一节　中国俄罗斯侨民文学创作背景

一、俄侨的定义

当前学术界对于侨民的定义较为一致，一般将长期居住在他国境内但是其国籍仍属于原国家的人视为侨民。以苏联著名语言学家乌沙科夫在具有极高权威性的《俄语详解大辞典》中关于侨民的定义为例，其认为侨民主要有两类：其一是受到政治或经济因素影响而被迫或自愿移居其他国家的人；其二是在非客观因素迫使下选择长期或经常性在非国籍所在国生活的人。从人类历史发展的共性角度分析，侨民是一种基于独特历史社会背景形成的社会政治现象。一般而言，历史学和社会学层面将受特定政治、经济、宗教等因素影响而被迫或自愿从祖国离开迁移至其他国家的居民称为侨民。侨民的国籍问题、归属问题、融合问题和生存问题等都存在不同程度的争议。就中国俄罗斯侨民而言，部分俄侨在华居住和生存期间仍然保留了原有国籍，部分侨民因为俄国国内局势变化或放弃原有国籍而成为无国籍者，或加入中国国籍进而在严格意义上脱离了侨民范畴。

二、中国俄罗斯侨民的三次入华潮

结合第一章所作总结归纳，本章整合并划分了中国俄罗斯侨民的三次入华潮，以此作为中国俄罗斯侨民文学创作阶段演变的分析基础。

中俄之间有漫长的边境线，历史上的交往也较为密切。早在 13 世纪元朝时就已经有当今俄罗斯境内的"斡罗思"在中俄边境屯田、居住和戍兵的记载，早期的俄侨规模有限且活动范围集中于历史上的中俄边境，产生的社会影响也较为有限。但是自 19 世纪中后期开始，入华俄侨的数量迅速增长，与之相对应的是俄侨的社会影响力也大幅提升。19 世纪中后期至 20 世纪初期，中国境内面临清朝持续衰微、民国内忧外患持续深化等诸多矛盾，而沙皇俄国完成了早期工业化转型，其发展战略从内部改革转向外部扩张，中俄之间的政治、经济和军事差距逐渐拉开，沙皇俄国将清末民初的中国视为攫取利益的主要侵略对象，服务于帝国主义侵略的俄侨大规模迁入中国东北、华北等重点区域，自此俄侨的社会影响力大幅上升。

20 世纪以来俄罗斯侨民流亡到中国并定居于此，背后蕴含着复杂的原因。20 世纪全球局势都处于动荡变革之中，中国经历了晚清的覆灭和民国的日渐衰微，对内革命求变和对外反抗侵略的浪潮推动中国从矛盾重重走向共和国的新生；俄罗斯则实现了从资本主义形态的沙皇俄国向最早的社会主义国家苏联的根本性转型。中俄两国国内剧烈的变化在激化固有矛盾的同时引发了新的社会矛盾，复杂矛盾持续发展体现在俄罗斯侨民入华方面，展现了阶段性集中移居和规模持续扩大等特征。不论是 20 世纪早期沙俄帝国的侵略动机，还是十月革命导致的社会性质变化，抑或第二次世界大战引发的避难动机，俄侨入华行为都是矛盾推动的结果，其差异只在于矛盾的根源和影响范围。

十月革命之前，俄侨入华总量和流动速度都比较有限。自 19 世纪 80 年代签订《伊犁条约》以来，俄国以西北区域为中心逐渐深化在华贸易网络，发展至 19 世纪末期大量俄侨因在华经商而长期聚集于乌鲁木齐、天津、上海、宁波等地。此后，随着 19 世纪 90 年代俄国基本完成第二次工业革命，机器生产的工厂制度的建立使得俄国国内经济高涨，并催生了通过军事政治侵略扩张和构建垄断资本优势拓宽商品市场和原料渠道的新需求。1897 年俄国借由德国租借胶州湾的契机派兵侵占旅顺、大连等地，此后通过签订《中俄旅大租地条约》等方式实现辽东半岛的驻军式管理。俄国为深化对中国东北三省的控制，1898 年动工修建中东铁路。中东铁路的修建是俄国对中国战略由平稳推进转向积极拓展的主要标志之一。为满足俄国向中国输送人员和商品的实际需求，中东铁路建设规模和建设级别均较高。伴随铁路修建通车的是俄国对于中国东北三省甚至更为深入中国腹地的进一步控制，俄国为中东铁路设立了中东铁路护路军，攫取了中东铁路附属地的驻军、设警和司法特权，掌握了周边土地、矿产、森林和航运等资源优势，军队整体规模达到约 2 万人。这一阶段，俄侨迁入聚居主要集中在以哈尔滨为主的东北区域。中东铁路开工后有大量的筑路工程技术人员、管理人员和家属、资本家、工厂主、商人和手工业者等专业人员，以及文化娱乐行业人员、医生、律师等服务行业的从业人员从俄国前往中东铁路沿线居住。统计数据显示，俄国长期掌握中东铁路的核心权益，借此俄侨在中国东北三省开展了多元化的商业活动。中东铁路于 1898 年全面开工，到 1903 年哈尔滨（含沿线）的俄侨就已达到 3 万人。到了 1912 年哈尔滨的居民总数为 68549 人，其中俄侨达到 43091 人，而中国居民为 25458 人，俄侨占居民总数的 63.7%。[1]在 1906 年，俄侨的比例应该在 80% 至 90% 之间。到了 1928 年，俄侨比例依然高达 65%。换言之，在长达三分之一个世纪里，俄侨一直是哈尔滨居民的主体。[2]

　　十月革命前，天津也是俄侨较为集中的区域。俄国在甲午中日战争之后以汉口和天津为两大据点开辟了租界，成为第五个在中国设置专管租界的国家，此后借由 1900 年八国联军侵华的契机占领天津海河东岸大面积土地并通过与清政府签订《天津租界条款》等方式将近 6000 亩（4 平方千米）的土地划归租界，造成了俄国人来

---

① 黑龙江省地方志编纂委员会：《黑龙江省志（第 69 卷）》，哈尔滨：黑龙江人民出版社，1993 年，第 118 页。

② 李延龄：《李延龄文集》，哈尔滨：北方文艺出版社，2008 年，第 12 页。

津数目激增，其主要聚居在俄租界。从俄国花园往北至六纬路一带，俄国人开设的饭馆、酒吧间等店铺林立，顾客主要是俄国人。自此天津范围内的俄侨数量快速增长，且部分俄国人开始向英国和德国的租界伸展，后来白俄聚居在小白楼一带。政治因素带动的商业发展与文化繁荣，使得天津俄侨组成成分趋于复杂，不仅有数量庞大的工程技术人员、军人、教员、新闻工作者、医生和律师，还伴随着商人、传教士和留学生等俄侨群体数量的增长。十月革命前的上海俄侨数量增长主要受到港口贸易和领事馆设置因素的影响。上海的俄侨是 19 世纪 90 年代之后陆续迁入的，1900 年义和团运动之后俄国开始布局以上海为中心的华东战略，不仅在驻沪总领事馆内调派德西诺上校担任二等武官，还调派拉斯波波夫负责领事财政管理工作。1904 年—1905 年日俄战争期间，上海是俄军主要的资源补给和军事后备基地，大量俄侨在这一时期纷纷流入上海，战争结束之后俄国政界和商界对于上海的"港口地位"有了更深的认识，借由俄国义勇商船队每周一次的定期航线和符拉迪沃斯托克至莫斯科铁路衔接的契机，俄侨在华活动日益活跃。总体而言，十月革命前中国俄罗斯侨民数量增长与俄国在华影响力和控制力提升的需求呈现出密切的相关性。此外，在一定程度上也受到俄国在东亚他国地缘竞争策略的影响，俄侨的构成以专业技术人员、商人为主，精英特质较为明显，难民数量较少。这一阶段的中国俄罗斯侨民流入或流出均为常态，哈尔滨、天津和上海的俄侨依托租界实现了小范围集聚，但是整体规模较为有限。

　　基于侨居动机和社会影响等因素进行划分，20 世纪以来的俄罗斯侨民潮可以大致分为三大阶段，分别是十月革命后苏联国内政治对立引发的侨民潮、二战时期受战乱影响形成的以难民为主的入华侨民潮和中华人民共和国成立后中苏建交背景下的俄侨入华潮。跨越半个世纪的三个侨民潮使得俄侨在华形成较为集中的群体力量，也构成延续至今的东北等区域别具特色的俄侨文化早期基础。

（一）十月革命开始至 20 世纪 30 年代前

　　这一时期俄侨的迁移路线主要有向西和向东两个方向，向西主要进入巴黎、伦敦、柏林、布拉格等西欧代表性城市，向东则跨越国境线聚居在哈尔滨、上海、北京、青岛和新疆等地，这批俄国难民就被中国人称为"白俄"。十月革命后爆发的侨民浪潮也成为俄罗斯历史上第一次大规模的侨民浪潮。

　　十月革命带来的社会性质的根本性变革和此后爆发的内战对于俄侨入华的影响十分显著。此后中国俄罗斯侨民一改此前服务于帝国主义侵略的以精英为主的特质，呈现出较为鲜明的难民流亡性质。从十月革命后俄国流亡海外人群的统计数据来看，列宁在 1921 年俄共（布）十大上的讲话中提到，有 200 万俄国人流亡海外，此外参考《俄罗斯地方自治机关和城市难民救济委员会公报》中提到十月革命后俄国难民总量达到 1946 万人的数据，以及 1993 年出版的《关于研究境外俄罗斯人历史的若干问题》中提到苏维埃共和国成立之后离开苏联的俄罗斯人约有 150 万至 200 万人的数据不难发现，十月革命引致了爆发式的海外移居潮。

　　就这一时期流入中国的俄罗斯人数据来看，现存史料和相关研究留下了关于哈尔滨、上海、北京、天津等城市俄侨流入和聚居的珍贵资料与数据。雷麦在《外国人在华投资》一书中指出，1930 年在华俄人约为 14 万人。与之相对应，孙占文在 1983 年出版的《黑龙江省史探索》中提到，1918 至 1920 年期间，约有五万俄侨前往哈尔滨定居。据李延龄教授统计，到 1922 年，仅哈尔滨市内就有多达 15.5 万名俄侨，全黑龙江省达 20 万人以上。这就是俄罗斯侨民潮的顶峰期，颇有几分大海涨潮的意思。①这一时期的中国俄罗斯侨民人员分布特征较为复杂。

　　从分布特征来看，十月革命的前奏是二月革命，在二月革命的影响下，哈尔滨的俄国工人成立了"工人代表苏维埃"，并针对中东铁路沿线展开了夺权。激烈的斗争导致周边区域的治安日趋混乱，为控制社会秩序，吉林督军孟恩远和省长郭宗熙致函原沙俄派驻中东铁路总办霍尔瓦特，要求准许其进入中东铁路并进行驻兵管理，

---

① 李延龄：《李延龄文集》，哈尔滨：北方文艺出版社，2008 年，第 24 页。

最后于 1917 年 12 月底解除苏维埃俄军数千人的武装并将其通过满洲里遣送出境，中国军队也一定程度上实现了关于中东铁路沿线的领土主权和治安管辖的权力主张。

十月革命爆发之后，流亡俄侨向以哈尔滨为中心的东北三省大规模迁入，少量俄侨通过铁路或船运前往上海、广州等南方区域定居。1917 年 12 月哈尔滨工兵代表苏维埃被中国政府驱散，郭宗熙被任命为中东铁路督办之后，原中东铁路总办霍尔瓦特依然担任中东铁路管理局局长的职务并控制着中东铁路及其沿线管辖的主要权力，同时将中东铁路作为反对布尔什维克和苏俄活动的主要依托区域。孙占文在《黑龙江省史探索》一书中指出，统计数据显示，1918年中在哈尔滨居住的俄国难民总量约为 1 万人，此后 1918 年—1920年约有 5 万人规模的难民涌入哈尔滨，俄侨人数呈现爆发式的增长。这一时期在哈尔滨较为活跃的沙俄组织有霍尔瓦特带领的"俄远东拥护祖国和宪法委员会"和"远东义勇团"，原沙俄外贝加尔哥萨克首领格·米·谢苗诺夫在日本军国主义支持下建立的"满洲特种部队"收纳了大量沙俄流亡残部，建立了在东北区域有较大影响力的俄侨组织。

十月革命之后上海成为继哈尔滨之后的又一俄侨聚集城市。1918 年初上海出现了俄国难民涌入高峰，大量难民通过陆路到达哈尔滨和天津等北方城市之后通过航运前往上海，高峰期单日抵沪的俄国难民数量就已经达到了数千人。不同于东北三省对俄侨涌入较为平稳的态度，上海官方和市民对俄侨涌入的整体态度为消极抗拒。此后，1922 年白俄的"阿穆尔河沿岸地区自治政府首脑"捷里赫斯带领部下租用"罗莱斯坦"号客轮前往上海，剩余数千名部下及家属则分别乘坐 30 艘船分批次抵达上海。1929 年，"中东铁路事件"爆发，苏联红军占领了原白俄人员聚居的满洲里、海拉尔等城市，大量依托中东铁路谋生的俄侨被解雇，这一情况的出现使得与沙皇俄国关系密切的俄侨被迫南迁，上海成为俄侨聚居的第二场所。

（二）20 世纪 30 年代后

进入 20 世纪 30 年代，苏联和中国都发生了较为剧烈的变化，中苏边境呈现侨民流入与流出频繁的局面。

1935 年苏联政府单方面决定将中东铁路转让给日本所扶植的伪满洲国政府，这让 1924 年建交后已缓和的中苏关系逐渐陷入冰冻，此后苏联方面撤走中苏铁路中的苏籍员工，这在一定程度上削弱了东北三省的俄侨力量。

1931 年"九一八"事变爆发之后，白俄和苏联国籍人群的生存空间被压缩，日本的侵略扩张在一定程度上激化了东北三省内各国民族之间的矛盾。1932 年国际联合会派遣"满洲问题调查委员会"前往哈尔滨开展调查，英国李顿爵士担任调查团的团长，当时中国俄罗斯侨民青年撰写了关于东北俄侨权益保障和控诉日本侵略行为的请愿书，其中详细讲述了中国东北等范围内的白俄情况。

以俄侨最为集中的东北为例，20 世纪 30 年代东北依然是俄侨主要聚集和活动的区域，但是这一时期日本对东北进行了侵略控制，部分中国俄罗斯侨民受到伪满洲国"俄国侨民事务局"发行大量"日俄亲善"书刊的影响，以亲日方式开展反苏斗争；部分俄侨加入日本所扶植的伪满洲国的军队。以 1936 年伪满哈尔滨警察厅根据日本特务机关命令成立私兵处并招募俄侨的事件为例，伪满洲国强行征召白俄入伍参军，1936 年至 1943 年期间，日伪当局在大兴安岭绰尔河流域和嫩江以北的甘河流域、佳木斯以北的南岔和密山北部的十里洼区域设立了多个白俄侨民村，俄侨在华聚居从依托中东铁路沿线到服从日本安排发生了相应转变。

在这一时期，相较于务农和参军的少部分生活相对得到保障的俄侨而言，更大部分的俄侨在东北三省面临较为严峻的失业问题，且其平均收入基本等同于中国劳工收入并低于日本劳工收入，就业形势堪忧。

与之同时，受到生存和社会矛盾激化以及民族主义倾向等因素的影响，俄侨中逐渐形成了多个法西斯组织，以"俄罗斯法西斯党"为代表的法西斯组织活动较为频繁。但是，部分具有亲中主张和受到苏维埃政权影响的俄侨参与到了东北三省的抗日队伍之中，大量苏联飞行员和技术人员支援了中国人民的抗日战争；也有大量俄侨平民主动融入中国生活之中，在工商贸易、文化教育、艺术创作和新闻传播等方面做出了卓越的贡献。

受到日本在东北三省影响力持续扩大、苏联向伪满转让中东铁路权限和伪满押送苏联员工回国等因素影响，20世纪30年代在华的俄侨流动规模增大，存量人数波动也较为明显。1935年，苏联与日本代表、伪满代表签署了让渡中东铁路的系列文件，《北满（中东）铁路让渡协定》中提出，苏联政府将其关于中东铁路北段之一切权力让渡伪满洲国，伪满洲国政府对此应以日本国通货1.4亿元之数额为代偿，向苏联政府支付，并自当年四月起开始分步撤走中东铁路的苏籍员工。1936年开始，伪满洲国和日本开始清理在华俄侨，部分未撤离的俄侨被强制甄别并押送出境，进一步导致了中国俄罗斯侨民的流失。

此外，从俄侨第二集中的城市上海来看，东北局势紧张复杂促使大量俄侨南迁至上海。从聚集区域选择来看，20世纪30年代的上海俄侨集于霞飞路一带，通过开设商店和娱乐场所等方式构建了具有俄罗斯色彩的繁荣环境，生活水平相较于此前有了较显著的提升。但是这一阶段部分在沪俄侨也面临失业问题。上海的俄侨在1932年苏联与南京国民政府复交的背景下面临着日益激烈的矛盾，苏侨与白俄之间在商业活动、政治立场和利益归属等方面经常发生冲突，甚至出现了错综复杂的派系斗争。在沪俄侨与上海人民的关系既有协调，也有冲突。1932年俄侨协助开展"一·二八"事变后的治安管理工作，并以俄国义勇队的名义在上海值守发电厂、工部局和监狱等。但是1937年卢沟桥事变后，白俄与上海中国军营孤军产生多次冲突，抢走军营悬挂的中国国旗并开枪打伤中国士兵，引起了上海民众的巨大抵触情绪。在1941年太平洋战争爆发之后，上海俄侨的生存条件急剧恶化，上海俄侨生活进入最为艰苦的时期。

20世纪30年代北京和天津的俄侨并没有形成规模化的聚集与活跃的工商业活动，生活方式以依托政府建立类似难民营的机构和提供临时救济为主，但是建立了"华北俄侨仿共委员会""高加索协会"等政治团体和其他科教文卫慈善救济团体，推动了京津地区现

代化社会治理体系的构建和自由平等观念的形成，对当时的社会风
貌产生了一定的积极影响。

（三）中华人民共和国成立后

20 世纪共发生了三次俄侨移居浪潮，其间数量众多的俄罗斯作
家因为种种理由而背井离乡，流落异国。1976 年，一部关于俄罗斯
侨民的文学作品——《第三浪潮》在巴黎发行。1982 年，美国加州
大学洛杉矶分校邀请世界各国的俄罗斯侨民作家和斯拉夫学者来校
参加为期三天的研讨会，其主题为"第三次浪潮下的俄罗斯侨民文
学"。会后出版了一本以此为主题的论文集。自此，20 世纪俄罗斯
侨民文学的"三次浪潮"论开始在全球斯拉夫学界广为流传。

第三次侨居浪潮与第一次、第二次侨居浪潮的根本区别在于：
这些流亡作家大都生于苏联时期，他们的童年时光是在被称为"社
会主义"的大环境下度过的，而这种社会环境具有显而易见的优势
和劣势。在苏联人打败法西斯的时候，他们中的大多数都曾为自己
的祖国而骄傲，也为其所遭受的惨重损失而悲恸。其中很多人曾经
遭受过压迫。他们对苏联共产党二十大的召开充满了期待，并对赫
鲁晓夫之后的"解冻"时期充满了期待。也就是在这一"解冻"的
过程中，这一批随后而来的侨居作家才真正踏上了文学之路。只有
维克多·涅克拉索夫是个特例，他的长篇小说《在斯大林格勒的战
壕里》是在那场伟大的保卫战之后才出版的。起初，他们谁也没有
考虑到这一点。不管是纯粹的苏维埃作者，还是后期侨居的作者，
他们都很清楚地认识到，人的生活是自由的，人的精神是永恒的。
作者以一种大胆而又诚恳的态度，呼吁不要再次发生类似的事情。
社会诗、哲学诗、歌谣诗、抒情诗、歌唱诗等诗歌形式与主题都有
了新的发展。不管是在文学、绘画领域，还是在戏剧、电影等各个
领域，人们对文学和艺术的研究都在蓬勃发展。但在 20 世纪 60 年
代初期，形势已经十分明朗。赫鲁晓夫于 1963 年时参观了马涅什的
画展，并会见了一些作者和文艺工作者。这一事件意味着民族生活，
包括创造性的自由得到了保障。之后二十年的停滞期，对知识界的
创作而言，当然是一段沉重的经历。即使有些值得尊敬的作家能够

冲破图书审查员所设的关卡，但大部分正直的作家却无法接触到读者。但这些文艺工作者的热情仍然十分高涨，不管情报机关怎样制止，他们仍然想方设法把自己的作品以不同的方式刊登在西方的刊物上，或以单篇形式发行，最后再返回祖国。这些"地下"的作者，常常和自己的读者在不同的机构、诗歌俱乐部、大学、咖啡厅等地秘密见面，官方对此也无可奈何。然而，文学家们也遭到了迫害。其后果是，这些遭受压迫的作家会重新思考他们以前深信不疑的价值观。借此机会，当局将这些活跃于国外的文化人赶出国门，或迫使其从事其他创新活动。

第一个被官方驱逐到国外的是瓦列里·塔尔西斯，他是一名作家和新闻工作者，他在《第七病室》一书中记录了自己在克格勃精神病院中度过的那些日子。他所写的《瓦连京·阿尔马佐夫的冒险生活》，以苏联日常的生活为主题，虽然很有意思，但更像一部纪录片，而非一部艺术性的作品。继塔尔西斯之后，一批又一批的文学家或被迫或主动来到国外，他们在国外相继建立起一批出版社、创办刊物等。在前两波浪潮中被放逐的人中，有一批人极其仇恨苏维埃政权。除此之外，他们和自己的前辈们也有着天壤之别。他们不像老一辈那样接受过宗教教育，对白银时代的作家、画家和音乐家们的作品只是一知半解，他们不会怀旧，也不会了解俄罗斯流亡世界的生活，他们只是照搬了自己以前在家乡做过的事情。从这一点上，我们可以清晰地看到俄罗斯流亡者与其土生土长的民族文化在本质上的不同。

三、中国俄罗斯侨民的归宿

从俄侨入华原因和中国俄罗斯侨民生存发展的情况来看，苏侨、白俄和无国籍人士等组成的复杂的俄侨群体面临着内部矛盾和外部矛盾较为激烈的环境。服务沙皇俄国向苏联转型后的对中战略阶段性转变需求，俄侨在深化东北三省开发、被迫流亡等因素的促使下实现了以哈尔滨、上海、天津和北京为中心的区域化聚集。其间，数万俄侨四处漂泊，在第一次世界大战与第二次世界大战深刻影响全球格局和中国地缘环境的情况下，被迫裹挟于动荡不安的环境之中，群体特征从以精英为主转向以难民为主。在长期矛盾冲突和合作协同的影响下，俄侨与中国人民之间形成了微妙平衡的关系，俄侨的存在也深刻改变了各个主要城市的面貌。

从社会生活和文化作品创作层面来看，在中国的各个行业都有俄侨的身影，如工商业、房地产、金融、餐饮、娱乐等。在文艺、文化、教育、新闻、出版等领域工作的俄侨数量越来越多。在海外俄侨中，知识分子占据了很大比例，其中作家、艺术家、教育家、记者等都是其中的佼佼者，也有一部分人是在海外受过教育，从而开启了文学、美术等职业生涯的。俄国人历来重视教育，受过良好的文化教育，所以大多数外派人员的文化素质都很高。尤其应当提及的是 1920 年创建的哈尔滨中俄工业学校（现为哈尔滨工业大学），该校成为中俄工程师的摇篮。此外，还有哈尔滨法政大学、北满工业大学、商学院、师范学院等。俄国人共开办过 69 所中小学，此外还有若干工、农、商、师、医、药、法、音、美、艺术等专科学校。①

通过发展教育事业，俄罗斯侨民的绝大多数子女获得了较好的教育。例如，20 世纪 20 年代以来，哈尔滨成为东北俄侨文化和教育的中心，大批来自各地的青年俄侨涌向此地，从而使俄侨的高等教育得到了进一步的推广和发展。随着哈尔滨法政大学、哈尔滨中俄工业学校的成立，俄侨在中东铁路管理局等相关机构的资助下，于 1925 年成立了哈尔滨东洋学堂、工商学堂、哈尔滨师范学堂、北满大学等。这些教育机构的建立，既为俄侨提供了优质的人才，又推动了哈尔滨教育事业的发展。1917 年俄国十月革命之后，大批俄侨蜂拥进入哈尔滨，他们之中有些人本来就在本国接受过文学、诗歌、戏剧、舞蹈、音乐、绘画等方面的训练，有些甚至是著名的作家、画家、艺术家。他们的到来迅速将哈尔滨打造为远东俄侨文化的集聚地。

---

① 李延龄：《李延龄文集》，哈尔滨：北方文艺出版社，2008 年，第 14 页。

俄侨报刊是俄侨文化传播的主要手段和媒介，它们根据俄侨生产、生活需求的变化而变化。俄侨报刊以俄语为主体，以报纸、杂志等形式出现，内容涵盖了政治、经济和文化等各个领域。

第二节　中国俄罗斯侨民的文化语言重构分析

在俄罗斯侨民逐渐涌入中国并定居于哈尔滨、北京、上海等城市的社会历史背景条件下，中国俄罗斯侨民在延续其传统语言文化特色与文艺创作风格的基础上，进一步深挖社会现实生活问题，实现文艺创作思维体系的创新，阐述表达文化语言的系统性重构，探索并呈现了文化冲突带来的文艺创作魅力。

一、侨民迁入中国带来的文化冲突

具体分析中国俄罗斯侨民迁入中国并开展文化艺术创作的相关历史现实，不难看出，俄罗斯文化和中国本土文化存在着固有的文化冲突，其主要表现在语言差异、文化习俗差异、人才生存空间矛盾、价值认同与国籍属性矛盾和民族主义思潮等方面。

（一）语言差异

语言矛盾是意识形态、文化认同与生活理念等根源性矛盾的具象化体现。20 世纪以来，俄罗斯侨民在中国的哈尔滨、上海、北京和天津等较为繁荣的城市侨居生存并谋求发展，这对俄侨语言文化中的自身矛盾、其与中国本土语言文化的矛盾对俄侨融入中国的进程以及相应城市的近现代发展都产生了较为深刻与深远的影响。

1. 俄侨本身的语言矛盾

在俄罗斯的文化中，存在着许多内在的冲突：个体与集体、谦卑与反礼、奴性与自由、软弱与强大、自我牺牲与唯我至上、崇尚物质与追求自由、东正教的强迫俄国化与东正教成为一个全球性的宗教等。与俄罗斯人不同的是，西方人追求进步、个性自由、生活合理、生活有序、生活稳定，这与东方人追求的生活方式也是完全不同的。这是一种既相互冲突，又相互依赖的二元结构，这种二元结构形成了一种"冲突的统一性"，即这种二元结构是一种矛盾的统一体。但是，在俄罗斯文明发展史全过程中，每个时期的凝聚力、向心力、整合力的作用都大于分散力、离心力、分裂力。因此，虽然俄罗斯文化发展史上有过"双重信仰""两种文化""两个都城"，并且俄罗斯以"双头鹰"图案为国家标志，但俄罗斯文化却是以一个有机的整体形式保存下来的。而且，俄罗斯的两种文化，每一种都是靠着两者之间的对立和争论才能生存下来的。如果没有这种对立和争论，每一种文化都会变得毫无价值。俄罗斯的文化既有对立又有统一，并且在整个历史进程中都存在着对立统一的二元性现象。因此，俄罗斯人本源性的语言矛盾在一定程度上是难以调和，更难以避免的。

其一，人种差异较大。从最初俄罗斯就是一个多民族国家。除主体民族俄罗斯族之外，主要还有乌克兰人、摩尔多瓦人、白俄罗斯人、阿尔瓦人、鞑靼人等。俄罗斯独特的人类学、语言学以及其他方面的因素，都无法避免地影响着它的精神特质。从俄罗斯人的特征以及其精神和性格来看，他们同邻近的波洛伏齐人、立陶宛人、波兰人和德意志人都有广泛的联姻关系。

其二，自然地理相对割裂导致了差异。森林、草原、河流和平原等自然生活环境的巨大差异影响了不同区域俄罗斯人的思维习惯，进而也引致了语言、文化与价值认同等多维度的分异和矛盾。斯拉夫人千百年来一直居住在这片丛林之中，并且宗教对其也有很大的影响。在鞑靼统治的艰苦岁月中，由于受到外国政权的压制，社会上的一些虔诚的信徒为了逃避世俗的诱惑、逃避喧嚣与罪恶，便来到这片丛林之中的"戈壁"，为自己建造一片密林，过着与世无争的生活。草地对俄罗斯人的精神也有很大的影响，草地是如此广阔无垠，正如一首歌中所唱的，它培养了古罗斯南部居民的一种宽广的感情、一种博大的眼界，但是草地也有一个很大的缺点，那就是它给和平的邻居带来的不只是一种礼物，还有一种灾难。对于古罗斯来说，这一直都是个威胁，而且往往是个灾难。斯拉夫的河流有伟大的历史意义，斯拉夫人从远古时代起就深爱着河流，并且将其写进了自己的歌中。俄罗斯的水道，其中就有从瓦良格到希腊的水道，它是政治、经济、文化的枢纽，它能克服森林和草地的"模糊性"，它能让人变得更有进取心，能将人聚集在一起，让人有一种融入社会的感觉，让人学会如何与陌生人交流，学会学习对方的喜好和优点。更为重要的是，它还能培养出一种国家的秩序和社会精神。空旷、单调、一望无际的大草原，使俄罗斯人有一种温和质朴的心灵，有一种朦胧的胆怯，有一种安详的宁静，有一种沉重的忧郁，有一种心灵上的梦幻。

2. 俄侨融入中国本土文化的语言矛盾

俄侨语言是以俄语为研究对象的，但是"俄侨语言"一词在语言学家中却没有得到普遍认可。从俄侨语言的总体角度来看，所使用的称名包括：язык русских эмигрантов，язык русских иммигрантов，язык русской диаспоры，язык русского зарубежья，язык русскоязычных эмигрантов。"эмигрант"是来自拉丁语"emigrans"的外来词，意为"выселяющийся, переселяющийся"，俄文释义为"лицо, добровольно или вынужденно выехавшее из страны своего гражданства на постоянное жительство в другое государство"，也就是"主动或者被迫移居到其他国家，并且定居在其他国家的领土上的人"。"俄侨语言"是定居在国外的群体所使用的语言。但是，这个词并不适用于全部海外俄侨，仅适用于那些自觉保持本国特色，并且重视本国语言、文化和意识发展的俄罗斯侨民。"俄语"为俄罗斯本土语言，适用于在国外生活的所有俄罗斯人。

中东铁路通车后俄侨涌入带来了语言影响。中东铁路开通以后，俄侨在哈尔滨的各行各业都有涉猎，如工商业、金融业、服务业、教育界、文艺界、出版界等无一不有俄侨参与其中。在社会生活中，他们与本地中国人的联系越来越紧密。俄侨与中国人起初语言并不相通。他们在交流时，为避免语言上的隔阂，就把翻译过来的俄语混用在汉语中，形成了一种独特的哈尔滨俄汉混语。该语言主要是俄语，少数汉语，词汇量小，文法单一，仅以口头表达方式存在。

而以文字表达方式存在的情况仅在部分店铺的招工或商业宣传中偶尔见到。英语口语表达是来自两个不同文化的人们进行交流的一种特殊方式。

1920 年冬季，瞿秋白先生赴苏联时途经哈尔滨。在其旅行记录《饿乡纪程》，亦称为《新俄国游记》中，他也提到，哈尔滨人从上到下，都会说一些俄汉混杂的方言。那个时候，很多人都会说俄语，至少能运用一些俄语词汇。在其生活语言中，经常夹杂着一些外来语言。这种语言虽然文字记录不多，但还是以口口相传的方式流传下来。

从瞿秋白的描写中，我们可以感觉到，在哈尔滨俄汉两种语言混用是一种很常见的现象。其实，哈尔滨的俄汉混杂语言不但是哈尔滨人和俄侨进行跨文化交流的一种方式，而且也是中国人相互交流的一种语言形式。在街道交易、服务、家庭谈话中，以及在不同的商店和服务地点，这类语言经常被使用。荣洁在其《中俄跨文化交际中的边缘语》一文中，对哈尔滨俄汉混杂语言的用法作了非常详尽的划分，大致有以下几个方面：第一，街道名称，如将以俄文命名的 "Саманная ул." 直呼为 "霞曼街"，"Городок Депо" 称为 "地堡小市"；第二，教堂名称，如 "Соборсвятая София" 被哈尔滨的中国居民称作 "索菲亚教堂"；第三，食品、烟、酒类的名称，如 "махорка"（马合烟），"монпасье"（毛八谢，一种苏联产的水果糖）；第四，乐器、舞蹈的名称，如 "баян"（巴扬），"вальс"（华尔兹），"танго"（探戈）；第五，西医、西药的名称，如 "ампула"（安瓿）等；第六，日常交际用语，如要想买东西，得去 "базар"（八杂市儿），想做买卖就得会讲 "рубль"（卢布力）、"копейка"（戈别卡），管买卖人叫 "купец"（谷瘪子），女人们穿 "платье"（布拉吉），男人们戴 "кепка"（吉布克，即鸭舌帽、便帽），冬天穿 "катанки"（毡疙瘩），烟民们抽 "мундштук"（木什斗克，即烟斗），用 "ведро"（喂得罗）打水；第七，工厂用语，如 "начальник"（哪捎侬克，即厂长、分厂长），"мастер"（麻细儿，即工段长），"паровоз"（巴拉窝子，即蒸汽机车），"завод"（咋喔特，即工厂），"вагон"（瓦罐，即棚车或放在某处作为休息室用的客车车厢）等；第八，詈语，如"Тебе гавн люди"（基别嘎夫诺留基，即"你是臭大粪"），"хулиган"（胡里干，即流氓），"мошенник"（马神克，即骗子），"чушка"（丘什卡，即猪崽子），"дурак"（杜拉克，即傻瓜），"макака"（马嘎嘎，即猴子）等。①

俄侨将其生活方式带到中国的同时，还对我国东北部的经济进行了干预，例如"普特"作为重量单位，"沙绳"作为长度单位等。在这段时间里，卢布成了市面上最通用的货币，无论是俄侨中的工人还是乘客，都要用它来购买火车票和运输工具，就连商人们也要用到它来做生意。于是，"卢布""戈比""西伯利亚短贴""克伦斯基票""霍尔瓦特票""罗曼诺夫票"等都曾经是在哈尔滨常用的字眼。

另外，俄侨也把自己所信奉的宗教及习俗带到了哈尔滨，这些都是他们在社会上的一种独特的、重要的生存模式。例如东正教、巴斯克节（逾越节，复活节）、莫罗勘教、巴吉斯特教、索菲亚教堂、圣·尼古拉教堂等，这些都已成为中国宗教及其习俗不可分割的组成部分。

俄侨移居中国对十月革命后的汉语也产生了影响。1917 年十月革命以后，在这场"侨居潮"中，中国俄罗斯侨民以旧俄贵族、军人、文官、商人、知识分子等为主体。他们之所以在国外流浪，是因为他们害怕苏维埃，他们只是为了逃避战争，而不是为了永远逃离自己的国家。虽然在外流浪已久，但他们始终怀着一种"俄罗斯的归属感"，盼望着有朝一日能够重返故土。其中大部分人具有较高的文化素养，并在被放逐之前就已精通多国文字，到了国外可以熟练地运用各种外语进行沟通。但俄语一直是俄罗斯人民的本族语言，也是他们与本国亲友交流和交往的重要手段。东正教对俄语的传承有着举足轻重的作用。因此，他们把重点放在了子孙后代的俄

---

① 荣洁：《中俄跨文化交际中的边缘语》，《解放军外语学院学报》1998 年第 1 期，第 40-41 页。

语教学上。到 20 世纪末期，俄侨的后代已经繁衍了三个世代，其中大部分已经掌握多种语言，可以自如而又流利地运用俄语进行各种交流。俄侨后裔俄语水平的提高与其在语言上的学习无关，更多地依赖于其在语言上的运用。总体上讲，他们能够熟练地运用口头语言，但是还保持着苏联时代和现代俄语中早已绝迹的老习惯，在发音、语调等方面都受外国语言的严重影响，在文法方面也出现了一定的变化，书写的水平也在下降。

第二次世界大战期间，大量的苏联公民因为战争而流落到了德国，他们有的被俘虏，有的逃亡到了中国，如哈尔滨、上海、天津、北京和中国西北部。他们大多在苏联受过高等教育，回国时已是成年男子，十分珍惜俄罗斯的历史、文化，关心国家的政治、经济、文化发展，平时常看俄语图书、报纸，掌握较好的俄语。受家族遗传的影响，第二代俄侨后裔具有良好的俄语水平。

俄侨在华日常生活与发展也使得俄罗斯文化受到了更广泛的理解与认可，尤其是十月革命后俄罗斯文化成为革命先进群体争相学习的对象，在俄侨组织和参与下俄语语言与报纸、杂志等文化传播载体相融合，语言差异之间的矛盾进一步被弱化，语言融合与创新持续推进，给俄侨聚居的哈尔滨、上海等地的语言习惯注入了新的元素。

3. 小结

20 世纪以来的中国俄侨语言转变特征可适用泽姆斯卡娅的论断。泽姆斯卡娅是俄罗斯大学维诺格拉多夫俄语研究所的著名语言学家，也是莫斯科大学函数型社会语言学的创始人，主要从事构词法、口语及儿童语言方面的研究。此处主要研究俄侨流亡中国之后，他们之间由于言语冲突而产生的和解与转型。通过分析，可以得出结论：俄侨言语虽然在各个层次都有不同程度的变化，但其整体并没有衰落或消失。

总体而言，俄侨作为外来群体，在迁移中国的过程中经历了从帝国主义扩张目的向流亡逃难目的的转变。20 世纪从俄国到苏联的转变过程中，俄侨在思维习惯和心理偏好方面倾向于将自己认定为欧洲群体的一部分，其语言体系的基本逻辑、应用习惯与表达方式等与中文之间存在巨大的差异。俄侨因为复杂原因迁居中国，导致其从在华习惯于使用以俄语为主的交流方式逐步向适应汉语交流方式的方向转变，语言适应上的困难一定程度上影响了俄侨，尤其是难民，在上海等城市的融入进展，也在一定程度上成为引致部分俄侨悲惨生活的原因。

（二）文化习俗差异

俄侨在中国定居已久，在与本地人长期接触和交流中，他们的饮食、衣着、住所、交通等生活习惯受到了一定的冲击，并逐步与中国地方文化相融合，从而形成了带有俄罗斯特色"乡土特征"的融合型文化。

1. 以哈尔滨为例的不同文化风俗对其产生的不同作用

由于俄侨在以哈尔滨为中心的东北侨居时间较长、本地化融合度较高且社会地位相对较高，因此，俄侨对哈尔滨文化习俗的影响尤为深刻。

就服饰文化而言，俄侨的长期居住与日常生活一定程度上影响了哈尔滨人的审美偏好，让哈尔滨人以敢于穿着、热爱自己的美丽而闻名于世，以至于许多知名的服饰和化妆品制造商都将自己的商品能否进驻哈尔滨的市场作为检验自己商品的竞争能力的手段。哈尔滨位于国家的北方边疆，由于独特的历史发展和相对封闭的地理环境，其各方面的发展都滞后于内陆的其他城市。中东铁路修建后，该城成为"华洋杂处"聚集地，大量俄侨定居于此，在他们服装的示范效应下，出现了短袖旗袍、筒式毡帽、平底靴等时尚现象。很多男士喜欢穿西装，以求时尚；表和戒指，都是必不可少的。哈尔滨地处塞北，与中土相距遥远，服饰自然简朴，但随着中东铁路的"欧风东渐"，服饰在材质、色彩、风格等方面都有了质的飞跃，而且在功能上也从实用性转变为美观性，强调服饰的装饰性和美感。哈尔滨近现代的服装风格及其美学观念受到俄侨的影响，具有深厚的历史渊源。

随着俄侨的到来，西餐饮食文化逐渐在中国传播开来。1905 年，中东铁路俱乐部西餐厅的开办标志着西餐在中国的起步。在俄侨的推动下，各类西餐厅、咖啡馆、冷餐店、酒吧等带有西方饮食传统的店铺如雨后春笋般涌现。西餐饮食业的发展极大地丰富了哈尔滨地区人们的饮食结构与内容。据《哈尔滨饮食服务志》统计，先后约有凉菜 50 种、汤菜 56 种、水产类 137 种、肉类 108 种、野味类 50 余、面盘 19 种、冷饮料 18 种等，共计 572 种西式菜点在各类厅、馆、亭的餐桌上出现过。这些丰富的西式菜点与中国菜系一道，使得哈尔滨的饮食品种繁多、口味精美。值得一提的是，啤酒的传入对于哈尔滨的饮食文化产生了深远的影响。1900 年，俄商乌卢布列夫斯基为满足俄侨生活的需要，率先在哈尔滨开办了啤酒厂，这也是中国的第一家啤酒厂。起初，啤酒并未受到国人的重视，但随着时间推移，人们逐渐喜欢上了这种饮料，并开始效仿俄罗斯式的狂饮。如今，啤酒已经成为哈尔滨酒文化的重要组成部分，以至于外地人常用"喝啤酒，像灌溉"的诙谐幽默来形容哈尔滨人的饮酒习俗。总之，随着俄侨的到来，西餐饮食文化在中国得到了广泛的传播，丰富了人们的饮食生活。同时，啤酒的传入也为哈尔滨的饮食文化注入了新的活力。

在居住方面，俄侨文化的影响使得哈尔滨人对于居住品质有了更高的要求。为了满足员工的需求，中东铁路管理局曾建造了大批住房。同时，一些俄侨房地产商为了谋求利润，也投资于房地产行业，而俄侨难民则在银行贷款的支持下修建了一些私宅。这些房屋主要集中在道里、南岗地区，也就是当时的中东铁路哈尔滨附属地界内。随着俄侨的逐渐离去，这些住宅或通过买卖转入中国居民手中，或由地方政府、铁路部门接收后转为民宅。尽管这些昔日的俄式住宅在城市改造过程中已所剩无几，但哈尔滨人由此形成的居住习俗却并未消失。哈尔滨人的住宅装修热在全国来讲是兴起得最早、持续时间最长的。装饰材料市场也因此久盛不衰。每一个家庭在迁入新居后都会大肆修缮一番，坡壁要刷油或贴面，地上要拼板或铺毯。这除了哈尔滨地处寒带的自然条件外，恐怕俄侨居住文化的影响也是一个主要的原因。总之，俄侨文化对哈尔滨人的居住品质产生的影响不仅体现在住宅设施的齐备上，还表现在哈尔滨人对住宅装修的热情和持续关注上。

交通出行方面，随着 1903 年中东铁路的全线通车，铁路运输迅速成为人们的主要交通方式。这一改变不仅为人们的出行带来了极大的便利，还改变了传统的交通路线。过去，从黑龙江入北京有三条主要通道：由吉林、奉天入山海关的日大道；由蒙古各旗入喜峰口的蒙古站，也称为草地，为拜折道；以及由蒙古境入法库边门的八虎道。然而，如今山海关内外铁路相衔接，京奉铁路开通，使得人们入京和货物运输变得更加便捷。特别是 1912 年，中东铁路管理局与英国伦敦托马斯库克父子公司签订了一份全球客票联运合同。根据这份合同，人们可以从哈尔滨乘坐中东铁路，经过西伯利亚抵达莫斯科，并与欧洲各国实现直接的交通联系。这一举措使得哈尔滨成为连接欧亚两洲的大陆桥，为全球旅客提供了更为便捷的出行选择。总之，中东铁路的全线通车不仅改变了传统的交通路线，还为人们的出行带来了极大的便利，进一步推动了全球交通的发展。而哈尔滨市内马车及公共汽车的运营，使人们的生活节奏加快，更加贴近于现代社会。

另外，当时俄侨的宗教、婚嫁、丧葬等习俗，对中国人的影响也比较大。因此，在许多都市社会中，也形成了其独特风俗和文化。

2. 以上海为代表的文化习俗的差异化影响

上海的俄侨相比于积极融入中国本地生活的哈尔滨俄侨而言，在保留原有宗教信仰和节日习惯方面更具特色，因而也形成了与上海本土群体差异非常显著的文化生活习俗，尤其表现为保留了特色鲜明的东正教宗教活动及主要的宗教节日习惯。

上海东正教会为主教管区，按东正教规定，上海各东正教堂每日早晚均须举行祈祷仪式，每星期日上午均须举行圣体血圣餐仪式，每逢国定节日及重大东正教节日，均要举行隆重的宗教仪式。

作为东正教较为重要的宗教节日"帕斯哈"——复活节也在俄侨群体中颇受欢迎。旅沪俄侨都信奉东正教，而其一年之中最隆重的教节便是复活节，俗称"帕斯哈"节。每年逢此佳节，上海之俄商必休假。而在华企事业机构中供职之俄侨，除本人向雇主请假外，还常由俄侨普济会等出面，代为请假。旅沪各国外侨在复活节期间，常纷纷驱车驾艇，遨游杭州、南京、苏州、莫干山和上海近郊各地的山明水秀之区，尽情游乐。旅沪之俄侨则大多不外出，而是在一个星期之前，就开始做种种过节筹备。霞飞路之俄侨商店，顾客如织，川流不息。而俄侨夫妇亦纷纷结伴前往，选购过节用品。俄俗中复活节前之40天，是为大斋期，凡肉、油、蛋等，皆屏除不进，每星期于教堂内举行大祈祷四次，而末一星期，教士皆穿燕衣，为耶稣服丧。节前约四天，每户俄侨使用蛋和牛油等制成塔状的复活节蛋糕。在复活节前一日之大祈祷开始后，各俄妇晨起即持塔状的复活节蛋糕至教堂，请主教祝福，然后携其归，留作复活节餐桌之主菜。[①]

在复活节期间，旅沪俄侨都在家里举行各种纪念仪式，并有敲蛋游戏。依照俄罗斯习俗，家家户户都门户大开。男宾访客可与主人家的每一女郎接吻三次，该节日自午夜大弥撒完毕返家后开始，延续数日，至少要等鸡蛋、塔形复活节蛋糕、金字塔形冰激凌、鱼子酱和伏特加享用完为止。哈尔滨俄侨在复活节前要用松花江里的水洗去"罪孽"。上海的俄侨虽无须用黄浦江水洗罪，但亦习惯在大斋期内忏悔自己的罪孽，而孩子们最高兴的莫过于敲蛋游戏。其法甚简单，双方各执一蛋，以尖端相撞。谁的先破便输，并应吃去这蛋。[②]该类游戏（或者说是节日习俗）亦影响到当地的中国传统节日，例如其在哈尔滨的端午节便一直延续至今。

3. 小结

中国俄罗斯侨民保持了较为鲜明的原有生活习惯以及不同于中国本土居民的差异化民族文化特色，这一差异一定程度上带来了认知上的冲击以及文化习俗差异较大的俄侨与中国人民之间的矛盾。但是在长期共同生活过程中，文化习俗方面的差异逐渐得到相互理

---

① 汪之成：《近代上海俄国侨民生活》，上海：上海辞书出版社，2008年，第113页。
② 汪之成：《上海俄侨史》，上海：生活·读书·新知三联书店，1993年，第383页。

解与弥合。20 世纪上半叶，俄侨在华因文化习俗差异引致的矛盾与冲突实质上并不多见。可见，20 世纪以来俄侨与中国人在文化习俗方面的差异并未演化成激烈的矛盾，反而成为推动融合的主要力量。

（三）人才生存空间矛盾

20 世纪以来，具有突出人才特征的俄侨迁入中国主要发生在两个时期，其一是中东铁路建设和运营期间，大量工程技术专家及其家属、商业机构负责人等专家群体在以哈尔滨为主的东北区域呈现出规模化聚集的特征；其二是中华民国国民政府和苏联友好期间，苏联派遣大量现代化工业的专业技术人员前往中国支援上海等核心城市的工业现代化建设，由于这一时期同时发生的还有局部抗日战争，苏联同时也向中国派遣了大量的飞行员和军事专家等为中国华北、华南等区域的抗日提供了大量的专业技术指导与支持。但是，俄侨中的大量专业技术人员在华活动很大程度上受到政治环境的影响和中苏关系的约束，在中东铁路管辖权纠纷日益复杂化，以及 20年代末至 30 年代初中苏关系恶化的影响下，大量的专业技术俄侨选择了回国或者向东南亚迁移。由此可见，俄侨中的人才生存空间矛盾在较长历史时期内存在，并在个别阶段被激化与放大。

1. 中东铁路时期的俄侨专家

20 世纪以来，迁入哈尔滨的俄侨可以大致划分为三大类型。

一是政府派遣性质的侨民。政府派遣型侨民主要集中于 19 世纪末至 20 世纪初，集中服务于中东铁路的建设与运营。在政府派遣型俄侨中，可细分为中东铁路的工程技术人员、管理人员、技术工人及其眷属，中东铁路护路队员与哈尔滨常驻军队中的退伍人员及其眷属，沙俄或苏联行政、外交、金融、商业、宗教等派出机构中的工作人员及其眷属等多种类型。他们受命于沙俄或苏联政府的委派，为了一项专门的工作侨居哈尔滨。一般地讲，行政官吏、工程技术人员以及外交、金融、商业、宗教等类侨民来自沙俄或苏联各地，而技术工人和军人多招募于沙俄或苏联的各边疆省区。

二是经营谋生型侨民。这一类侨民多为自主自发迁往中国东北区域并沿中东铁路线俄侨聚居区开展生产生活活动，迁移的主要类型有单身谋生、举家迁移、投靠亲友三类。在中东铁路建设初期，西伯利亚和远东地区的一些俄罗斯人为谋生活跑到哈尔滨，他们以单身的男子为多，即便是已有家室的人，也是自己跑来先闯荡一番，待有所安顿后再做新的打算。这种类型侨民的出现，多与筑路初期的条件艰苦有关。中东铁路通车，给阖家迁移与投靠亲友的女性在行动上带来方便。加之作为近代城市的哈尔滨亦日趋繁荣，较之俄国的边疆省区，此处求职较为方便，生活亦较为富裕，因而自愿型迁移的侨民日益增多。

三是流亡求生型侨民。严格来说，逃避打击的流亡型迁移应包括历届政府通缉的各种刑事犯罪分子及持不同政见者，但本节所要论述的主要是指 1917 年俄国十月革命后，那些反对苏维埃政权的白军及其所挟持的逃亡难民。此种类型的侨民可分为白军、沙俄贵族、旧官员、旧知识分子、地主富农及其所挟持的部分不了解真相的平民百姓等多种。这种类型的迁移侨民状况较为复杂，特别是在 1920 年以后西伯利亚和远东地区的战事日趋紧张，逼迫着反苏维埃势力慌不择路，只要能逃避打击他们到什么地方都可以，因而当中的一些人再次移居哈尔滨。

中东铁路修建与运营直接推动了政府派遣型、经营谋生型两类侨民流入以哈尔滨为中心的东北三省，其中不乏专业技术人员及其家属。

1896 年《中俄密约》的签订和此后中东铁路的修建为俄国人通过哈尔滨进入中国提供了新的路线。《中俄密约》及与之相配套的《入股伙开银行合同》《中俄合办东省铁路公司合同章程》《东省铁路公司续订合同》[①]等使得沙俄获得了在中国开展商业经营和金融业务等活动的合法地位，也获得了中东铁路沿线的用人权、附属地管辖权、治安秩序维护权、沿线对俄开放权等权限。

---

① 《入股伙开银行合同》为清政府驻俄、德公使许景澄与华俄道胜银行签订的合同；《中俄合办东省铁路公司合同章程》简称《中东铁路合同》，为俄国强迫清政府签订的关于修筑中东铁路的合同条款；《东省铁路公司续订合同》又称《东省南支路合同》，为俄国强迫清政府签订的关于修筑中东铁路南满支线的合同。

修建中东铁路不但是一件耗费巨款的大事，而且也受到勘察、设计、原材料以及技术人员等诸多因素的制约。曾任中国技术代表与沙俄谈判中东铁路事宜的詹天佑，虽然自行设计修筑了京张铁路，但那亦只是 1905 年以后的事情。因此，在当时的情况下，建造中东铁路的技术难题，主要依靠沙俄的工程师们来解决。而哈尔滨，则是整个铁路建设的枢纽，同时也是俄国侨民的聚集地。为了满足中东铁路建设的需求，这里有大量的技术人员，包括勘察、筑路、气象等方面的技术人员，也有大量的木材、机械、规划和建筑方面的技术人员。例如，1898 年中东铁路制材厂建立了中东铁路临时总工厂，其以高价从本国各个工业中心招揽来的俄国熟练工主要分布在机车、客车、货车、机械等各个部门，从事着翻砂、锻造、铆焊工作和水箱、车轮、工具的生产。1900 年，俄侨米奇科夫从俄国引进了大量的机器，成立了一家五金工厂，并在工厂中吸收了大量的俄国熟练工人。在此期间，除与道路建设相关的专业技术人员之外，大量的城市规划和建筑设计专家也陆续迁移到哈尔滨。移居到哈尔滨的工程师，大部分都是被政府安排的，跟其他侨民不一样，他们都是有家眷的。此外还有源源不断的俄国侨民，他们大多也是带着自己的家人。

十月革命之前，这部分俄侨在华普遍具有较高的社会地位和较为优渥的生活环境，但是十月革命的爆发撼动了俄国对外开展侵略扩张的根基，伴随其生成的意识形态，冲突矛盾逐渐向服务于中东铁路建设运营的大量俄侨群体转移。自 20 世纪 20 年代末起，原先旅居中国东北地区的俄侨大批南下，上海俄侨人数不断增加。据当时俄侨界人士分析，其主要原因有三个：其一，在东北地区居住的近 10 万名俄侨中，约有三分之二是反对苏维埃政权的白俄，他们不愿回归当时物质生活条件仍极为艰苦的祖国；其二，哈尔滨等地的俄侨长期以来生活动荡不定，而 1929 年中苏发生武装冲突后，其生活更是困苦不堪；其三，原先在中东铁路及其相关部门工作的白俄，在上述武装冲突发生后立即都被解雇，所遗空缺职位均被苏侨取代。无法在东北继续安身的白俄侨民，只得抛弃了已辛苦营建多年的住

所，变卖了家产，纷纷南下上海，以另觅谋生之途，尤其那些年轻
力壮的俄侨，是在极端艰苦的难民生活环境中成长的，早已失去了
与祖国的任何联系及接触，他们宁愿到上海去寻求安全和平静的生
活，也决不肯冒险回国去开始一种全新的、对他们来说完全是陌生
的生活方式。

2. 中华民国国民政府和苏联友好时期的俄侨专家

1917 年十月革命之后沙皇俄国时代终结，1922 年全球第一个
社会主义苏维埃政权正式建立，大量支持苏维埃政权的人群与支持
俄国统治的人群展开了激烈的斗争，1920 年前后，大量白俄在西伯
利亚抗争失败，这促使大量俄侨迁入中国东北、新疆和上海等区域，
他们成为国籍暂时无法明确归属的侨民。在 1924 年中国和苏联正
式建交的背景下，中苏两国签订了《中俄解决悬案大纲协定》，苏联
统治的巩固和外交工作的有序开展推动了入华俄侨从以难民为主体
向以专业技术人员为主体的转变。自此以后，俄侨的国际问题渐趋
复杂。一部分中国俄侨选择加入苏联国籍，成为"苏侨"；一部分俄
侨拒绝承认苏联的地位且拒绝成为苏联公民，变成了无国籍者，文
献记载中将此部分人群归属于"白俄"；一部分俄侨选择加入中国国
籍，从俄国侨民转变为中国公民；还有一部分俄侨严格来讲并非归
属于沙皇俄国，而是通过迁居等方式曾在俄国定居的鞑靼人、乌克
兰人、犹太人等其他民族。

20 世纪以来，来自苏联的专业技术人才型俄侨大部分是 1923
年—1927 年中国第一次国内革命战争时期共产国际和苏联政府应
孙中山的请求派到中国来的军事顾问团的成员。这一群体的整体规
模比较有限，共计有上百人，但是对中国战争格局和进程产生了较
为重大的影响。

来自苏联的技术型俄侨大多数是以志愿者的身份到中国来的，
也有个别人是自愿到冯玉祥的国民军中服务的俄侨将领，比如开封
顾问团的通基赫和沙拉文、张家口顾问团的伊万诺夫。苏联顾问团
工作和生活的地区集中在华南和华北。华南顾问团总部设在广州
（后迁至武汉），其顾问分布在广州政府军事委员会、黄埔军校及北

伐军中。华北顾问团分为张家口顾问团（在国民军第一军中）和开封顾问团（在国民军第二、三军中）两组，他们在作战部队中任顾问，在军校中任教官，对国民军给予军事指导和帮助，协助提高部队的战斗力。三个顾问团统一由担任国民党中央总政治顾问的鲍罗廷和担任黄埔军校及广州政府军事总顾问的加伦将军领导。

1927年4月12日蒋介石公然发动反革命政变，镇压共产党人，迫使共产党组织转入地下。此时华南顾问团已随国民党左派迁都到武汉。武汉政府发布命令罢免蒋介石。蒋介石宣布对武汉政府实行经济封锁，外国帝国主义也对武汉政府进行武装干涉。在汉口日租界，日本人明目张胆地把机枪对准苏联顾问团的住所。张作霖的宪兵袭击苏联驻北京大使馆，李大钊等共产党人被抓，后被杀。在这种情况下，莫斯科召回大使馆全体人员，只留下领事馆和受命保护大使馆的几个人。从6月起，华南顾问团开始分批回国。1927年底，张家口顾问团和开封顾问团也相继停止工作，顾问们开始回国。

3. 小结

整体来看，俄侨在华较长时期内面临了人才生存空间、活动范围等限制，这些矛盾的存在一定程度上限制了俄侨与中国人民之间在彼此理解基础上谋求共同利益和长期发展的可能性，也使得现代化技术和经济发展条件优于当时中国的俄国以及后来的苏联在持续开展俄侨活动的哈尔滨、上海等地得以延续和发展其作用的效果减退，甚至受到执政当局意识形态冲突的影响，与俄侨有一定联系的商业、服务等都被贴上了政治标签，难以发挥其在经济现代化发展和推动革命发展等方面的积极作用。但是也要看到，矛盾具有两面性，俄侨在华的生存空间受限虽然影响了中俄交流以及经济政治层面的现代化发展，但是大量专业技术俄侨在华活动依然在较为复杂和困难的环境下留下了痕迹，具体而言在工人革命、现代化工业基础技术提升、文化艺术创作和民俗风俗转变等方面均有不同程度的体现。

（四）价值认同与国籍属性矛盾

1917年俄国爆发了十月革命，沙皇俄国向苏联的社会性质剧烈转型使得其国内爆发了极为尖锐的社会矛盾，产生了严重的政治对立，沙皇时期具有优势的旧贵族、将军、地主和企业家等群体以及部分军官、士兵、公司职员、工程师、医生和艺术家等群体流亡海外。此后，1918 年至 1922 年期间，新成立的苏维埃政权同国内反革命势力白俄和外国武装干涉者（协约国）展开了国内战争，大量侨民移居国外。作家布宁、纳博科夫、丹尼尔·安德烈耶夫、巴尔蒙特、吉比乌斯、苔菲、库普林、扎伊采夫，哲学家别尔嘉耶夫、谢尔盖·布尔加科夫、弗兰克，画家科洛文、尤里·安年科夫，歌唱家夏里亚宾，作曲家拉赫玛尼诺夫都在此之列。

1917 年十月革命后，中国俄侨出现了分化，部分农民、商人正式加入了中国国籍，也有部分不堪忍受沙皇俄国的残酷统治的俄国人从西伯利亚等地涌入我国新疆北部。1917 年后，中国和苏联在领土问题上多次爆发冲突。以 1929 年"中东路事件"、1938 年"张鼓峰事件"等事件为代表，中苏边境冲突渐趋频繁。在 1932 年前后，在苏联远东地区定居的华侨被强行遣返回国，这些人回国之后的落脚点，大部分都选择了新疆，部分俄侨亲属也经由此地前往中国的其他地区定居。

上述国籍矛盾在与俄国及之后的苏联接壤的以哈尔滨为中心的东北三省尤为严重。1924 年 5 月《中俄解决悬案大纲协定》签订后，7 月苏联驻哈总领事馆即临时开设。8 月 15 日，苏联驻哈总领事馆发布通知，要求俄国公民在两天之内到总领事馆登记，以获得苏联公民身份，否则不予承认其为苏联公民。9 月 23 日，根据《奉俄协定》原则，中东铁路管理局工作将移交给中苏两国代表按对等条件组成的管理当局。1925 年 4 月 9 日，中东铁路总署署长伊万诺夫颁布了 94 号法令，禁止雇用"无国籍俄罗斯人"。这一命令给居住在哈尔滨的俄国人带来了严重的影响，因为他们在中国的生活即起始于中东铁路，与之有着千丝万缕的联系。此命令的颁布将让他们舍弃薪俸优厚、从事多年的工作，除非他们愿意加入苏联国籍。于是开始申请加入苏联国籍的侨民人数逐渐多了起来，而那些因仇视新政权而逃离的旧贵族、官僚、地主及那些曾在西伯利亚的冰天雪地中长途跋涉才得以脱离苏联控制的白俄难民们，他们中的大部分人都不愿接受苏联公民身份，有些人选择接受中国公民身份，而其他既不愿加入苏联籍，又不申请中国籍者，自然失去了工作而沦为无国籍白俄。尤其是在中东铁路实施中苏共管后，不愿意加入苏联国籍的俄国侨民处境日益艰难，在失去工作的动荡生活之外，其精神上的折磨更是困苦不堪，于是他们当中的相当一部分人为另觅谋生之途，或南下天津、上海，或直接迁往别国。

（五）民族主义思潮

在 20 世纪，世界经历了民族主义的三次浪潮，其中第一次民族主义浪潮出现于 20 世纪初的第一次世界大战期间。随着世界格局的变化，中东、中欧、东欧在《凡尔赛条约》下进行了重组。民族主义的兴起主要体现在：在国家内部，国家的民族自尊心得到了强化，在国家内部实施了种族歧视与种族压迫政策；在国家外部，谋求其他国家的土地，企图进行国家间的复仇。处于被支配地位的少数民族，其抵抗的心理更加强烈，民族独立与解放的斗争更加激烈。

1. 中国民族主义思潮的迸发

在 20 世纪初，民族主义和种族学说在中国广泛传播，使得反侵略史学研究变得更加复杂。这一时期的研究不仅呼吁政府加强边防，还希望唤醒国民的民族和种族意识，塑造现代意义上的国民，进而推动民族国家的建设进程。在 20 世纪初，反侵略史学研究延续了对俄国的关注，俄国始终是时人心中的边境大患。与 19 世纪末不同，这一时期反侵略史的编译主体发生了变化，由原来的官僚阶层转移到了海外留学生和国内受新学影响的青年学生。这一时期编译的著作来源更为广泛，数量和种类也更为繁多。反侵略史学的研究主体和受众都实现了跨阶层的转移。这种变化使得反侵略史研究更加深入，受众范围更广，为民族国家的建设进程提供了有力的支持。

民族主义思想在 19 世纪晚期兴起。中日甲午战争后，面对各国割据的浪潮，文人们高呼"保种保国保教"。"保种"即"维护民族自决权"，"保国"即"维护民族主权"，"保教"即"维护传统观念和文化"。这其实就是一种"民族主义"，尽管"民族主义"这个概念在当时并不存在。到了 20 世纪初期，"爱国主义"这个词被广泛地应用在各个刊物上，并被用来宣传驱逐倭寇，恢复中华，推翻清朝，唤醒民众的危机感，使他们投入到反俄运动、收回路矿权等运动之中。"爱国主义"这个词，也被用来宣传民族统一的语言、统一的心理习惯、统一的经济生活。因为这种民族主义的高涨与当时的反清运动密切相关，所以当清帝退位、中华民国成立时，即使是孙中山等民族主义者，也以为国家的目的已达成，以汉族为主的五族共和也已达成，未来的努力只是为了争取民权与民利而已。

但是紧接着出现的"二十一条"、《中日共同防敌军事协定》、巴黎和会、五卅惨案、沙基惨案，使中国人与外国人在民族问题上的冲突更加突出。废除"二十一条"运动、五四运动、废除不平等条约运动、五卅运动、省港大罢工、北伐战争再次把"民族独立""民族自治"的概念推到台面上来。孙中山在对三民主义进行再阐释的同时，也再次把"国家主义"摆到了第一位。中国共产党自成立以来，更是强调中国乃至全亚洲的民族解放事业的重要性。这构成了另一波爱国主义情绪的爆发。

这一次的民族主义运动是在"九一八"事变、"一·二八"事变、华北事变等事件中发展起来的。这一时期的民族主义，是以毁灭以中国为目标的日本军国主义对外侵略为目标的。"中华民族到了最危险的时候，每个人被迫着发出最后的吼声！"《义勇军进行曲》中的这一句话，充分说明了当时的情况，说明了人民起义的重要性，说明了整个国家正在进行一场史无前例的解放战争，而这场战争最有力的武器，就是人民团结。虽然统战中各政党、各流派对爱国主义的看法各不相同，但是，在抗日战争中，爱国主义却是空前的，它的声音之大、传播之广、发动之巨、团结之强，都是以前两次统战所无法企及的。

到了 20 世纪三四十年代，爱国志士们开始根据中国的国情开展中国的革命，进行新的政治、经济和文化建设，这一点比以前更坚定、更有意识。中国共产党在这方面的理论和实践逐渐走向成熟，对中国自己发展的路径进行了切实可行、富有成果的探索。这赋予了爱国主义以新的生命力，并使其肯定性的内涵更加丰富。

2. 沙俄到苏联的民族主义

20世纪之交俄国的民族主义，第一种是以"俄罗斯"为口号而出现的一系列政治思想与社会运动。这不仅加强了俄罗斯传统上的帝国思想，而且还表现出了一种国家情感，这种情感意在改变被破坏的帝国形象。这一时期的民族主义派别林立，其实质是坚持俄国传统的"帝国"利益，但又各有各的立场。

第二种是右翼的民族主义。它在20世纪初期是俄国较为保守的一种政治思想，因其较为偏激的信条而备受争议。右翼民族主义主张俄国在外交上应保持孤立，不应过多干涉巴尔干地区的事务，应成立一个巴尔干地区联盟，但是俄国不宜过多介入，而应实行自卫的对外政策。代表右翼民族主义的是"俄罗斯人民同盟"（Project Union）。

第三种是泛斯拉夫主义。20世纪初泛斯拉夫主义重新出现于俄国，但是它与俄土战争时期的泛斯拉夫主义有着显著的不同，它是一种新的社会形态。其外交策略主要有：加强俄罗斯在斯拉夫人中的主导地位，加强俄罗斯帝国在欧洲的主导地位；成立巴尔干联盟以抵抗德国对巴尔干的侵略，俄国应当争取巴尔干联盟的领导地位；以库拉科夫斯基、基列耶夫为代表，通过战争来对抗德国和奥匈帝国向巴尔干地区的扩张。

民族主义的这三种不同的派别，都为俄国政府和广大民众所拥护，并对俄国政府造成了一定的影响，其中泛斯拉夫主义尤为突出，20世纪初期俄国对外政策的制定，基本上符合泛斯拉夫主义的要求。

（六）工人革命薪火相传

以十月革命为界，此后全球的工人革命活动得到了极大程度的鼓舞与发展。20世纪以来，以西欧和俄国为代表的工人运动以星星之火的姿态在非资本主义国家开展，具有影响力和凝聚力的工人运动组织——共产国际，即第三国际在苏联范围内广泛开展活动，中苏之间以学者交流、俄侨互通、政府官方交流等方式在工人运动方面实现了一定程度的共识与联合。

1. 工人革命精神传播的历史文化背景

中东铁路的修建为中国的马克思主义思想普及提供了有利的历史环境。人们普遍承认，马克思主义在中国的传播始于 1917 年的十月革命。其实，19 世纪末 20 世纪初，由于中东铁路的修建，俄国的许多布尔什维克分子已迁居至哈尔滨和中东铁路沿线附近，也就是我们国家最先接受马列观念的地方。因此，在那时，沿着中东铁路线，在中国的劳动者和为数不多的知识分子之间，马克思主义和共产主义思想，以及民主和平等理念，都得到了普及。通过对晚清、民国时期期刊全文数据库的查询，笔者发现"无政府主义""沙皇""唯物史观""殖民主义""共产主义""托尔斯泰主义"等一系列汉语词语，都是在 1917 年俄国十月革命之前就已开始使用，所以笔者认为，它们很有可能是伴随着中东铁路的建设而传入中国的。

《新青年》自 1920 年开始，便开设了俄罗斯研究栏目，并曾刊登屠格涅夫的《初恋》等作品的译文，由此拉开了"以俄为师"的帷幕。根据《中国新文学大系·史料·索引》所载，1917 年至 1927 年这 10 年间，在我国约 200 种国外引进作品中，有 65 种引进自俄罗斯，远远多于引进自其他民族的作品。

从 1928 年到 1937 年，俄罗斯翻译作品的数量持续增长，十年间新翻译作品达到 140 多部。在此期间，由于中国革命形势的持续发展，俄罗斯文学作品的译印与发行也逐步从俄罗斯经典作品转向苏联经典作品，因而苏联经典作品也在中国大量流传，有些著作也有不同的翻译版本。

抗日战争和解放战争期间，俄苏文献被认为能够为抗日战争、解放战争所用，这引发了俄苏文献的新一轮翻译高潮。《卡拉马佐夫兄弟》《索溪》《时间呀，前进！》《被开垦的处女地》《钢铁是怎样炼成的》《小夏伯阳》等，都是世界杰出的俄苏文学巨著，其被先进的文化人所用，作为抵抗日本帝国主义奴化教育和汉奸义学的一种强大的工具。在此期间，俄苏文学翻译的重心按地理位置可分为解放区、国统区和沦陷区三个区域，对应延安、重庆和上海三个地点。

延安的报纸大多刊登了苏联的文学作品。其中第一份报纸就是《解放日报》，它是一份从 1941 年到 1946 年间发表了 180 多条关于俄苏文学的文学评论和政治评论的报纸。

在此期间，除大量俄苏文献被翻译引进外，还出现了一股关于无产阶级和革命的马克思列宁主义的潮流。瞿秋白、李大钊、蒋光慈等中国共产党人在翻译和引进俄苏文学作品时，都非常活跃，力图在这些作品中找到马克思主义的思想与理论之源。

2. 十月革命胜利鼓舞了全球的工人革命激情

1917 年 11 月 7 日夜晚，停泊在涅瓦河畔的"阿芙乐尔"号打出了象征十月革命开端的炮弹。无数的赤卫队员和士兵在这炮声的引导下朝着冬宫冲去。蜷缩在冬宫的"临时政府"议员被士兵逮捕，短短数小时内俄国就已经发生了翻天覆地的变化。由资产阶级领导的"临时政府"终归是抵挡不了代表广大无产阶级群众的军队。

这场革命是人类历史上第一次取得成功的社会主义革命，世界上第一个社会主义国家也由此诞生。正如斯大林所说的，不能认为十月革命只是"一国范围内"的革命。它首先是国际性的、世界性的革命，因为它是全世界人类历史上从资本主义旧世界到社会主义新世界的根本转变。十月革命无疑是成功的，它不仅仅影响着俄国，也影响着世界各国。资产阶级分子惊恐不已，妄图把这新生势力幼苗扼杀掉，但各国人民却受到鼓舞，这沉重打击了帝国主义的统治，推动了国际社会主义运动的发展，鼓舞了殖民地、半殖民地人民的解放斗争。匈牙利苏维埃、德国十一月革命、日本米骚动等事件无疑是受到了十月革命的影响。对中国来说，十月革命送来了马克思列宁主义，中国的新民主主义革命也无疑受到这场革命的影响。

邓中夏在《中国职工运动简史》里特别指出十月革命对于中国劳工运动所起的极大的推动作用：那时，全世界的革命趋势，在中国的报纸上，的确是"日不绝书"；尽管中国工人受教育程度还很低，九成以上的人都是文盲，无法直接读报，但他们却可以听到街头巷尾的议论。中国劳动者在经济上穷困潦倒，忍受人间难得的苦难，其迎接国际革命大潮，不言而喻是理所当然的；尤其是俄国十月革命的成功，对中国工人产生了深远的影响，鼓舞了他们的斗志。中国工人运动就是在这样的情况下迎来了它的曙光。

早期中国海员从逃亡的白俄口中了解到十月革命的消息，尽管其当时对"布尔什维克""苏维埃"等词语一无所知，但对于马克思主义的胜利、对于工人阶级打倒资本家十分憧憬，认识到这对于工人大众来说，是一件大好事。大家都憧憬着自己将来也能有这样的日子。

从 1916 年 5 月开始，北洋政府向英、法、美、俄等协约国派遣劳工。其中，赴俄华工主要从事西部战场挖战壕、装卸军用物资等事务，还承担铁路、港口工程以及西伯利亚开发、煤矿开采等粗重危险的劳作。劳工中的大多数都参加了工会组织，唐山华工张森等还亲自听到过列宁宣传无产阶级革命的讲演。

十月革命是俄国人的革命，也是世界无产阶级共同的革命。在这场革命中，中国旅俄劳工也做出了重要的贡献。大批旅俄华工参加了红军。苏联红军第三军二十九师后备团、乌拉尔中国团、莫斯科的中国团等全体成员都是华工。在莫斯科，华工组织的赤卫队直接参加了夺取冬宫的战斗和十月武装起义。这批华工回国后，进一步在工友间传播阶级斗争意识和罢工思想。与之相伴，中国早期马克思主义者开始萌生世界主义意识。他们从世界无产阶级革命的角度来理解中国革命，意识到中国革命是世界革命的一部分，应当密切关注世界革命。毛泽东在《新民主主义论》中指出，在这段时期内，任何殖民地或半殖民地的国家，只要发生过一次反抗帝国主义的革命，也就是对抗国际资产阶级和国际资本主义的革命，那么这场革命便不再属于原本的世界资产阶级革命，而是一场全新的革命。这样一来，它便不再属于旧有的资产阶级和资本家的世界革命，而应纳入新的世界革命体系，即无产阶级社会主义的世界革命。

3. 借助共产国际，大量俄侨为中国的工人革命提供了源源不绝的支持

中国的劳工运动是伴随着中国内部工业的发展而逐步发展起来的，是工薪阶层力量不断增强的体现。以上海这个发展水平较高的

城市为例，这里的劳动者受到了"洋老板""包工头""买办"等的多重剥削。他们住在破旧的茅草屋里，吃的东西要么是大饼，要么是面条。上海工人阶级在历史上一直以其强大的斗争性而著称。在残酷的剥削和压迫下，为了生存和争取作为人的权利，工人阶级不断地起来反抗和斗争。这些斗争不仅反映了上海工人阶级的勇敢和坚定，也揭示了社会的不公和不平等。在旧社会，工人阶级处于社会的底层，面临着各种剥削和压迫。然而，他们并没有屈服于这种困境，而是勇敢地站出来，为自己的权益而战。这种斗争精神不仅在上海工人阶级中得到了体现，也在全国范围内产生了广泛的影响。在工人阶级的斗争下，社会逐渐发生了变化，人们开始关注工人的权益，推动社会的进步和发展。总之，上海工人阶级的斗争性是他们在历史上留下的宝贵遗产，也是我们今天仍然需要学习和借鉴的精神。只有通过不断的斗争和努力，我们才能推动社会的进步，实现更加美好的未来。

一战时期，中国的国有资本得到了极大的发展，工人阶级的实力得到了极大的提升，劳动人民的生活水平也得到了极大的提高。

十月革命之后，大批俄国贵族、官员和神职人员相继迁入中国，这些俄国人中有相当一部分选择了上海这个华洋混居的国际性大都市。到1920年左右，约有五千名俄侨留在上海。在布尔什维克取得胜利，苏俄统治得到加强的同时，也有一部分人支持十月革命，支持新政府，虽然他们并不完全是布尔什维克。在此期间，由于俄国白军的失败，原先在上海的俄驻外国办事处也就逐步地为后来加入苏维埃政府的支持者所接管。这些侨民以及他们所处的布尔什维克组织为共产国际在上海的活动提供了必要的保障。维经斯基在上海建立的苏俄机构包括北京达尔塔通讯社上海分社。使用俄文出版的《上海生活报》，其实是布尔什维克在中国的一个主要的宣传代言媒介，该报的报社也是其在中国的一个主要的工作组织。

在1918年11月，布尔什维克党和欧美左翼社会主义政党在彼得格勒共同举办了一次大会。此次大会的重要成果是通过了建立第三国际的决议，这一举措对于世界社会主义运动具有重要意义。继

1918 年的大会之后，1919 年 1 月，八个共产主义团体与左翼社会主义团体在莫斯科召开了会议。会议的主要目的是推动第三国际的成立进程，并为全球社会主义事业做出贡献。会上，参会团体以这八个政党的名义，向其他政党发出了举行第三国际会议的邀请函。这一系列会议和活动体现了布尔什维克党及左翼社会主义政党推动世界社会主义发展的决心和努力。第三国际的成立为全球社会主义事业提供了更为广阔的平台，也让世界各国劳动者有了更多的机会进行交流与合作。在这个过程中，社会主义的理念得到了更广泛的传播，为后来的国际共产主义运动奠定了基础。总之，第三国际的成立是俄国十月革命和世界社会主义发展的重要里程碑。

4. 中国工人运动中俄侨支援劳工运动的历史概况

李泽洛维奇是一位俄国犹太人，在没有获得英国公民身份的情况下，随父母移居到了伦敦。他们住在伦敦东部，那里住着贫穷的工人。当时的无政府主义对李泽洛维奇一家来说是一个巨大的冲击，把他们同英国的社会主义者联系起来。1917 年，李泽洛维奇从英国抵达上海，在一家名为"怡和洋行"的公司工作。他一到沪，便因思想上的偏激而声名鹊起。

李泽洛维奇是个有社会主义信仰的人，在十月革命之后，他坚定地站在了苏维埃政权的一边，对其表示了极大的支持。此后，他进一步与俄国布尔什维克党建立了联系，并担任了苏俄在上海的代表。据英国方面提供的信息，苏俄派遣了一批重要人员到中国，包括波波夫、阿嘎芮夫、维经斯基、卡里诺夫、普格列维斯基和苏福等。他们在上海都与李泽洛维奇有所接触，并从他那里获得了重要的援助。李泽洛维奇是苏俄驻上海代表，这一职位对苏俄在中国的发展和推广起到了关键的作用。他的贡献不仅体现在对苏维埃政权的坚定支持上，更表现在为苏俄派遣到中国的人员提供了必要的帮助上。这一时期，李泽洛维奇的角色和贡献对于苏俄在中国的发展具有重要意义。他的行动不仅展示了苏俄的国际主义精神，也为中国革命提供了外部支持。在这个过程中，李泽洛维奇成为苏俄与中国革命之间的重要纽带。另外，李泽洛维奇在中国生活了很久，认识了很多中国人，也认识了很多韩国人，而且他还精通英语这门国际通用语。

李泽洛维奇在布尔什维克主义和中韩两国革命中发挥了至关重要的作用。1919 年 4 月，朝鲜爱国者创建了大韩民国临时政府，李泽洛维奇随后与政府中的重要成员吕运亨、李光洙等人建立了联系，他们均精通英文。在此期间，李泽洛维奇还与中国上海的先进分子保持着密切联系，其中包括曹亚伯和朱卓文等。他们当时是中华革命党的核心成员，是关注社会主义和苏俄的革命人士。曹亚伯是一位基督教徒，年轻时加入同盟会，后来在英国牛津大学深造，并担任过中华民国军政府总统府顾问、中华工商总会会长等职务。

李泽洛维奇与这些关键人物的关系使他能够在布尔什维克主义和中韩两国革命之间搭建一座桥梁。通过他的努力，社会主义思想和苏俄的进步理念在韩国和中国得到了更广泛的传播，为两国革命事业的蓬勃发展奠定了基础。李泽洛维奇在中韩两国革命中的贡献不容忽视，他的事迹充分展示了国际主义精神在当时的深远影响。

李泽洛维奇常常向苏俄和共产国际派出的代表或特使引见他的中韩朋友，并协助其与一些先进的中国和韩国人民交往。例如，阿嘎芮夫在 1920 年 2 月至 5 月多次来上海，在李泽洛维奇的引荐下，认识了李汉俊、吕运亨等一批革命派人士；李泽洛维奇的好友曹亚伯，是苏福到达上海以后，会见的中国先进人物之一。李泽洛维奇的任务就是给中国、韩国与苏俄搭好交流的桥梁。

从李泽洛维奇对中国的考察可以看出，苏俄和共产国际在中国早期的联络、宣传、组织等方面，都受到了俄国侨民的大力协助。此外，苏俄之外的其他国家的共产主义者和社会主义者以及他们的党派，也都在某种程度上推动和支持了中国的共产主义运动。这既表明了中国共产主义运动的兴起并非一件独立的事情，而是与国际社会主义和共产运动密切相关，也体现出苏俄与共产国际对于世界共产运动的统一性，以及所能利用的人力、物力、手段等方面的灵活性。

二、中国俄罗斯侨民的文学创作及其中国元素融合概述

自 20 世纪起，超过 20 万俄罗斯人移居至中国，他们在东北地区和长三角地区安家立业，从事商业、教育、制造业等领域的工作，将俄罗斯的文化精髓和传统经验传播至我国，为我国留下了丰富的物质和精神财富。在这段时期，俄侨作家将中国视为第二故乡，他们的作品洋溢着对我国自然景观、人文景观、民俗、哲学和历史事件的热爱与描绘。这使得中国俄罗斯侨民文学呈现出独特的风格，充满丰富的中国文化元素。无论是壮丽的山川河流，还是东北独特的风土人情，这些俄侨在中国的大地上留下了他们的足迹和汗水。他们的生活、工作和创作，为中俄两国人民之间的友谊和交流搭建了桥梁。中国元素的融合及文学艺术魅力的展现主要有以下几个方面：

第一，在俄侨文学作品中，中国自然景观占据了重要地位。在许多作品中，都可以看到对西湖、宝山、湖心亭等东方美景的细腻描绘。这些地点不仅成为故事的背景，更是作者表达对中国自然风光热爱的载体。值得一提的是，一些小说的故事背景更是设定在中国特定的地点，如《满洲森林里的"鲁宾逊"们》和《满洲公主》等。这些作品通过生动的情节和细腻的笔触，展现了中国自然景观的美丽和独特魅力。

在俄侨文学的代表作《大王》中，作者通过对大兴安岭原始森林的生动描绘，表达了对这片土地的深深热爱。文章中，雪松树、铃兰花、鸟儿和黑熊等自然元素栩栩如生，形象地展现了大兴安岭的自然美景。尤其是"虎大王"这一角色，更是自然景观美的化身。然而，遗憾的是，虎大王最终因人类的侵犯和贪婪而丧命。这些作品中的自然景观描写，不仅展示了作者对中国土地的热爱，也提醒人们要珍惜和保护大自然。通过阅读这些作品，我们不仅能感受到中国自然景观的美丽，更能深入了解作者对这片土地的深厚情感。这些作品如同一扇窗，让我们看到了中俄两国文化交流的深厚底蕴。

第二，在俄侨的作品中，我们发现了一个有趣的现象：他们笔下的中国人、事物占据了重要地位。这得益于他们在中国的长期生

活使他们能够充分接触到周边的人物、事件和文化,并将这些元素自然而然地融入自己的创作之中。这些俄侨作家在中国环境中生活久了,对中国文化产生了浓厚的兴趣。他们在作品中刻画了中国人的日常生活、思想和情感,展示了中俄两国人民之间的友谊和互动。这些作品不仅丰富了俄侨文学的内涵,还为读者提供了一个了解中国文化的窗口。例如,在一些作品中,作者描绘了中国传统节日、习俗和美食等元素,使读者能够感受到中国人的生活方式和价值观。同时,他们还关注了中国社会的发展变化,以及人们在这些变化中的所思所感。这些作品既具有鲜明的中国特色,又充满了俄侨独特的审美视角。

第三,在俄侨的文学作品当中,我们还看到了许多熟悉的中国人物名字,它们如同一条纽带,将中俄两国的文化紧密相连。这些人物包括但不限于伟大的思想家孔子、浪漫诗人李白、民主主义先驱孙中山,以及颇具传奇色彩的张学良。这些人物出现在俄侨作家的笔下,这不仅体现了他们对中国文化的热爱和尊重,同时也让读者感受到了中国历史的厚重和丰富。除此之外,俄侨作品还关注了一些从事特殊职业的人物,如黄包车夫。他们是中国社会底层的代表,生活在社会的边缘,却坚韧地承载着生活的艰辛。俄侨作家通过描绘这些人物,展现了他们对中国人民生活的深刻理解和同情。这些作品不仅揭示了俄侨对中国文化的热爱,也展示了他们对中国社会各阶层人民的关注。在这种关注中,我们看到了一种深深的人文情怀,这是俄侨在中国长期生活后,对中国社会和人性的深入洞察和感悟。

第四,大量俄侨作品描述了中国习俗和文化,如《中国的新年》《满洲诗篇》等。在尼古拉·斯维特洛夫的《中国的新年》中,他形象地描写了中国人过新年的景象:

突然转折的寒冷夜晚……
明天就是中国的新年!
咚咚咚!……锵锵锵!——
到处都是欢乐的声响。

　　大鼓小鼓拼命地敲打，开怀畅饮，特别热闹，

　　全中国的人民都喜欢，

　　高高兴兴欢度旧历年

　　……

　　空中好像是雷声隆隆，

　　万千鞭炮在一齐轰鸣，

　　噼里啪啦！嘣嘣！嘣！

　　爆竹声震得耳朵嗡嗡

　　……

　　人们说话像在俄罗斯，

　　见谁都说："新年新禧！"①

　　在新年的氛围中，无论是哪个国家，欢乐和祥和的气氛总是如影随形。这一点在全球各地的习俗中都有所体现，从而使得新年庆典充满了温馨和喜悦。而对于诗人而言，他们早已完全融入了中国环境，对中国新年的习俗和文化有了深刻的理解和体验，因此在他们的作品中，我们能看到对新年的美好愿景和深深的祝福。这些诗人深入生活，感受中国新年的独特魅力，这使得他们的作品具有了更加丰富的内涵和鲜明的中国特色。他们用文字记录下新年的喜庆和祥和，将这份美好传递给更多的人。不仅如此，他们还对中国的传统文化和习俗进行了深入研究，使得他们的作品在展现新年氛围的同时，也能体现出对中国文化的尊重和传承。

　　第五，在探讨俄侨作家与中国作家的作品时，我们发现一个有趣的现象：作为旁观中国历史的第三者，俄侨作家笔下所描绘的中国人物形象与中国作家作品中的有所不同。这是一个值得关注的现象，它揭示了俄侨作家在中国生活期间对人物命运的独特见解。在20世纪初，中国正处于半殖民地半封建社会状态下，许多中国作家笔下的小人物通常是麻木不仁、愚昧呆滞的，他们的命运多半是悲惨的。这些人物形象反映了中国社会当时的现实情况，也表达了作

---

　　① 李延龄主编：《松花江晨曲》，谷羽译，哈尔滨：北方文艺出版社，黑龙江教育出版社，2002年，第207-208页。

家对弱势群体的关注和同情。然而，俄侨作家眼中的中国人物形象
却有所不同。他们在作品中展现的人物，尽管也身处困境，但却透
露出一丝美好之物。这些人物形象在艰难的环境中保持着乐观的心
态，对未来充满希望。这种描绘方式不仅体现了俄侨作家对中国文
化的热爱，也展示出他们独特的审美视角和对人性的深刻理解。俄
侨作家在中国生活期间，对中国社会各阶层人民有了深刻的了解。
他们关注普通人的命运，挖掘生活中的美好瞬间，用文字传递出温
暖和希望。这种人文关怀使得他们的作品具有较高的艺术价值，也
为读者提供了一个了解中国社会的不同角度。通过对比分析，我们
可以看到俄侨作家与中国作家在描绘中国人物形象时的差异。这种
差异既反映了两种不同的文化背景，也展现了俄侨作家在中国生活
期间所受到的文化熏陶。这些俄侨作家发挥自己的才华，用文字描
绘出具有中国特色的精彩作品，为两国的文化交流贡献了力量。如
著名诗人瓦列里·别列列申的诗句：

> 你少女的胸脯透着灵秀，
> 全然不知有痛苦的锁链，
> 女主角尚未被写进小说，
> 引人关注的路刚刚开端。
>
> 少女装束优雅一身洁白，
> 象征着青春的亮丽无限！
> 但愿你乐观智慧地生活，
> 道路曲折总有光明相伴。
>
> 不要去窥探污浊的昏暗，
> 也不要去探询雾雨雷电——
> 以免让希望过早地泯灭，
> 免得一双明眸变得暗淡！①

---

① 李延龄主编：《松花江晨曲》，谷羽译，哈尔滨：北方文艺出版社，黑龙江教育出版社，
2002 年，第 139 页。

　　在诗人眼中，中国的人物和景物充满了淳朴的美好。他们通过细腻的笔触，将对中国大地和人民的热爱融入作品中，使得这些作品充满了生命力。诗人对中国的情谊在他们描绘的人物形象中得到了充分体现。在中国生活的日子里，诗人深入民间，了解中国文化，感受中国人民的日常生活。他们对中国的热爱和尊重，使得他们的作品具有独特的中国特色，充满了对中国美好未来的期许。总的来说，诗人在描绘中国人物和景物时，流露出的淳朴美好和对中国的深情厚谊，使得他们的作品具有较高的艺术价值和历史意义。

　　第六，俄侨作品中也会经常出现中国的民间故事、汉字文化、丝绸文化以及音乐文化等，如《游山海关》中写道，"为了在考场不至于胆怯，学子们带来了香烛做供品"①，这里体现了中国的一种迷信文化。

　　第七，部分俄侨作品展现了中国传统茶文化元素。贝塔的诗《满洲的抑扬格》中写道：

> 用筷子吃炖好的猪肉，
> 喝的茶略微有些苦味，
> 坐着非常光滑的芦苇。
> 然后就抽烟，就画画，
> 就在绢上写写毛笔字——
> 我的生活将变得明朗，
> 明净开朗像这些字体。②

　　这篇作品包含了中国的茶文化、汉字与丝绸元素。此处诗人已完全领略了茶文化精髓，慢慢品尝。这是一种行为文化和心态文化。不得不说，也正是流亡在异国他乡的情景，使得作家们与中国汉字、茶文化结缘，去体悟田园般的生活。

　　第八，也有部分俄侨作品中用极大的篇幅和情感笔墨渲染了中

---

①　李延龄主编：《松花江晨曲》，谷羽译，哈尔滨：北方文艺出版社，黑龙江教育出版社，2002年，第112页。

②　李延龄主编：《松花江晨曲》，谷羽译，哈尔滨：北方文艺出版社，黑龙江教育出版社，2002年，第85页。

国情。俄侨作家在社会政治环境的压力下来到了中国，却在哈尔滨、上海等地找到了创作的绿洲。在这里，他们可以尽情自由地发挥才华，深入研究和吸收具有深厚底蕴的中国传统文化。他们在中国找到了安身立命之地，将这里视为第二故乡。在中国的生活经历对俄侨作家产生了深远影响，他们的作品中充满了对中国文化的热爱和对中俄友谊的赞美。他们以独特的视角和丰富的文化底蕴，创作出一部又一部精彩作品，为中俄文化交流做出了巨大贡献。这些作品不仅展示了俄侨作家在中国的生活经历和文化体验，也表达了对中俄友谊的美好愿景。他们用文字描绘出对中国的热爱，将这份情感传递给更多的人。他们的作品成为中俄文化交流的桥梁，让更多的人了解和喜爱中国文化。总的来说，俄侨作家在中国找到了创作的源泉和生活的意义。他们深入中国传统文化，将中国视为第二故乡，用文字表达对中国和中俄友谊的热爱，如热爱中国文化的俄侨诗人瓦列里·别列列申的《中国》《我，一定回中国！》等。在诗作《我，一定回中国！》中，他写道："别了，永不回还的幸福体验！我平平静静、明明确确知道，我肯定要回中国，在死的那天。"①在众多俄侨作家的作品中，我们感受到了他们对中国的眷恋之情。这种情感深入人心，甚至可以称之为一种落叶归根的情愫。他们对中国的热爱和理解，通过文字深深地烙印在他们的作品中。例如，西多洛娃在其作品《黄包车夫》中，描述了一个平凡的俄罗斯士兵瓦夏与一个普通的黄包车夫之间的故事。在这个故事中，瓦夏超越种族和地域，与黄包车夫产生了美好的情谊。这种情感的描绘，不仅展示了人性的光辉，也表达了俄侨作家对中俄友谊的深深期许。这些作品深情地描绘了俄侨作家在中国的生活经历和对中国的热爱。他们把在中国的所见所闻、所感所思融入其作品中。这种深深的中国情结使得他们的作品具有独特的艺术魅力和人文关怀。

中国的俄侨文学作为一种独特的文学现象，是俄侨在中国土地

---

① 李延龄主编：《松花江晨曲》，谷羽译，哈尔滨：北方文艺出版社，黑龙江教育出版社，2002 年，第 90 页。

上所创造出的文化瑰宝。它既具有俄罗斯文化的鲜明特点，又融入了中国文化的深厚底蕴，因此可以说，它既是俄罗斯的，又是中国的。这种文学创作充满了丰富的文化内涵和历史内涵，它们以独特的视角和感悟，描绘了中俄两国人民的生活点滴，展示了两国文化交流的丰硕成果。其美学价值不容忽视，它们以优美的文字和深刻的思考，引领读者走进中俄文化的魅力世界。这些作品不仅具有较高的艺术价值，还为中俄文化交流提供了宝贵的财富。它们值得读者细细品读，深入研究，以更好地了解和欣赏这一独特的文学现象。总的来说，中国的俄侨文学是中俄文化交流的结晶，是两国人民共同创造的宝贵财富。它们以其独特的魅力吸引了无数读者，也为中俄文化交流增添了丰富的色彩。这种独一无二的文学创作，值得我们用心去品味，去研究，去传承。

三、中国俄罗斯侨民文化冲突的文学风格形成原因

在近代俄侨聚居的哈尔滨、上海、天津、北京和青岛等地，汇集着多种风格的建筑，其中俄式建筑别具特色。这与其时代背景密不可分。从建筑的角度来看，这些城市具有非常鲜明的文化特征。

（一）以侨民教育为基础深化了文学创作基础

俄罗斯人自古以来就高度重视教育，这种传统在身居异国他乡的俄罗斯侨民中同样得到了传承和发扬。哈尔滨是中俄文化交流的重要窗口，自 1898 年至 1917 年，俄罗斯人在这里创办了超过 20 所学校，涵盖了大学、中学和小学等各个层次。这些学校在很大程度上受到了俄罗斯教育体系的影响，尤其是在初中和高中阶段，俄语成为学生们必须学习的科目。在高考中，学生们可以选择使用俄语进行考试，这充分体现了俄语在哈尔滨的重要地位。在哈尔滨，俄语的普及程度也非常高。无论是电台、报纸、电视还是印刷品，俄语都有着广泛的应用。除此之外，由于俄罗斯侨民与当地中间商、工人等进行生意往来时都会使用俄语，因此，掌握俄语对于很多哈尔滨人来说成为必不可少的技能。俄语词汇已经渗透到了他们的日常生活之中，成为他们生活中不可或缺的一部分。

俄侨所创办的这些俄罗斯学校的发展和俄语的普及，不仅促进了中俄文化交流，也为哈尔滨的文化多样性做出了巨大贡献。俄罗斯教育的传统在哈尔滨得到了延续，同时也为当地居民提供了更多的教育和职业发展机会。如今，哈尔滨已成为中俄教育合作的典范，这里的俄罗斯学校和历史遗迹见证了两国友好交往的历程，也为未来的世代留下了宝贵的遗产。

（二）文化交流厚植了近代俄侨聚居城市的文学创作土壤

在人口迁移和交往过程中，构建具有被普遍认同的同一性民族价值对于民族精神的赓续和民族文化的传承意义重大。不论俄侨以什么身份进入中国侨居，其都会面临原本民族与融入本地民族认知与价值冲突的矛盾。在经历一定时间的侨居磨合后，20世纪以来的中国俄罗斯侨民逐渐将具有中国"儒释道"等文化精神的价值内涵统一于俄侨民族同一性演化进程中，实现了民族文化的创新与发展，也推动了俄侨融入中国社会。

从20世纪以来的俄侨分布来看，哈尔滨在俄侨流入时间、俄侨本地化融合、俄侨数量和俄侨综合性社会活动开展方面都具有较为丰富的研究素材，因此也成为研究俄侨在华民族同一性演进的优质对象。基于历史与现实原因，哈尔滨设立了满洲俄罗斯侨务委员会，专门负责处理俄侨事务。

远东地区的俄罗斯人试图建立他们自己的文化，也就是开展文学、戏剧、音乐活动。因此，哈尔滨俄罗斯人的国家意识问题就成了一个重要的问题。下面我们就从"俄罗斯文化日"这一角度，来探讨这个问题。1925年，布拉格教育委员会出于对丧失国家身份的恐惧，决定在亚·谢·普希金的诞辰那天，在海外举办一次俄罗斯文化日活动。另外，其还向俄罗斯侨民发出1000封信，寄到他们所在的国家。也正是在普希金诞辰那天，113个国家为举办俄罗斯文化日而举行了一场盛大的庆典。从那以后，这个节日就成了一年一度的传统。每到6月的这一天，各大海外报刊都会刊登有关普希金的评论，并会在各地举办追悼会。"普希金"一词将身在海外的俄侨联结起来，让他们暂时将政治、意识形态上的差异放在一边。"普希金"成为流亡异乡的俄罗斯侨民的精神文化支柱。

在维护俄罗斯文化与历史传统的使命之下，俄罗斯人珍视任何能够保存与传承这一遗产的活动。在他们的视域中，文学——这种以文字为载体的创造——承载着无比沉重的意义。毕竟，面对缺乏共同土地、共同经济和共同权力的现实，俄罗斯人唯一可以依赖的，就是他们的语言和文化。俄语不仅是俄罗斯人之间交流的桥梁，更是曾经的俄罗斯帝国统一多元人民的纽带，它承载了民族的灵魂，见证了帝国的辉煌。

20 世纪 30 年代，日军占领哈尔滨后，普希金在俄侨心目中的地位越来越高，因为俄侨有一种强烈的感觉——自己的国家身份有很大的危险，于是保护文化的意识越来越强烈，其后果有如下三点。

第一，就如我们所认为的，普希金是哈尔滨俄侨国家认同的独一无二的"工具"。在这座城市的每一个角落，与普希金主题相关的活动、东正教会活动、大型集会、教授们的讲座和演讲、俄罗斯作曲家们的音乐表演等，都无一不与普希金的作品紧密相连，形成了一道独特的文化风景线。此外，还有许多与普希金相关的活动在这座城市举行，如戏剧晚会，作品朗诵，遗作的出版，六一节，画像、年历、明信片的制作，纪念诗集的创作与出版等。这些活动不仅丰富了人们的精神文化生活，更团结了哈尔滨人民和俄侨，也使俄侨对自己的国家身份更加自豪。这种自豪感与国家认同感的提升，无疑是文化交流的最佳成果。综上所述，这些与普希金相关的活动，既展现了俄罗斯文化的魅力，又加深了哈尔滨与俄罗斯之间的友谊。它们如同一座桥梁，连接了两个国家的人民，为中俄文化交流做出了积极贡献。在这样的氛围中，普希金的精神得以传承，俄罗斯文化的光辉也在这座城市中熠熠生辉。

第二，在哈尔滨，俄罗斯侨民阅读普希金的小说，仿佛找到了一把钥匙，将自己与俄罗斯的自然景观紧密地联系在一起。通过普希金的文字，他们可以深切地感受到普希金所描绘的情感、热情，甚至是生命形态。这种共同的认知经验，如同一条无形的纽带，将俄罗斯侨民紧紧地联结在一起，形成了一种独特的共同情绪。在这种情绪的感染下，普希金的诗歌在哈尔滨俄侨中广泛地被阅读和流传，甚至被应用到了他们的日常生活中。普希金的诗歌成为哈尔滨俄侨生活中不可或缺的一部分，他们通过诗歌感受着普希金的精神世界，将其视为自己的心灵寄托。这种深厚的文化底蕴，为中俄两国的友谊注入了新的活力，也让普希金的作品在哈尔滨绽放出独特的魅力。可以说哈尔滨俄侨与普希金的作品之间存在着一种特殊的情感纽带，这种纽带使他们更加紧密地团结在一起，增强了他们对俄罗斯文化的热爱和自豪感。在普希金的文学光芒照耀下，在哈尔滨的俄侨找到了属于自己的精神家园，为这座城市的文化多样性增添了丰富的色彩。

第三，在斯大林统治下的苏联以及俄罗斯侨民流亡的欧洲，人们都为普希金的百年诞辰举办了盛大的庆典。在此之前，苏联当局对普希金也表现出了一定的让步，他在很多人心目中已经变得如同马克思和列宁一样伟大。无论是在苏联，还是在其他国家，人们都以各种方式庆祝着伟大的、热爱生活的普希金的百年诞辰纪念日。在苏联，斯大林直接领导下的普希金委员会由高尔基、伏罗希洛夫等人担任主席。不仅在苏联土地上，而且在那些流亡海外的俄罗斯人生活的地方，普希金已经成为俄罗斯人认同的一个象征。他的作品和精神深入人心，将世界各地的俄罗斯人紧密地联系在一起，为他们的心灵提供了一份独特的归属感。

总的来说，普希金的百年诞辰庆典不仅展示了他在俄罗斯乃至全球范围内的广泛影响力，还体现了俄罗斯人民对他的深深敬仰和无尽思念。这场庆典无疑是对普希金伟大成就的最好纪念，同时也进一步巩固了他在俄罗斯文化中的崇高地位。

（三）生活融合积淀了文学作品的中式俄罗斯民俗场景元素

从现存文学艺术作品和相关史料来看，中国俄罗斯侨民文学创作以中式俄罗斯民族场景为基础内容，实现了中国元素与俄罗斯元素深度融合的文化碰撞创作，在中国俄罗斯侨民生活特征与日常风貌的基础上，以中式文化背景呈现俄罗斯民族民俗特征，展现出了颇具社会性和历史性的文学艺术内涵，也升华了中国俄罗斯侨民文学的艺术魅力。与哈尔滨俄侨积极融入中国本地生活相比，上海的俄侨在保留原有宗教信仰和节日习惯方面更具特色，因而也形成了与上海本土群体差异非常显著的文化生活习俗，特别是保留了特色鲜明的东正教宗教活动及主要的宗教节日习惯。这些宗教活动和文化习俗也成为中国俄罗斯侨民文学创作的基础素材之一，融入中国本地生活，并保留了俄罗斯传统民族色彩的复杂性。这种民族元素之间的碰撞，实现了中国元素在中国俄罗斯侨民文学中的多元化体现。通过这种方式，中国俄罗斯侨民文学创作不仅展现出了丰富的文化内涵，还为中国与俄罗斯的文化交流做出了积极贡献。

第三节　中国俄罗斯侨民文学的创作特征

一、中国俄罗斯侨民的移居浪潮

19 世纪末至 20 世纪初，中国俄罗斯侨民的移居浪潮是沙皇俄国向远东扩张和工业化进程的直接产物。这一时期，中东铁路的修建成为移居潮的重要推动力。大批俄罗斯技术人员、工程人员、商人、文化教育者和普通民众因各种原因涌入中国东北，尤其是哈尔滨地区。

这些移民中，既有为中东铁路建设提供技术支持的专家，也有寻求商业机会的商人。他们带来了先进的技术、管理经验和独特的文化，对哈尔滨等东北城市的发展产生了深远影响。

俄罗斯侨民的到来促进了哈尔滨等东北城市的文化融合。他们与中国民众共同生活、交流，形成了独特的哈尔滨文化，包括建筑风格、饮食习俗、节日庆典等。同时，俄罗斯侨民也推动了当地的经济繁荣，促进了城市化进程的发展。

然而，20 世纪中叶以后，随着国际关系的变化，许多俄罗斯侨民选择返回原籍或移民西方国家。这一过程中，部分俄罗斯侨民与中国民众通婚，形成了中俄混血后代。这些混血儿在文化认同上具有复杂性,他们既保留了俄罗斯的血统,又深受中国文化的影响。在俄罗斯侨民撤离中国之后,留下的人很大一部分是混血儿。他们成为中国俄罗斯族文化的承载主体,同时,他们也是中国文化的承载者。在语言、宗教信仰和生活方式等方面,中国的俄罗斯族既有本民族的传统,又融合了中俄两国的文化元素。

中国的俄罗斯侨民移居浪潮,不仅是中国近现代史上的重要事件,也是中俄两国文化交流的生动体现。在这一历史时期,俄罗斯侨民与中国居民共同书写了两国关系的新篇章,为后世留下了宝贵的文化遗产。

二、中国俄罗斯侨民文学主题与题材的多样性

在文学创作领域,尤其是聚焦于中国俄罗斯侨民这一独特群体的作品,主题与题材的多样性尤为突出。这些作品不仅涵盖了俄罗斯侨民在中国的生活挑战,如环境适应、文化冲突,还深入挖掘了他们的情感世界,包括对故土的怀念、对身份的探索。题材上,从个人传记到家族史,从短篇小说到长篇小说,从诗歌到戏剧,形式丰富多样。这种多样性不仅展现了侨民生活的多面性,也反映了作家们对这一群体的深刻关怀,为读者提供了丰富的文化视角和情感共鸣。

(一)对侨民生活的描写

对侨民生活的描写是这一时期文学创作的重要主题,它构成了中国俄罗斯侨民文学的核心内容。这些作品以细腻的笔触和丰富的情感,细致入微地描绘了俄罗斯侨民在中国的生活场景,从日常琐事到重大事件,从个人情感到社会变迁,无不展现了他们在异国他乡的生存状态。

在文学作品中,侨民的家庭生活被赋予了特别的关注。作家们通过描绘侨民在中国如何维持家庭关系、如何在文化差异中教育子女,以及如何在异国环境中保持家族传统,展现了他们在面对文化冲击时的坚韧和智慧。这些描写不仅是对个体命运的记录,更是对人类共同情感的深刻揭示,让读者能够感同身受地体会到侨民在异

国他乡的喜怒哀乐。

同时，作品也关注了侨民的职业发展。在中国这个新的环境中，侨民面临着各种职业挑战，包括寻找工作、适应工作环境、克服语言障碍等。作家们通过描述他们在中国从事各种职业的艰辛与挑战，以及他们在职业道路上所取得的成就，展现了侨民群体的奋斗精神和适应能力。这些描写不仅是对个人奋斗历程的记录，也是对整个社会变迁的反映。

此外，作品中还描绘了侨民在中国的社会生活。他们如何融入当地社会、如何处理与当地居民的关系，以及如何保持自己的民族特色，都是作品中的重要议题。这些描写不仅展现了侨民的社交技巧和人际交往能力，也反映了他们在文化融合过程中的自我认同和身份探索。

在文学创作的这一领域，作家们还通过描绘重大历史事件对侨民生活的影响，如中俄关系的变化等，展现了侨民群体在历史洪流中的命运起伏。这些作品不仅是对侨民生活的真实记录，也是对特定历史时期社会变迁的深刻反映，为后世留下了宝贵的历史文献。

（二）对俄罗斯与中国历史的反思

文学作品中的侨民形象，往往成为反思俄罗斯与中国历史的独特载体。在这些作品中，作家们通过对侨民生活的细致描绘，深入探讨了两国历史背景下的政治、经济、文化关系，以及这些关系如何深刻影响个体的命运。这种反思并非简单的对过去事件的回顾，而是关于历史事件对个人身份认同和集体记忆塑造的深刻洞察。

在文学创作中，侨民常常被塑造成历史的见证者和参与者。他们的个人经历成为两国历史互动的生动缩影。作家们通过侨民的故事，展现了历史变迁如何塑造个体的命运，以及个体在历史洪流中如何寻找和确立自己的位置。一方面，一些作品通过侨民的经历，揭示了两国在特定历史时期的关系紧张和冲突。另一方面，一些文学作品也展现了两国历史上的友好与合作。在抗日战争时期，中俄两国人民共同抵抗侵略者，其中也有俄罗斯侨民积极参与了这一历史事件。这些作品通过侨民的视角，展现了两国人民在共同斗争中的团结与友谊，以及对和平的渴望。

在反思历史的同时，文学作品也探讨了历史事件对个人身份认同的影响。侨民在异国他乡的生活，使得他们不得不重新审视自己的身份和归属。他们的故事揭示了身份认同的复杂性以及个体在多元文化环境中的自我定位。

此外，文学作品中的侨民形象还反映了集体记忆的塑造。侨民对故土的记忆往往与他们在中国的生活经历交织在一起。这种记忆不仅是个人的，也是集体的，它承载着两国人民共同的历史记忆和文化传承。作家们通过对侨民记忆的描绘，强调了历史记忆对于民族认同和文化传承的重要性。

可以说，文学作品中的侨民形象为读者提供了一个独特的视角，用以反思俄罗斯与中国历史的关系。通过侨民的故事，作家们探讨了历史变迁对个体命运的影响，以及个体如何在历史洪流中寻找自己的位置。

（三）对人类命运的关怀

在中国俄罗斯侨民文学作品中，对人类命运的关怀是一个贯穿始终的主题，它体现了作家们对人类共同命运的深刻洞察和人文关怀。在这些作品中，作家们通过侨民的故事，将普遍的人性主题如生存、自由、尊严、爱、希望与绝望等，以细腻的笔触和丰富的情感展现出来。

俄侨们在异国他乡的生活成为作家们探讨这些人性主题的舞台。他们如何在陌生的环境中寻找生存之道、如何在文化差异中保持自我、如何在困境中坚守尊严，这些都是作品中的重要议题。通过这些故事，作家们揭示了人类在面对逆境时的坚韧和智慧，以及对美好生活的向往。

在这些作品中，侨民不仅是故事的主体，也是人类共同命运的象征。他们的故事超越了国界和文化的限制，触及了人类共同的情感和经历。例如，俄罗斯侨民在中国的生活经历，反映了全球范围内移民和难民面临的困境，引发了读者对全球人权问题的关注。此外，文学作品中的侨民形象也体现了对人类尊严的关怀。在异国他乡，侨民常常面临着歧视和不公正的待遇。作家们通过描绘这些经历，强调了每个人都应该享有平等的权利和尊严。这种关怀不仅是对个体尊严的维护，也是对整个人类尊严的呼唤。

在探讨人类命运的同时，文学作品也传递了希望与绝望交织的情感。侨民在异国他乡的生活充满了挑战，但他们依然保持着对未来的希望。这种希望不仅是对个人命运的期待，也是对整个人类未来的憧憬。作家们通过侨民的故事，展现了人类在逆境中不屈不挠的精神以及对美好生活的追求。

三、中国俄罗斯侨民文学风格的独特性

中国俄罗斯侨民文学在文学风格上展现出了独特的特点。它融合了中俄文化的精髓，呈现出一种独特的跨文化风貌。作品往往以现实主义为基础，深入描绘侨民在异国他乡的生存状态，同时融入象征和隐喻，深化主题。在语言风格上，这些作品展现了作家们的个人风格和读者的广泛需求。此外，这种文学风格还体现了强烈的民族情感和人文关怀，通过对个体命运的观照，折射出人类共同的情感体验和命运思考，使得作品具有了深刻的思想内涵和广泛的艺术价值。

首先，中国俄罗斯侨民文学作品普遍具有强烈的现实主义色彩。作家们凭借其敏锐的观察力和深刻的洞察力，对侨民在中国的生活进行了真实而细腻的描绘。他们不仅仅记录侨民的日常琐事，如工作、家庭、社交等，更深入挖掘他们在文化冲突、社会适应、经济压力等方面的复杂性和多样性。通过这些生动的描绘，读者得以窥见侨民在异国他乡的真实生活状态，感受到他们在面对种种挑战时的挣扎与成长，以及他们对家园的思念和对新生活的适应。

其次，这些作品中融入了丰富的象征和隐喻，作家们巧妙地运用文学手法，将侨民的个人经历与更广泛的社会、历史背景相交织。通过象征和隐喻，作家们不仅增强了作品的思想深度，还提升了其艺术感染力。例如，侨民对家园的思念可能被象征为一片遥远的星空，而他们在中国的生活经历则可能被隐喻为一场跨越国界的旅程。

这种象征和隐喻的使用，使得读者在阅读过程中能够对作品的主题和内涵进行多层次的理解和思考，从而获得更加丰富的阅读体验。

再次，作品的语言风格呈现出多样性，既有严肃、深沉的叙事，也有轻松、幽默的笔触。这种风格的多样性不仅体现了作家们的个人创作风格，也满足了不同读者的阅读偏好。严肃的叙事往往用于描绘侨民面临的困境和挑战，而轻松幽默的笔触则用于缓解紧张的氛围，展现侨民在逆境中的乐观和幽默感。这种风格的多样性使得文学作品更加贴近大众，易于被广泛接受，同时也为读者提供了多样化的阅读选择。

最后，中国俄罗斯侨民文学在艺术表现上具有鲜明的跨文化特点。作家们在创作中巧妙地融合了中俄两种文化的元素，无论是叙事结构、人物塑造还是文化意象，都展现了国际化的视野。这种跨文化的艺术表现不仅丰富了作品的内涵，也为世界文学贡献了独特的视角和声音。它不仅让俄罗斯读者了解了中国俄侨的生活，也让中国读者对俄罗斯文化有了更深的认识，促进了中俄两国文化的交流与理解。

本章小结

中国俄罗斯侨民文学作为一种独特的文学现象，其创作特征、中国元素融合应用以及文学风格形成的背景原因引起了学术界的广泛关注。本章围绕文化冲突视角解析了中国俄罗斯侨民文学创作特征、中国元素融合应用与文学风格形成的背景原因的同时，进一步总结了中国俄罗斯侨民三次移居浪潮对应的文学风格演变特征，详细分析了中国俄罗斯侨民文学的文化内涵和风格特征。

第三章　中国俄罗斯侨民文学的创作内容详述

第一节　地域视角——中国俄罗斯侨民文学的创作情况

一、以哈尔滨为中心的北方俄侨文学创作

哈尔滨是俄罗斯流亡者的北方聚集地。远东地区的俄侨文学，由于远离欧洲的中心，在保留原有民族特征的同时，又吸取了东方的写作技巧，形成了自己独特的文体。这是中西文化相互渗透、相互影响、相互交融的结果。19 世纪 80 年代以来，该地区的俄侨文学代表作有《拉里萨之岛》《来自东方的歌》《两个小站》《中国的俄罗斯诗人》《松花江上的城市》等作品。

（一）历史人文与文化融合特征的哈尔滨俄侨文学创作

同一种历史和文化现象在不同作家的心灵中反映出来，就会有不同的文学效果。在当时处于半殖民地半封建社会的中国，有一段时间仍然还在使用斩首这一刑罚。涅斯梅洛夫在他的《选自中国纪念册》中，详细地描绘了一颗挂在马车行围墙上的一根柱子上的强盗的人头，并补充了一句令人费解的话：

> 那具尸体对着周围的人嘶嘶地说：
>
> "你们当心啊！……霍乱已到来。"①

哈尔滨俄侨社会长期处于自我封闭的状态，是一个"麻雀虽小，

---

① 李延龄主编：《哈尔滨，我的摇篮》，顾蕴璞、李海译，哈尔滨：北方文艺出版社，黑龙江教育出版社，2002 年，第 6 页。

五脏俱全"的狭小社会。俄侨中,也有许多人对中国社会之外的广阔世界不感兴趣,这是俄罗斯人与生俱来的一种特质。俄罗斯侨民作家由于其政治背景、社会地位、生活环境等原因,很难创作出积极、乐观、向上的文学作品,其作品中大多包含着颓废消极、悲观绝望的情调。但是,有些作家在心理、感情、创作手法和内容上都与西方的俄侨作家不同,特别是那些关于中国历史、东方风土人情以及中俄两国关系的作品,仍然具有相当大的学术研究价值。

列兹尼科娃曾表示自己对哈尔滨所知的一切都与中国文化相去甚远,并对这个城市一无所知。不过,这样的说法是有些夸大成分。令人欣慰的是,俄侨中的知识分子,特别是不少俄侨诗人,都能意识到自己所处的地域并不是一个贫穷落后的国度,而是一个拥有五千年悠久文明的古老国度。他们对中国的语言、中国的文字、中国的历史、中国的宗教和哲学,尤其是那些色彩斑斓的古典作品都很感兴趣。

一个民族,特别是一个有着五千年文明历史的民族,可以说,其整个心灵都沉浸在语言之中,其诗歌就像是一片无穷无尽的海洋。许多俄侨诗人勇敢地走出国门,潜心研究中国历史和文学,努力从事中国古代诗歌的外译工作,为中俄两国文化架起了一座沟通的桥梁。在此基础上,俄侨诗人先后发表了数本中国诗集的俄文译本,为俄侨读者提供了一片全新的、美好的诗歌天地。

(二)深耕中国传统文化元素内涵的俄侨文学创作

中国的魅力令人无法抗拒,华夏的文化潜移默化地浸润着俄侨作家的思想与创作。中国历史上的名人、伟大的诗人,以及他们的经典之作,都是作家们创作的灵感之源。《杨贵妃》《李太白》《独鹤》《汪浩之花》《元朝皇帝之诗》《食日大龙》,这些具有独特风格的诗作,将中国经典主题和文学情怀带到了俄罗斯诗歌中,具有一定的开创性。应当注意的是,这些作品并非完全照搬中国经典故事,而是在原故事的基础上进行了创造性的改编,以俄罗斯诗人的视角,重现了中国的一些历史人物和文学故事,并且增添了一些新的色彩和意蕴。尤斯吉娜·克鲁津施坦因-彼得列茨在改编《长恨歌》《杨贵妃》的过程中，一改以往的风格，着重表现杨贵妃和她的爱情悲剧。在其作品《李太白》中，更增添了俄罗斯人的豪爽和热爱自由的特质。沃尔科夫在其《食日大龙》的长诗中，借用崔颢、李欣等人的诗歌作为开头，运用边塞诗体的风格，结合俄罗斯诗体的传统节奏，创造出一幅"兵败如山倒"的惨景，表现出军人在悲伤和绝望中对爱人的深切眷恋。

　　俄侨诗的主题、意境、风格等都受到中国文化的深刻影响。在这一点上，瓦列里·别列列申是最有代表性的。他曾翻译过《道德经》和《唐诗》，并对中国文学和文化有着独特的洞察力和深刻的感情。他称中国为"温柔的继母"和"第二故乡"。他在诗歌《我，一定回中国！》里写道："别了，永不回还的幸福体验！我平平静静、明明确确知道，我肯定要回中国，在死的那天。"①《过桥》模仿古代诗歌的结构和情感，通过描写风景和情感的方式，把意与境相结合，贯注作者的感情，从而产生出一种简洁深刻的哲理。《中海》通过描绘中海风光，抒发人们对世外桃源的憧憬。《最后一枝荷花》描述的是北海秋天的一朵莲花：

　　……

　　　淡紫色的远方，
　　　透明而又纯净。
　　　百花一度矜持，
　　　如今花朵凋零。

　　　花茎变得干枯，
　　　四周笼罩寂静。
　　　最后一枝荷花，
　　　旗帜一样坚挺。

---

　　① 李延龄主编：《松花江晨曲》，谷羽译，哈尔滨：北方文艺出版社，黑龙江教育出版社，2002 年，第 90 页。

......①

值得关注的是，中国传统文化所赞颂的荷花在俄罗斯诗人的演绎下，由原本的纯洁高尚变成了坚强和勇敢的象征，从而引起了作家对"最后的自由歌唱家"的感慨。

俄侨诗人大多有着不同的人生际遇，他们曾经被历史的风暴所裹挟，背井离乡，漂泊在外，内心深处潜藏着无法诉说的伤痛与辛酸。他们自称从一片被火烧成灰烬的土地上来，满身都是烟尘。有的人甚至会想，如果能改变自己的命运，那该多好。对于这个问题，很多诗人都给出了自己的答案，有的说自己只想当个俄罗斯农民，有的说自己在山林里过得比较轻松，还有的说想要彻底改变自己，彻底融入中国社会，这样才能得到内心的平静。

俄侨作家瓦列里·别列列申在《迷途的勇士》中曾表达过类似的心愿：

> 我倒愿生活在中国的南方——
>
> 例如宝山或者是成都——
>
> 生在和睦的官吏家庭，多子多福的名门望族。②

虽然这个愿望不能实现，但是俄侨诗人对于中国生活方式与价值观的认同与接纳，以及某种程度上的羡慕之情，却是显而易见的。

一批诗人在"乱世"中寻找宁静，从而对佛教产生了浓厚的兴趣。扬科夫斯卡娅在《佛山》和《佛像与我》这两首诗中，展现的都是她与佛像之间的对话，她从佛像那里得到了生命的奥秘，在"天人合一"理念的指引下，诗人追求"与碧水青天相融"的境界，努力忘记伤痛，忘记其他，在失落中重建新的自我，从而确立了"人间泰安"这一理想境界。

在瓦列里·别列列申的诗作中，"静"也是一个重要的词。他去过中海，去过碧云寺，去过杭州，去过湖心阁，去过河北，去过山

---

① 李延龄主编：《松花江晨曲》，谷羽译，哈尔滨：北方文艺出版社，黑龙江教育出版社，2002年，第117页。

② 李延龄主编：《松花江晨曲》，谷羽译，哈尔滨：北方文艺出版社，黑龙江教育出版社，2002年，第120页。

海关……他寻找过那里的宁静，他以"静"为毕生的追求，这种宁静就是他的梦想。"静"是与世间的恶、乱、烦相对立的，诗人带着"世间的悲哀和羞耻"，来到北京那几个宁静的湖泊边，如一个孩子投入妈妈的怀中，将这份沉甸甸的重担投入了"包容万物的碧水深渊"。

从这几个例子中，我们可以看出，"静"和"安"——中国传统文化的价值观，在俄侨诗人的创作中得以体现，并为他们所吸收，从而使他们的诗歌内涵更加丰富。

（三）中俄文化交融的文学创作意蕴

"中国声调"也蕴涵了作者对中国文化的深刻认识。总的来说，俄侨诗人的中国观念有两种倾向。第一种倾向是把中国人、物、景作为审美客体来欣赏、赞美。诗中之"人"，多为帝王、王妃、僧侣、美人等想象中之美好形象；"物"指的是亭阁、宝塔、寺庙、香炉、古画等；景物的描绘既包括了乡村般的宁静，也包括了神秘而诱人的异域风情。

> ……
> 碧绿的运河，
> 青翠的竹林，
> 头上是片无声无息的
> 酣睡的红色苍穹。
> ……①

第二种倾向是继承了俄罗斯现实主义的传统，力求在作品中再现中国生活的真实。在此，"人"包括种菜的农民、苦力、黄包车夫、流浪汉等；"物"指的是村落、酒楼、渡船、马车等；对景的描绘力图真实、细腻，让人有身临其境之感：

> ……
> 没有帽子遮盖的额头，

---

① 李延龄主编：《松花江畔紫丁香》，李延龄、乌兰汗译，哈尔滨：北方文艺出版社，黑龙江教育出版社，2002年，第266页。

周游世界的轻盈脚步，

流浪汉身上什么都没有！

流浪汉身边什么人都没有！

没有命定的世界限制，

没有颠簸的障碍阻隔，

过路人对什么都不会可惜，

过路人对谁都不会舍不得。

……①

这类写实作品多以悲天悯人的手法描写中国社会底层的平民，如苦力、船工、黄包车夫、贫苦农民等，反映出俄罗斯文学的人本主义和人道主义精神，以及对小人物的关注。

以理想的角度寻找"中国神话"，以现实主义的角度反映中国现实，是俄罗斯侨民作家作品中中国元素的内在体现，也是一种对立统一的矛盾。随着俄侨逐渐接近中国，他们心中的"中国神话"也逐渐淡去，取而代之的是一种更务实的心态。在《中国歌谣》一书中，勃连尼科娃用幽默的笔法描述了中国人由"神秘"和"古怪"的观念转变为一种司空见惯的观念。

20 世纪三四十年代，俄侨知识分子和中国民众共同经历了日本侵华战争所造成的灾难，他们对中国的情感也因此更加深厚，其部分作品用悲剧的笔调描写了中国人的悲惨生活。

二、以上海为中心的南方俄侨文学创作

（一）俄侨文学创作深耕近代上海文化冲突与重合的文化土壤

20 世纪 30 年代，俄侨文化活动十分活跃，上海成为远东俄侨文化发展的另一个重要中心。作家、记者、编辑、音乐家、舞蹈家、歌剧家，以及各类文学联谊会等，在俄侨文化界有很大的影响力。

---

① 李延龄主编：《哈尔滨，我的摇篮》，顾蕴璞、李海译，哈尔滨：北方文艺出版社，黑龙江教育出版社，2002 年，第 78 页。

40年代初期，太平洋战争爆发后，日本侵略者对上海各类社团的组织与集会的管制越来越严，规定各类社团必须向日本当局以真名登记，并对集会的内容实行意识形态上的管制。以上所列之团体，已不能维持其举办各类娱乐活动之规模。从那以后，各种各样的文化人的聚会就消失了，只有少数的作家在周五还会聚集在一起。这种局面直到上海解放才结束。从战后俄侨的新闻媒体、报纸杂志、书籍发行、文学创作等都可以看到俄侨在沪的文化生活日渐式微。可见，沪上俄侨的文化交流在战争结束后并没有得到很好的发展，造成这种状况的原因有外部的社会环境因素，也有俄罗斯侨民自己的因素。

但是，就上海而言，其社会、政治环境却对俄侨文化的发展、传播起到了有利的作用。在检查方面，从1945年至1949年的文件可以看出，国民党政府对俄侨的书刊并不太重视，检查也不够严格。俄侨杂志有时会被政府暂停一段时间，主要是因为刊物中有亲苏的倾向，或是刊物中的出版者有共产倾向等。不管是日本侵略时期，还是苏联占领东北时期，相对于哈尔滨的出版、发行环境而言，上海的出版、发行环境要宽松得多。从这个角度来看，上海俄侨文学所处的环境是较为自由的，与20世纪30年代公租界和法租界俄侨出版的自由程度相当，但就其文化成就而言，却与20年代相差甚远。为了生存，出版商必须控制生产成本，努力盈利，否则就会陷入困境。40年代后期，上海明显没有俄侨文学的固定读者群。对于俄侨而言，上海的经济状况并不比其迁出地好多少。首先，在通货膨胀的影响下，各种生活必需品的价格都在飞涨，包括报纸在内。到了1947年7月，在出版行业中，报纸的产量已经超过了50%，俄侨发行的报刊就像一只被冲走的小船，在上海的经济浪潮中，被抛入大海，没有任何抵抗的力量。高昂的费用和俄罗斯人数量持续减少的现状，使得稳定的读者数量在不断地减少，与此同时出版商在不断地涨价。因此，俄侨出版行业陷入了恶性循环。这让大部分俄罗斯出版商都难以维持生计，书籍的发行也面临着同样的问题。俄侨在战后的上海并无著名的文学作品发表，这也是一个很大的原因。40年代后期，旅沪俄侨作家别列列申曾经计划在沪发表诗集，但因为经济困难，不得不放弃。

（二）服务文化团体宣传等功能的俄侨文学创作

抗战胜利后，上海小报界重新活跃起来。到1945年12月末，以俄文出版的《上海日报》《上海柴拉报》等报纸均已恢复或新办。二战结束后，由于中苏两国签署了友好同盟条约，苏联对华新闻界的工作重心也随之移至上海，为苏联对华新闻界的传播提供了方便。在《新生活报》和《新生活晚报》上，以俄文刊登了旅沪苏侨的见闻。第二次世界大战后，以苏联英雄事迹为题材的文学作品逐渐增加，并渐渐地占据了发行市场的主要位置。从俄罗斯文学的发展历史来看，20世纪以来，俄罗斯侨民文学经历了"三次浪潮"。本部分内容所讨论的是第二次世界大战后上海俄侨的文化生活。不过上海俄侨的情况与欧洲不太一样——沪上并没有二次创业的先例。由于东北三省在第二次世界大战中被日本占领，中国又战火纷飞，所以苏联人很少会到上海来。上海俄罗斯侨民文学的主要创作者，是十月革命后在中国漂泊的、最后在此安顿下来的一批作家。他们中有当时在中国就已经很有名的作家，也有生长在中国本土的新一代作家，他们已经在中国生活了20余年。在文学创作方面，对比之前上海俄罗斯侨民文学的发展，可以清楚地看到它是一种日渐式微的现象。沪上俄侨文化人士，因缺乏团体间的互相激励，仅靠个人创作，不能通过团体间的互动而获得创作灵感，也不能获得前辈们的鼓舞与指引。从主题到内容，可以看出，这个时期的文学创作的特征是，在内容上，关于苏维埃政权的怨天尤人、愤世嫉俗的作品越来越少。对于俄罗斯人来说，"驱逐出境"一直被视为仅次于死刑的刑罚。俄侨作家的背井离乡，无论对于他们自己，还是对于他们的文学创作来说，都是一场巨大的悲剧。他们的前期工作都是对苏维埃政府的抨击，而这类作品在第二次世界大战之后就没有了市场。但是，在流放和苦难的过程中，怎样传承和发扬俄国的文化传统，一直是这些俄侨所面临的难题。俄侨由于离开了自己的家乡，缺乏创造的土壤，他们只能从回忆中去发掘，以怀旧为题材，一方面是对现实中的苏联的不满意，另一方面也是向人们展示自己记忆里的"黄金年代"。

（三）俄罗斯侨民的归属感

在不同的历史背景和文化背景下，定居国外的俄罗斯侨民作家常常把自己的经历和感受撰写到他们的作品里。近年来，在国际上颇有影响的俄罗斯侨民作家别列列申的作品，就有着明显的地域性特征。他于 1913 年出生于伊尔库斯克，7 岁时就和父母移居哈尔滨，先后就读于哈尔滨商业学校（1924）、基督教青年会中学（1925—1929）、哈尔滨北满工学院（1933—1934），并于 1935 年毕业于哈尔滨法政学院。其在校期间就开始写诗并发表作品。他为人内向，精力充沛，聪明机敏，待人接物彬彬有礼，教养有素。在中国，他曾到北京和其他许多地方游历，对中国的风土人情、传统文化相当熟悉。他的诗歌作品语言洗练优美，诗风洒脱飘逸，相当一部分诗歌题材涉及在中国的生活与游历，对中国古典诗词、绘画、书法与佛学情有独钟，从中汲取了许多养分，其作品显而易见具有中国诗歌的情趣与神韵。因个人生活中的一些困扰，他于 1935 年 5 月成为修道士，1937 年考入哈尔滨神学院，1943 年在此通过神学副博士学位论文答辩。随后，他来到上海。第二次世界大战后，他曾在苏联塔斯社上海办公室工作，并翻译了大量的中文作品。1950 年年初，他从上海出发，由于签证的原因转到天津，最终于 1952 年在巴西里约热内卢安顿下来，专心搜集、整理当代俄罗斯侨民作家的作品，并从事自己的文学研究与创作。同时，他还翻译了汉语、俄语和葡萄牙语的诸多作品。1992 年别列列申在里约热内卢家中因病逝世。通过对别列列申生平的考察，我们可以看出，他于 1943 年被东正教会遣送至上海教会，是因为他的一些个人情况不被认同。一开始，他对上海深恶痛绝，在描述大上海的都市特征时，他将上海描述为"不知怜悯""虐待狂""残忍的都市"，并突出了人与人之间的疏远、对立所带来的孤独、迷茫、压抑等感觉，但他不久便适应了上海的生活。他对约翰主教偶有抱怨，因为他觉得自己做了太多的宗教工作，却和教堂里的同僚们相处得不是很好。于是，他于 1946 年 10 月以修道士的身份回归世俗。也许是因为自己在个人生活中的那些困扰，他感到非常痛苦。他相信，他的痛苦与其说是因为自己的愿望，不如说是因为自己的愿望不能得到满足，也不能得到当时社会的平等对待。不管是从流亡的社会政治角度，还是从其个人所受到的社会歧视来看，别列列申都属于社会中的弱势群体，"文化边缘人"的身份一直伴随着他。事实上，被边缘化的并不只是别列列申一个人，绝大多数俄罗斯侨民都面临着同样的困境。因此，民族身份的问题始终伴随着他们的创作。从"家园"和"俄罗斯"两个词可以看出，别列列申已经开始从哲学和宗教的角度来考虑自己的家园在何方的问题了。他把俄侨比喻成"永远不会死去的俄罗斯人的脑袋"，把俄侨和自己的国家俄罗斯联系在一起，表现出对于俄侨命运的悲悯。俄侨流落在外，很少能得到他人的认同。俄罗斯侨民对自己的土地和人民有着深厚的感情，这使他们的祖国成为他们的精神源泉，而这种与自己的精神源泉分离所造成的无尽痛苦，更增加了流放的悲剧意味，特别是那些无国籍人士，在思想和政治上，都是彻头彻尾的"流放"。别列列申是个有才华的诗人、翻译家。在他的诗歌中，常常有"东方荷花""中国之桥""宝塔寺庙"等"东方之韵"。华夏的文化传统对作家的作品产生了深刻的影响，他视中国为自己的第二故乡，称中国为"温柔的继母"。别列列申不但在其俄语诗词中体现出了很深的中国文化底蕴，而且在中国文学与文化方面也有很高的成就。巴西是诗人的第三故乡。侨居巴西期间，他在大学教课，除了继续写诗，还潜心翻译，曾把屈原的《离骚》、老子的《道德经》和唐诗名篇译成俄文，并对"道"做了详细的解释。他认为，"道"是"美"和"善"的统一体，其含义因领域而异，难以用欧洲语言来表达。随着中俄文化交流的日益推进，随着中文译本的问世，相信越来越多的读者会逐渐认识到别列列申诗歌的内涵，对其艺术价值和审美价值做出更加公允客观的评价。

第二节　作品类型视角——中国俄罗斯侨民文学的创作情况

一、中国俄罗斯侨民文学中的儒释道文化研究

近年来出现了将 20 世纪俄侨在华文化创作与中国传统儒释道精神统筹研判的新型研究方向。整合文献史料不难看出，中国的传统儒释道精神和俄侨迁入带来的现实主义文化创作风格一定程度上实现了相互影响，体现为 20 世纪以来，不论是中国作家还是俄侨作家，其创作都在一定程度上体现出了文化融合的特征。

中国俄罗斯侨民文学是对俄侨心灵情感的真实记载，是中国俄侨思乡情怀的生动写照。换言之，正是因为这些文学作品深刻反映了俄侨的情感，才使得他们能够在自己的作品中体现出对儒家、佛家、道家文化的接纳和对平静生活的向往。这些在中国生活了几十年的作家，既继承了俄罗斯的文化和文学传统，也深受中国古代文化影响，他们沿着"真、善、美"这条线，通过文学创作，探寻中国传统文化的深刻内涵和精神价值。长期生活在中国的俄侨，无论是其对世界的看法，还是其创作方式，都受到了中国文化的深刻影响，他们的作品充满了浓郁的中国文化，并以中国独特的形象来表达他们的感情。可以说，在中国俄罗斯侨民文学作品的创作中，除思乡之情外，还有一个永恒的主题，即对中国传统文化的依恋和赞颂。

（一）俄侨作品中的"儒"文化体现

在中国俄罗斯侨民文学作品中，"仁"得到了充分的体现。由于"仁"占据了儒学思想和文化要素的中心位置，所以它深深地影响着中国人。因此，"仁"在俄侨小说中是必不可少的，也是合乎情理的。儒学倡导"礼治""德治""人治"，讲究尊卑长幼，有一套自己的规矩，既要用道德来感化和教育人们，又要注重人的人格，这些思想

都可以从中国俄罗斯侨民作家的作品中找到。"五常"作为儒家道德文化的代表，是指"仁义礼智信"。而"诚""恕""廉""勇""温""恭""让""宽""严""刚""柔""敏""惠""仁""义""信"，都是生活在中国的俄侨作家的灵感来源。

以薇拉·孔德拉托维奇·西多洛娃的《黄包车夫》为例，其就把"仁"这一主题表现得淋漓尽致。《黄包车夫》以抗日战争后哈尔滨中国街上一位名叫"余"的黄包车夫为原型，描写了他为人拉车的故事。余先生是一位拉车夫，他从中国的芝罘（烟台的旧称）搬到哈尔滨，以拉人力车为生。因为从沿海城市搬到了哈尔滨，所以在冬季的工作中，他一不小心就得了一场大病，导致他的身体状况已经不适合再做黄包车夫这份工作了。再这样下去，他很快就会死的。可是，为了生存，他也只能硬着头皮干下去。就是在这种情况下发生了一件让人愤慨的事情。有一天，一名肥胖的妇女在等上车，余被她叫了过来。当瓦夏——一名俄罗斯新兵——看到"一个又高又瘦的中国人，胸部凹陷，脸色疲惫，像马一样套在车上，拉着车在路上跑着。而那车好像抗拒着他的用力，很勉强地朝前移动着。一个臃肿的女人半躺在车里，全身的重量都压在车背上，中国人沉重地呼吸着，慢慢地移动着。可以感觉到，他是在勉强行走，紫铜色的前额上青筋暴起。消瘦晒黑的脖子上的肌肉紧绷得像要胀破似的。敞开的上衣里明显地露出锁骨"①时，他就受不了了。他把那个胖妇人赶了出去，又把五张钱给了黄包车夫。这就是所谓的"仁"。仁者爱人，即爱人、助人、体恤人。这位年轻的战士岂不就是仁爱之人？这里面还包括以民为本的儒家思想。"以民为本"是中国儒学最主要的审美精髓之一，这一点也反映出了作家对处于苦难之中的工薪阶层的同情和爱。

（二）俄侨作品中的"释"文化体现

佛教所追寻的人生哲理，在中国俄罗斯侨民文学作品中也一再

---

① 李延龄主编：《兴安岭奏鸣曲》，冯玉律、石国雄、孙玉华、徐振亚译，哈尔滨：北方文艺出版社，黑龙江教育出版社，2002年，第529页。

体现出来：在混乱中寻求安宁的心理状态下，有一部分诗人开始关注佛教。

比如，扬科夫斯卡娅在《佛山》和《佛像与我》这两首诗中，大量地描写了她与佛像之间的对话，她向佛像请教生命的奥秘，并从中得到了这样的启示："生命就像海滩上的沙子，时间里充满了欢乐和痛苦。"沃尔科夫在华北一座古老的寺庙里得到了一位年迈的僧侣的启发，他发现了一条新的生命之路："如若你的话公平而合理，如若你的恩惠没止境，那么别叫我在汗湿背上，看见一条条鲜艳的血迹。叫我做一个自由人死去，像野兽爬进树丛深处那样死……你的花朵我并不想采集。"①

尼古拉·斯维特洛夫就深受中国释文化的熏陶，在他的作品中释文化气息表现得淋漓尽致。《千手观音》就写出了对观音菩萨的敬仰。观音菩萨是大慈大悲普度众生的形象，救人于危难之中。尼古拉在寺庙中看到藏传佛教僧侣，他的心灵顿时有了一种归属感，这种信仰最终也成为他生活的寄托、灵魂的栖息地。虽然现实中作者的生活充满着悲伤和坎坷，但是他用这种美丽和希望的象征来寄托自身的灵魂，因此在现实世界中，虽然他身世坎坷，历尽千辛万苦，但是在内心深处他是平静的，有自身对未来的向往和对幸福的憧憬，在其文学作品中这种向往感和幸福感均有所体现，令读者感同身受。

我们都知道莲花在佛教中有着独特的位置，代表高洁、美好。俄侨作家瓦西里·别列列申在《湖心亭》中便对莲花的圣洁进行了高度的赞扬。荷花出淤泥而不染，濯清涟而不妖，远离尘世烦恼，活成独特的存在。风平浪静的湖面，雨中卓然挺立的荷叶，仿佛给人心灵独特的洗礼，仿佛帮人找到了心灵栖息之所。这独特的自然景物正是作家心灵的真实写照，怎能不让人忘却尘世的烦恼，去除俗世的杂念呢？

这种佛家文化的气息在俄侨作家笔下挥放无遗。

---

① 李延龄主编：《哈尔滨，我的摇篮》，顾蕴璞、李海译，哈尔滨：北方文艺出版社，黑龙江教育出版社，2002 年，第 152-153 页。

（三）俄侨作品中的"道"文化体现

俄侨作家大多遭遇坎坷，在历史的激流中被迫离开故土，流浪在外，内心的伤痛很难对外人诉说。由于俄侨作家对"静""安"这两个词的理解极为深入，自然而然地，他们对道家的这种"归隐"态度也就有了一种特殊的偏爱。道家的理性认识和儒学的理性认识有很大的区别。道家尚柔，不争不抢，以"自然"和"直觉"为主。沉静、保守、平和，强调与大自然的接近，是道家所提倡的一种心境。中国人的热爱自然、随遇而安、知足常乐，都是受到了道家思想的影响。道家思想使中国文化具有一种空灵且梦幻的气质。道在某种意义上，可以说是对中国传统儒学的一种补充。儒学崇尚理性、崇尚自我修养，是一种积极的人生态度。与儒学形成鲜明对比的是，道家思想受到官场失意人士的青睐。

在俄侨作品中，不论是道家元素还是道家思想，都有较为鲜明的体现。在阿尔弗雷德·黑多克的《满洲公主》与《死人回乡》两部作品中均有"道人"的身影。《满洲公主》中，一位道人来到"我"面前，把巴格罗夫的"满洲公主"这幅画交到"我"手里。和"我"分开以后，巴格罗夫让他的朋友帮他找了一家道观，他也在那里成为一名道士。《死人回乡》一文以中国人的口吻讲述了贵州社会的一些习俗：一是信仰道教；二是死了的人都会在道长的"带领"下，平安"回家"。在这里，作者意在借助亡者们竭尽全力回归故土这一比喻，来表现生者对于故土的归属感。不过，我们可以明显地感受到，作者对这一点的笃信，正是因为侯老汉的故事①让作者在某种程度上对道教产生了信赖。

二、中国特色的童年叙事与文化记忆

（一）"童年叙事"的文学创作风格

"童年叙事"是一种文学艺术创作范式，通常以童年生活为叙述

---

① 参见北方文艺出版社、黑龙江教育出版社 2002 年出版《兴安岭奏鸣曲》（李延龄主编）中俄侨作家阿尔弗雷德·黑多克著《死人回乡》。

对象，再现童年时期的生活场景、社会样貌、风土人情和民族特征等，表达出作者对家园的思念和眷恋。童年记忆是一片精神净土，20世纪以来的俄侨作家通过文字和故事脉络搭建展现了让人流连忘返的"过去时"，并通过构造童年与当前、幻想与现实、美好与窘困之间的矛盾，展现了独具风格的审美构思与艺术想象。以童年为书写对象的小说常常体现着"过去—现在"两种时态和"儿童—成人"两个视角，成年后的作家借用儿童身份立足当下回瞻过去，这种独特的创作方式蕴含着深刻的叙述智慧。

例如布宁的《阿尔谢尼耶夫的一生》，讲述了主人公阿尔谢尼耶夫的童年经历，作者并非单纯地追忆过去，而是更侧重于书写主人公对生活的印象和思考，并描绘出俄罗斯美丽的自然风光，刻画了贵族、农民、商人、知识分子等各阶层人物的形象。作者将儿童对世界好奇又单纯的窥探表现得淋漓尽致。同时作品中还融入了作者深刻而厚重的成人式思考。

（二）"文体记忆"的文学创作风格

"文体记忆"主要表现为俄侨对故土和传统文化的偏爱与传承，是文化认同在文学创作中的具象化表现。文化认同的建构与记忆密切相关，记忆受社会因素的制约。人类所处的社会环境以参照系为载体进行记载与检索，而在参照系外，人们的记忆是无法生存的。

扬·阿斯曼认为，加强集体成员间的凝聚性、获得文化记忆离不开集体成员的集会活动和成员本人的到场。集会活动需要特定的组织形式，以便成员可以规律、连贯地参与其中，进而不断巩固文化认同。因此，节日和仪式应运而生。节日和仪式定期重复，保证了文化意义上的认同和再生产。仪式的重复性保证了群体的聚合性。作为文化记忆首要组织形式的仪式将无文字社会的时间形式分成了日常时间和节日时间，而在文学创作中，"文体记忆"的应用也较为广泛。《阿尔谢尼耶夫的一生》和《尼基塔的童年》中都有对复活节场景的描写。

（三）中国元素形象展现的标志性表达

以中国社会下层民众的形象为例，瓦西里·洛基诺夫在其《啊，松花江上的都城!》中描绘了一个可怜的乞丐和黄包车夫共同生活的国际大都市。阿·涅斯梅洛夫的《齐齐哈尔附近》里描述了一个守着岁月熬煎、摆脱不了苦难折磨的乞丐车夫,"车夫,在他身后赶着,上半身一直光到腰上。热乎乎的,热乎乎的,他的一双晒黑了的肩膀"①。俄侨诗人把黄包车夫、乞丐等生活在最底层的人作为创作题材,其创作价值不言而喻。俄侨诗人不惜花费大量时间和精力,以诗的镜头,随时捕捉被忽略的人群,即生活在下层的民众的生存境遇,表现出俄侨诗人的写实精神。对于中国人来说,看到外国作家描述中国社会下层人民的真实生活,不禁热泪盈眶、叹息不已、感慨万千。一个在外漂泊的外国人,在自身境遇堪忧的情况下,仍满怀怜悯之情,极为关心与关注苦难的中国人民,其国际情谊之深,人文关怀之纯,不由得使国人为之动容。

在中国妇女的形象方面,阿·涅斯梅洛夫在《多么不像俄罗斯》一诗中将中国妇女比喻为芬芳四溢的花朵,并将其描绘为"圣女",一边唱着赞美诗,一边翩翩起舞。"天空中隆隆响着螺旋桨,如今这个国家的妇女,像从前那样柔情地歌唱古老时代的神圣歌曲。她们怅茫地垂下了眼皮,同时她们轻轻地微笑,她们色彩鲜艳的衣服把香气散发得老远能闻到。她们活像一群螟蛾,又像来自异域的花卉,在她们旁边奇特地再现歌吟的、甜蜜的幻想世界。"②基里尔·巴图林对中国有着独到的看法,他在作品中曾对中国妇女进行了详细的描写。他所写的女子娇羞,柳腰纤细,尤其令人神魂颠倒。在作品《妞儿》中诗人这样描写:"花瓣卧在了脸蛋上面,眼睛在窄缝中黑黝黝。也许,你要说:嘴唇,从未被人吻过,含羞。那杨柳腰令人倾倒,还有那纤纤细细的手——简直就如同竹节一样,是绝妙诗,空前绝后。"③他还对中国姑娘们表示了极大的赞许:"低声浅唱着的

① 李延龄主编:《哈尔滨,我的摇篮》,顾蕴璞、李海译,哈尔滨:北方文艺出版社,黑龙江教育出版社,2002 年,第 25 页。

② 李延龄主编:《哈尔滨,我的摇篮》,顾蕴璞、李海译,哈尔滨:北方文艺出版社,黑龙江教育出版社,2002 年,第 47-48 页。

③ 李延龄主编:《哈尔滨,我的摇篮》,顾蕴璞、李海译,哈尔滨:北方文艺出版社,黑龙江教育出版社,2002 年,第 299 页。

小曲儿，摇着静静的白天入睡，为的叫灵魂飘然欲仙，温柔说出：
我爱你，妞儿。"①而《宁波姑娘》则是从闻、视、触、听四个方面，
表现出对宁波姑娘的一种向往与幻想："我晕的这花儿的香气，我晕
的这亲昵和爱情，还有她那手儿的温柔，还有她旗袍的沙沙声。"②

　　阿·涅斯梅洛夫在《打旋者》中描写的是一个勤劳、有才干的
中国工人："剧烈的疼痛、恼恨和白兰地令我窒息……嗨，伙计，我
们走吧，好不好，到泛银光的灯塔去！"③诗的开头是一个喝醉了的
人，他和同伴们在灯塔上走来走去，看到了一个中国工人——打旋
者。"你有青铜带点紫的肤色，你和清晰的暗影熔铸，你身边有一根
船尾橹，充满活力地打旋自如。"④中国工人们古铜色的皮肤，在松
花江边辛勤劳作，动作娴熟，生机勃勃。"吟唱那渐渐消失的梦，边
用蒙尘的翅膀钩住它……啊，我青铜肤色的中国人，可要打旋，打
旋，啊，打旋吧！"⑤诗人赞美打转的工人，他们有着强壮的臂膀和
充沛的精力。阿·涅斯梅洛夫的《红胡子》从"战斗"和"反抗"
这两个角度出发，对"战斗"和"反抗"这两个意象进行了"情景"
描述。"他抛下自己的妻子和母亲，搞到支便于瞄准的毛瑟枪，光着
一副结实的肩膀，走到村外到田野里去闯荡。这高粱地也像热带丛
林，只没有林间空地和湖泊，很远地对一个红胡子吹口哨，另一个
红胡子用口哨应和。"⑥"红胡子"在吉林话里的意思就是强盗、土
匪。这一部分描述了在紧急情况下，他们是如何巧妙地应对了一场

---

① 李延龄主编：《哈尔滨，我的摇篮》，顾蕴璞、李海译，哈尔滨：北方文艺出版社，黑
龙江教育出版社，2002 年，第 300 页。

② 李延龄主编：《哈尔滨，我的摇篮》，顾蕴璞、李海译，哈尔滨：北方文艺出版社，黑
龙江教育出版社，2002 年，第 304 页。

③ 李延龄主编：《哈尔滨，我的摇篮》，顾蕴璞、李海译，哈尔滨：北方文艺出版社，
龙江教育出版社，2002 年，第 38 页。

④ 李延龄主编：《哈尔滨，我的摇篮》，顾蕴璞、李海译，哈尔滨：北方文艺出版社，黑
龙江教育出版社，2002 年，第 38 页。

⑤ 李延龄主编：《哈尔滨，我的摇篮》，顾蕴璞、李海译，哈尔滨：北方文艺出版社，黑
龙江教育出版社，2002 年，第 39 页。

⑥ 李延龄主编：《哈尔滨，我的摇篮》，顾蕴璞、李海译，哈尔滨：北方文艺出版社，黑
龙江教育出版社，2002 年，第 23 页。

激烈的战斗。"一双手把一个被俘的红胡子,从跪着的状态扶了起来,把被捆绑的他投进监狱……他不再活着,也不会死掉,乌鸦在它的上方盘旋着,因为鸟儿们曾为它争吵。"①这一段诗歌描述了红胡子的死亡。在描写中,诗人既不带有仇恨,也不带有怜悯,更不带着任何的政治立场和主观评判,仅仅是将那个时代较为真实的人物形象展现给了读者。在瓦·洛基诺夫的《学者》一书中,作者对中国的知识分子、文人形象做了较为详尽的描写。"长袍和烟斗,厚厚的橡木封皮对开本的东正教日课必读本。缓慢平稳悠悠而过的日子里,思想从拜占庭延到纽约城。"②第一节描述的是学者的衣着与冥想。在民国时代,长袍是有点"脸面"的人(比如知识分子)不管是在节日里还是在日常生活里都离不开的一件衣服。因为知识分子爱沉思,所以有了烟斗,他们就可以放松心情,减缓压力。在当时上等的烟管是知识地位的一种标志。"柏木的圣像和羊皮做成的书,在镀金板上面容的炭黑描绘以及在各种文书上太阳光辉时隐时现斑点中的欢快曲律……"③柏木圣像、羊皮书、金色的画卷、华丽的文字,这一切都显示出了知识分子的学识渊博和超凡脱俗。"他的头雪一样白,眼睛狭而细,闪着思想火花和突发的感情,手上戴着蒙古绿松石的戒指——地地道道元代制作的艺术品。"④这个知识分子头发花白,可见年纪是比较大的,但一双狭长的眼睛却充满了智慧,他的手指上戴着一枚真正的元朝翡翠戒指,他对元朝的古玩情有独钟,从他的容貌与衣着来看,他很可能是元朝的贵族子弟。"俄罗斯——斯芬克斯⑤。为它的眼睛,为它石头的双目神驰和陶醉!成吉思汗之

---

① 李延龄主编:《哈尔滨,我的摇篮》,顾蕴璞、李海译,哈尔滨:北方文艺出版社,黑龙江教育出版社,2002年,第24页。

② 李延龄主编:《哈尔滨,我的摇篮》,顾蕴璞、李海译,哈尔滨:北方文艺出版社,黑龙江教育出版社,2002年,第186页。

③ 李延龄主编:《哈尔滨,我的摇篮》,顾蕴璞、李海译,哈尔滨:北方文艺出版社,黑龙江教育出版社,2002年,第186页。

④ 李延龄主编:《哈尔滨,我的摇篮》,顾蕴璞、李海译,哈尔滨:北方文艺出版社,黑龙江教育出版社,2002年,第186页。

⑤ 斯芬克斯,古埃及狮身人面像,希腊神话中狮身人面怪物;亦喻怪异不可理解的东西。

国战无不胜的军队……中国……蒙古……以及草原漫漫无尽……"①在全诗的最后，作者说俄罗斯是一个神秘莫测的国家。勇敢的成吉思汗，他曾经统一了中国，建立了元代，并在俄罗斯建立了金帐。

三、中国俄罗斯侨民文学创作的诗歌作品

（一）中国俄罗斯侨民诗歌创作的情感缘起

俄侨诗人的诗歌创作情感深刻映照了三次侨居潮下的俄侨生活现实，形成了三个阶段的差异化创作特征。

第一阶段在早期日俄战争基础上延伸至十月革命时期。在这一时期，人们出于自我保护，出于时代的召唤，出于政府的驱赶，开始了一条艰难的"流浪"之路。据李延龄院士所言，在俄罗斯侨居历史上，单是哈尔滨一地就出现了四次侨居潮。第一批流亡海外的人是在中东铁路修筑的时候出现的。1896 年 6 月，《中俄密约》签署，俄国在中国境内修建中东铁路。当这条铁路正式通车时，大量俄国人蜂拥而入。他们当中有贵族，有工人，有农民，有知识分子，有企业家，有文学家，有演员，有律师，有神学家，有宗教学者，也有文学家。这是第一次侨居潮，大约有三万俄国人移居到了中国。之后，随着 1904 年日俄战争的爆发，中国主要城市，如哈尔滨、上海、北京等，都成了俄国部队的大本营，吸引了来自各个阶层的人们。

第二次侨居潮发生在十月革命之后。1917 年二月革命和十月革命在俄国先后发生。在此期间，一群为躲避革命与战争的上层人士及知识分子逃往中国，他们之中有医生、教师、律师、记者、演员等。

第三次侨居潮是中华人民共和国成立后的时期。由于苏联内部变化趋于稳定，大批俄侨回国，因此在中国的俄侨数量逐渐减少。俄侨群体曾经数量庞大，其中不乏文人，根据不完整的数据，在这

---

① 李延龄主编：《哈尔滨，我的摇篮》，顾蕴璞、李海译，哈尔滨：北方文艺出版社，黑龙江教育出版社，2002 年，第 186 页。

段时间里，有五十多位诗人诞生，有三十多位作家发表了自己的著作。他们都是俄侨中的文化人，都是文坛上的佼佼者，像亚历山大·巴尔考、谢尔盖·阿雷莫夫、费多尔·卡梅什纽克、瓦西里·别列列申、拉丽萨·安捷尔先、阿尔谢尼·涅斯梅洛夫、莉迪娅·哈因德洛娃、阿列克谢·阿恰伊尔，以及其他一些人物，他们对俄侨的文学与文化生活的记述，都具有很高的参考价值。原本在俄国享受着美好人生的诗人，突然受到了人们的歧视和攻击，其内心的痛苦可以想象。但这还不是全部。从进入"流"途开始，他们就要面临一个未知而又凶险的环境，他们的命运就像一艘小船，随波逐流。在这片陌生的土地上他们经常感到害怕，在这一次旅行中，谁也不知道自己将面临着什么，这就使他们的痛苦变成一种恐惧。这种恐惧，在苏联政府的驱逐下，在他们的背井离乡中，让他们产生了一种更加不安的感觉。这并不是一种面对即将到来的危险时普通的恐惧，而是一种面对一股不可预知的强大力量时的绝望。这种绝望情绪维持得越久，恐惧、忧虑的状况就越严重，对个人而言也就越具威胁性与冲击性。那些被驱逐的人，从他们来到中国的那一刻起，就生活在不安中。

　　俄罗斯侨民文学是 20 世纪世界文学的重要一环。说到俄罗斯侨民文学，就不能不提到俄罗斯侨民聚集的两个中心，即以巴黎、布拉格、柏林、伦敦为代表的欧洲国家及以哈尔滨、上海为代表的中国。由于侨居地区的不同，从原居住地到侨居地所需的时间也互有差异，因此，在这个过程中流亡者们所遭受的痛苦也各不相同。但是，被迫逃亡所带来的种种生理上的创伤是每位流亡者所共同拥有的，尤其是当他们经过漫长的旅途，艰难地抵达侨居地之后，又受到自然、社会等诸多因素的侵袭和刺激，这种创伤对他们个人的影响更是巨大，甚至可以说是对他们个人生活的一次毁灭性的打击。

　　通过对侨民文学进行收集整理与内容分析，不难看出中国俄罗斯侨民文学中贯穿了文化融合困惑、生活颠沛艰难和家人离散离世等沉重的情感主题。

1. 展现恶劣生存环境的流亡主题

来到哈尔滨后，俄侨遇到的第一个问题就是恶劣的自然环境和生存环境，这一切都与哈尔滨当时的经济和社会状况有关。瓦西里·洛基诺夫在《啊，松花江上的都城!》中这样写道："从容跑着的人力车，你衣服丝绸的精美，它适用的一切的一切……大车的沉重吱呀声，冬日里太阳的暖和……还有那傅家甸的鸦片和豆子的气味好怪，还有受着岁月煎熬、摆不脱苦难的乞丐。"①米哈伊尔·什梅谢尔在《呼唤》中这样描述："我们将会把穷乡僻壤曾保持沉默的话语谈讲。"②诗人尼古拉·沃赫金眼中的《哈尔滨》是："冬季有西伯利亚刺骨的寒冷，有北极雪在雪堆中银光熠熠；春季刮来灰黄色沙尘，那是戈壁大漠的呼吸。春天之后，到来的是雨季，大雨瓢泼，霹雷闪电，暑热难容，是风从南方海洋那边飞来，于是河水暴涨，令人惊恐。"③这是位不幸的流放诗人，在他看来，被驱逐是一种巨大的打击与耻辱，哈尔滨地处偏远，环境恶劣，人们的生活水平和生活质量不高，这使他们的生活更加艰难。

在这种情况下，涅斯梅洛夫的日子过得如此凄凉也就不足为奇了。曾经过着锦衣玉食的日子，如今一下子变得饥寒交迫，人生真是一落千丈！

逃亡到哈尔滨的俄侨诗人所表现出的，不就是一种在生死面前无可化解的、深沉的悲哀和对生命的畏惧吗？这份畏惧在他们来到哈尔滨之后并没有消失，而是在他们的内心深处扎根，在他们的生活中变得越来越强烈。米哈伊尔·沃林在《无题》中这样感触道："空寂。寒冷。夜晚凄怆……忘了温暖，世界悲凉……我向往另一个星球，活在大地上叫人恐慌。这样的夜晚从九天之外，曼德尔施塔

---

① 李延龄主编：《哈尔滨，我的摇篮》，顾蕴璞、李海译，哈尔滨：北方文艺出版社，黑龙江教育出版社，2002 年，第 182 页。

② 李延龄主编：《哈尔滨，我的摇篮》，顾蕴璞、李海译，哈尔滨：北方文艺出版社，黑龙江教育出版社，2002 年，第 131 页。

③ 李延龄主编：《哈尔滨，我的摇篮》，顾蕴璞、李海译，哈尔滨：北方文艺出版社，黑龙江教育出版社，2002 年，第 283-284 页。

姆的声音传来，清晰又响亮：'莫非此时此刻/果真该我死亡？'"①
糟糕的处境已经让人感到不安了，特别是在这凄凉的黑夜里，死亡
的威胁就像一片巨大的黑影，始终萦绕在诗人的心头。尼古拉·谢
果列夫的《天空火红……》："于是心里又多了道殷红的血迹，我又
开始思索，思索死亡，思索自己的不朽，再一次自我折磨。"②这是
一种深刻的死亡意识，焦虑的现象之一是害怕死亡，并不是对人类
必然经历的死亡所存在的普遍畏惧，而是随时可能殒命的恐怖……
死亡是一种深刻的痛苦，未曾好好生活便要死去的悲惨事实，尤其
无法忍受；与无法不畏惧死亡有连带关系的，是畏惧年迈。对俄侨
诗人而言，年岁渐长，体弱多病，以及随时随地都会面临死亡的危
险，都会导致极大的恐惧与痛楚。而这一切所带来的，无疑就是对
生活的无限焦虑。一切生命的本质都是为了维持自己的生活，肯定
自己的存在。当连生存的基本条件都无法保证的时候，当人们意识
到所面对的环境是自己的力量无法战胜的，而自己的生命注定要被
这环境所吞噬的时候，就会对生命产生一种极大的恐慌。从哈尔滨
俄侨诗歌中可以看出，诗人对生活的忧虑是一种深深的，甚至是一
种近乎绝望的忧虑。

　　具体到诗歌创作层面，中国俄罗斯侨民的诗歌创作围绕亲人离
世和疾病缠身两大主题展现了环境的恶劣。

　　首先，亲人去世对诗人的心灵造成了很大的冲击。在《门旁》
中，谢尔盖·谢尔金所见过的场景是如此凝重："命中注定的日子终
于来到——我返回朝思暮想的家中……楼梯上，任何人都没有遇到，
艰难地上楼，心中不免一冷……住宅中寂静无声，如同陵寝，墓石
后几个世纪缄口无语……先于心上人将一切陈述，我又感到死似的
沉重……我独自在这里生活……最后一人……年轻的她——已赴阴

----

① 李延龄主编：《松花江晨曲》，谷羽译，哈尔滨：北方文艺出版社，黑龙江教育出版社，
2002 年，第 235 页。
② 李延龄主编：《松花江晨曲》，谷羽译，哈尔滨：北方文艺出版社，黑龙江教育出版社，
2002 年，第 263 页。

曹!"①诗中的"艰难""死""沉重""阴曹"正是诗人当时心境的最好写照：几近崩溃的打击。再如列夫·格罗赛的《旧宅》中断肠的凄苦："没有走这门阶已经过去半个世纪，如今我返回到父亲的旧的宅子里。然而父亲去世，母亲也已撒手人寰。我的姐姐——连她也早不在人间。……旧日的溪水在窗下汩汩地流，它呜咽些什么——谁知道，谁来告诉?……我只是——在墙壁上——看见条条刻画。姐姐，难道这是你对幻想的勾画?……撕心裂肺的是这无穷尽的痛楚，双手则越来越紧地揞住太阳穴。思绪，如同秋季淅淅沥沥的雨丝，击打着，喧扰着，是理还乱的愁思。"②当诗人返回故里时，他的父母和姐姐都已经去世了，只剩下一间破旧的屋子，以及在这个世界上无边的忧伤。在此，窗外的潺潺水声是诗人内心深处无法倾吐的无尽哀愁，而那断断续续的思绪，那撕心裂肺的疼痛，那紧紧揞住太阳穴的手指透露出的痛苦与疲惫，则是诗人几近绝望的人生。

其次，无休止的疾病对诗人的身心造成了严重的创伤。涅斯梅洛夫在《选自中国纪念册》中这样记录着："一身黑中带青紫的皮肤，干到锃亮的额头和双颊。他那两只睁着的眼睛里，黄色的苍蝇在乱窜乱爬。但唇边存留过一种威胁，唇上弯曲的灰色褶纹内，尸体曾声音不凡地耳语：你们当心啊！……霍乱已到来。"③1919 年 8 月上旬，那是一个酷热的夏季，霍乱迅速蔓延开来，感染了 13 万人，死亡 4500 人。1926 年，暴发了一场大瘟疫，满洲里全境 1500 人死于此，其中 280 人死于哈尔滨。从《流浪汉》的角度来看，涅斯梅洛夫的生活一定很艰难："我真像一个双脚踩在冰冷露水上的淡蓝色幽灵，只有一根瘸腿的手杖时刻伴随我一起同行。"④同样是《流浪

---

① 李延龄主编：《哈尔滨，我的摇篮》，顾蕴璞、李海译，哈尔滨：北方文艺出版社，黑龙江教育出版社，2002 年，第 223 页。

② 李延龄主编：《哈尔滨，我的摇篮》，顾蕴璞、李海译，哈尔滨：北方文艺出版社，黑龙江教育出版社，2002 年，第 177-178 页。

③ 李延龄主编：《哈尔滨，我的摇篮》，顾蕴璞、李海译，哈尔滨：北方文艺山版社，黑龙江教育出版社，2002 年，第 6 页。

④ 李延龄主编：《哈尔滨，我的摇篮》，顾蕴璞、李海译，哈尔滨：北方文艺出版社，黑龙江教育出版社，2002 年，第 78 页。

者》，列昂尼德•叶辛的境遇要悲惨很多："……我又冻得浑身发抖，已经有七天没吃过东西……因旧的伤病忍受痛苦，面对着圣像我祈求你：在神龙守护的国家里，请让我有房住有衣穿有饭吃。"①如果说涅斯梅洛夫只是受到了疾病的煎熬，那么叶辛则吃了不少苦，受了不少罪。同样是《漂泊者》的谢尔金也有来自精神上的祈求："……老太婆们叹息：病弱的流民，不记得姓名……救救他，基督。"②人只有在吃不饱的时候，才会祈求精神上的食物来安慰自己，这位面黄肌瘦的难民，也是在遭受了苦难之后，才会祈求上帝的庇佑、耶稣的救赎。

2. 文化氛围融合困难的思考主题

社会生活氛围、思维习惯、民风民俗和民族特征等方面的巨大差异使得俄罗斯侨民融入中国社会生活面临诸多挑战。分析俄侨诗歌文学作品不难发现，语言差异、情感冲击和思维认知矛盾等为俄侨的生活带来了诸多困难，也形成了诗歌等文学艺术作品创作的社会基础。

首先，从语言差异来看，语言的不同是造成人类心理痛苦的原因之一。在《老毛子》中，涅斯梅洛夫对此深有感触："蓝蓝的眼睛，淡黄的头发，他从屋里走向太阳地里。他一句也不懂我们的话，他无法跟我进行解释……其中埋藏着你的一切不幸：不管厄运怎样逼迫你，蓝眼珠的俄罗斯小溪，你永远无法和黄海汇合在一起！"③地理位置偏远、语言不通、民风迥异，这对俄侨诗人而言，明显是不易适应的。

其次，大部分生活在中国的俄罗斯人都生活在偏僻的地方，与世隔绝，和其祖国完全隔离开来，而且他们和中国人的语言也不一样，很少有可以聊得来的人，所以他们都是"孤家寡人"。对于寂寞，

---

① 李延龄主编：《松花江晨曲》，谷羽译，哈尔滨：北方文艺出版社，黑龙江教育出版社，2002年，第354页。

② 李延龄主编：《哈尔滨，我的摇篮》，顾蕴璞、李海译，哈尔滨：北方文艺出版社，黑龙江教育出版社，2002年，第220页。

③ 李延龄主编：《哈尔滨，我的摇篮》，顾蕴璞、李海译，哈尔滨：北方文艺出版社，黑龙江教育出版社，2002年，第65-66页。

有学者这样解释：寂寞往往包含着两种含义，一种是对人的存在方式、存在状态的理解；另一种是对人的心灵体验的理解。前者是表面上的寂寞，在别人眼里是寂寞；后者指的是内部的孤独，它是一种外在孤独的内心情绪体验，它不仅产生于渴望理解与强烈交流的意愿不能实现的矛盾，还产生于内心心理平衡的丧失。涅斯梅洛夫、洛基诺夫、阿尔雅什诺夫，他们的诗歌中都有一种孤独的情感。从这一点可以看出，中国俄侨的孤独是一种很常见的生命现象。总的来说，伟大的诗人和作家都有一种孤傲不逊的感觉，原因是他们对情感的敏感程度要比一般人高得多，感性大于理性，这就导致他们产生了一种无所依靠的生命体验，也就是孤独。体会一下涅斯梅洛夫的《夜半》："街灯与街灯之间——一俄里。像死绝了人，街上空荡荡。我沿街走着，不相信曙光，并且自己在和自己说话……我一个人行走心情沉重——黑暗无须人的语声，我害怕并避免与人相逢……"①孤独的诗人徘徊在空旷的黑夜里，他的情绪是如此低沉，以至于他已经麻木的内心不再有任何的波澜，因为他"不相信曙光"。而他的低声呢喃则反映了他内心的孤寂，而他对人的畏惧、回避与人的交往，则进一步说明了他的忧郁和焦虑感。

3. 沉重的文学情感传递

首先是被遗弃感。

俄侨是被社会、被文化圈所遗弃的"罪人"，生活在一个偏僻之地，过着悲惨的生活，没有人知道他们叫什么，也没有人知道他们长什么样子。他们好像对社会已经没有什么用处，也没有什么价值了。对于他们而言，这个世界已经变得十分陌生，祖国也渐渐变成了他们所熟知的"陌生人"。在这一点上，他们无法避免地感受到被遗弃的痛楚。中国诗人李白，在人生的逆境中曾经写过一首诗："弃我去者，昨日之日不可留；乱我心者，今日之日多烦忧。长风万里送秋雁，对此可以酣高楼。蓬莱文章建安骨，中间小谢又清发。俱

---

① 李延龄主编：《哈尔滨，我的摇篮》，顾蕴璞、李海译，哈尔滨：北方文艺出版社，黑龙江教育出版社，2002 年，第 45 页。

怀逸兴壮思飞，欲上青天揽明月。抽刀断水水更流，举杯消愁愁更愁。人生在世不称意，明朝散发弄扁舟。"诗人这是因为自己的才华没有得到赏识，所以用酒精来麻痹自己，以此来掩饰自己的悲伤。酒精可以让人变得麻木，也可以让人变得更加清醒。诗人们总是用一种标准、一种逻辑来做事，而不是用思想来引导自己的行为。饮酒是俄罗斯人的一种传统，自古以来俄罗斯人就有这个习惯，大部分诗人也喜欢饮酒。中国俄侨诗人在半醺的状态下，往往会有一些大胆的想法，但一旦清醒过来，就会重新回到正常的生活中，面临着逃亡的生活，那种被抛弃的感觉就会更强烈。

……夜晚，我这无聊的外来人，趁雾气阴暗，寻觅，悲叹。上海——这庞大的城市引诱我沉沦走向酒吧间……

（尼古拉·维斯特洛夫《春天》）①

在阴暗的雾气中寻觅，寻觅生活的原貌；在偌大的城市中悲叹，悲叹命运的不公，慨叹生活的不近人情。

当暮色苍茫笼罩大地，许多问题仍悬而未决，我喜欢偶尔去往酒馆，水手在那里醉酒撒野。劣等罗姆酒几杯下肚，让我看见另一个世界——我们置身可恶的绝境，那里却遍开春的花朵。金钱丁当，哀求哭诉，世界的屈辱恰似江河，我在平静中尽情想象，但愿这世界改弦易辙……

（叶甫盖尼·雅什诺夫《在水手酒馆》）②

酒过三巡，诗人开始思绪乱飞，想到此时的处境、彼处的美好，屈辱感、被弃感充满了诗人的内心。

……炕和烧酒的酒盅飘浮——飘向远方，渐渐模糊，那里世代传承的花园，造就了我的命运坎坷……

（列昂尼德·叶辛《缅怀莫斯科》）③

---

① 李延龄主编：《松花江晨曲》，谷羽译，哈尔滨：北方文艺出版社，黑龙江教育出版社，2002年，第220页。

② 李延龄主编：《松花江晨曲》，谷羽译，哈尔滨：北方文艺出版社，黑龙江教育出版社，2002年，第323页。

③ 李延龄主编：《松花江晨曲》，谷羽译，哈尔滨：北方文艺出版社，黑龙江教育出版社，2002年，第343页。

诗人是看破红尘，沉浸在酒乡之中，以此来麻痹心灵的人。失落、屈辱、痛苦，以及无限的哀伤和人生的堕落，这些交织在一起，一天又一天，一年又一年，不断地吞噬着诗人的心灵，加深了其被遗弃的感觉。涅斯梅洛夫和阿恰伊尔曾在中国生活 20 多年，别列列申曾在国外生活 30 多年，久而久之，这种被抛弃的感觉，就在他们的心中慢慢积累起来。在涅斯梅洛夫的《一个很小很小的婴孩……》一书中，就能看出他有一种被遗弃的感觉："一个很小很小的婴孩，因为夜里受了点惊吓，把头往枕头底下埋，仿佛小鸟藏在枝叶下……普希金悲叹自己的奶妈，一旦遇到暴风雪呼吼，流亡中没有什么奶妈——没有爱情，也没有朋友！"①在这幅画面中，有一个婴儿，他的内心充满了悲伤，他害怕地躲在枕头下面，他嫉妒普希金有一个保姆。这里所表达的是一种因被弃而悲怨苦闷，混合着乞求怜悯的复杂情感，心理上称为分离焦虑，是儿童离开母亲后产生的一种负面的情绪体验，这种焦虑与儿童的不安全感有关。因此，心理学家们认为孩子们整天围着妈妈的裙子转来转去，与其说是出于对妈妈的爱，倒不如说是出于害怕。这听起来很讽刺，但却是事实。孩子担心母亲会因为自己想要独立而对他进行报复。从这一点来看，涅斯梅洛夫既显示出其脆弱、依赖的个性，也显示出其害怕被抛弃的心理。诗人因害怕而选择了逃亡，并在逃亡中忍受着被国家遗弃的恐惧。这种双重的恐惧构成了他的悲剧人生，也构成了他诗歌创作的悲剧性特色。在长期的"放逐"生活中，诗人们遭受了一次又一次的挫折，自己的尊严也是一次又一次地被践踏。尽管他们受到了极其不公平的对待，但是伟大的俄罗斯侨民诗人有着强大的意志力。他们在逆境中生存了下来，通过不断的努力、不断的抗争，最终实现了自我救赎。他们坚信自己是无辜的，这股力量促使他们诉说和发泄内心深处的悲哀，以求得正义，重获自我尊严。沃赫金曾在《久远的过去》中如此坚定信念："就让霞烧得像火一样红，让太阳被黑

① 李延龄主编：《哈尔滨，我的摇篮》，顾蕴璞、李海译，哈尔滨：北方文艺出版社，黑龙江教育出版社，2002 年，第 102 页。

暗笼罩住，我相信：我是为了荣誉而生，我知道，欢乐是我的路……"①一个人如果有了坚定的信仰，那么他就不会受到任何的打击，也不会感到遗憾。对于俄侨诗人而言，命运是不公平的，现实是残酷的。但幸运的是，沃赫金始终保持着坚定的意志。随着一种强烈的被抛弃的感觉在他的内心深处越积越多，他的游离意识，即对生活的恐惧感慢慢地在内心深处生根发芽。所谓流浪，就是为了生存而四处流浪，没有一个固定的地方。当家园难寻、灵魂无处安身时，人便会有一种流浪的感觉。流浪不仅是一种生存状态，更是一种生存方式。生命的波澜起伏、生命的短促与艰辛、事业的升腾跌宕，都会导致流浪意识的出现。异国他乡的孤独感触动了诗人们的诗情和忧伤，让他们一次又一次地用诗来诉说自己的悲凉。阿恰伊尔在《在世界各国漂泊——献给我敬爱的父亲》中写道："……虽然屡受压迫匍匐在地，但我们决不向命运低头。正因为受到了国家驱逐，我们带着俄罗斯四处奔走。"②如果一颗心没有落脚之处，那么无论走到哪里，都是一个漂泊的人。被驱逐出国，让诗人们原本的生活状态遭到破坏，可以想象他们在外漂泊的艰难，这种被抛弃的感觉，让他们在精神世界中充斥着无助、绝望，还有对疾病、死亡的恐惧。

其次，就是一种被束缚的感觉（被囚禁感）。

"被抛弃"的感觉与现实的"被抛弃"让诗人经历了浓厚的精神忧伤，同时伴随有"被囚禁"的感觉。一是逃亡至中国，使其视界与心灵局限于此，而这一空间的阻隔又造就了诗人"困于此处而不能见天地"之感；二是祖国内部对其施加的压力；三是"囚禁"的漫长性，这一点最为关键。如果说人的本性就是对自由的向往和追求，那么，这三者结合起来，就是对人的最大制约和束缚。人并不仅仅是为了生存而生存，他们还需要一些最基本的东西，如尊重、

① 李延龄主编：《哈尔滨，我的摇篮》，顾蕴璞、李海译，哈尔滨：北方文艺出版社，黑龙江教育出版社，2002 年，第 251 页。

② 李延龄主编：《松花江晨曲》，谷羽译，哈尔滨：北方文艺出版社，黑龙江教育出版社，2002 年，第 20 页。

希望、幸福。心灵和肉体的"被囚禁"双重束缚重重地压迫着俄侨诗人的心灵，其痛苦之深，可以想见。当阅读中国俄侨的诗歌时，可以发现，他们的作品中都有一种对自由的渴望，这种渴望就像被囚禁的人对自由的向往一样。我们常常错误地相信，别列列申的记忆是残缺不全的。所以，《迷途的勇士》中写道："……我像鱼池中一条小鱼，池上的灌木形成篷帐，我在奇妙的网中长大，学文习字，诵读诗章……"①再如萨托夫斯基的《傍晚宁静时刻》："……封闭的房间阴暗又矮小，生活的脚步迟缓沉重，像囚徒戴着镣铐铁链，不知何故心里一阵悲痛……"②维克多·维特卢金如同《囚徒》一样，品尝着孤独："透过锯齿形的夜间云朵，穿过小窗上格框的阻挠，潜入怯生生的孤独的幽光，它颤了一下并朝我微笑……在我的牢狱——比棺材更可怕——一缕偶然的光从野兽般的心冰冷的深处用希望和寂静取代了已经长出来的仇恨……"③"锯齿"和"格框"两个词用得很好，将诗人所居住的地方，比作一个牢笼，诗人将自己称为一个囚徒，他不想活在这个牢笼中，但他却没有任何办法。他就像是一个没有灵魂的流浪者，他的心被人践踏，也没有了任何爱恨的情绪，可见诗人这种无可奈何的情绪是何等强烈。不仅是维特卢金，谢果列夫在《烟云》中也表达了这种情愫："我站立的地方，离十字路口很近……惆怅一如往日，我仍然感到沉闷，只有一种心思，也只有一种追寻——双眼紧紧盯住空中淡白的烟云……"④亲身经历了世事的冷暖、人世的风霜，诗人对这乱世有一种刻骨的厌恶。因此，他更钟情于那漫天飞舞的潇洒。

最后，是对人生的虚无感。

---

① 李延龄主编：《松花江晨曲》，谷羽译，哈尔滨：北方文艺出版社，黑龙江教育出版社，2002 年，第 121 页。

② 李延龄主编：《松花江晨曲》，谷羽译，哈尔滨：北方文艺出版社，黑龙江教育出版社，2002 年，第 186 页。

③ 李延龄主编：《哈尔滨，我的摇篮》，顾蕴璞、李海译，哈尔滨：北方文艺出版社，黑龙江教育出版社，2002 年，第 143 页。

④ 李延龄主编：《松花江晨曲》，谷羽译，哈尔滨：北方文艺出版社，黑龙江教育出版社，2002 年，第 249 页。

在看不到天日的流亡生活中，诗人们吃尽了苦头，熬得双鬓发白，那颗充满期待的心也慢慢变老，逐渐衰亡。一种至深至切的生命荒废感，就像是一把锈钝的刀子，一点一点地磨割着他们的灵魂。这种生活的虚无感与遗弃感和囚禁感有着密切的关系，而被弃和囚禁的生活体验又使他们对生活有了更深的理解。人生苦短，正因如此，才显得弥足珍贵。正因为珍贵，所以才更值得珍惜。一个人越珍惜自己的生命，他的痛苦就越大；一个人越是执着于自己，就越是难以摆脱忧虑；人越觉得时光无情，时光就越加残忍。

> ……岁月充满喧嚣，青春歌声回旋，时光金声玉振——并非爵士管弦……你为岁月干杯？缅怀似水流年？追思苍老青春？而我只顾眼前！
>
> （阿列克谢·阿恰伊尔《在水果店》）①

> ……我呼唤青春，呼唤往昔，呼唤已经飞逝的岁月，呼唤未能实现的欢乐，青春的碧空曾澄净如洗。而生活在流逝擦身而过，像风，像偶然飘过的云彩，从前的日子再也不会回来！
>
> （格奥尔吉·萨托夫斯基《擦身而过》）②

青春，就是七种自我的邂逅：灿烂、忧郁、绚烂、惊险、温柔、倔强，以及最终的成熟。在这个地方，诗人们只剩下了无法抓住的青春，而时间却在无情地消耗着它，他们被困在异国他乡的陌生环境中，眼睁睁地看着时间一分一秒地过去，他们的美好生活一天一天地被浪费掉，这让每一位诗人感受到了一种"无力感"和无尽的痛苦。如果诗人改变了自己的生活方式，不再把自己看得太重，不再固执地坚持自己，他们的心情会不会变得略好一点？荒废时间就相当于在浪费生命，因为长期处于被弃、被囚的环境中，处于抑郁忧愁、不谙世事的冷漠状态，这不能不使诗人遭受"时间的创伤"，这种创伤集苦闷、悲伤而又难以言状的精神空虚感为一体，有时会

---

① 李延龄主编：《松花江晨曲》，谷羽译，哈尔滨：北方文艺出版社，黑龙江教育出版社，2002年，第42页。

② 李延龄主编：《松花江晨曲》，谷羽译，哈尔滨：北方文艺出版社，黑龙江教育出版社，2002年，第171页。

让诗人产生"生不如死的感觉"。

（二）中国俄罗斯侨民诗歌创作的中国元素诗歌主张

1. "中国情歌"的艺术意蕴

"家国意识"是人们在特定的历史条件下，产生的一种归属感、一种责任感。诗人渐渐体会到一片美丽的土地带给他们的安定与安宁，并在潜意识中感受到一种存在的安全与满足。基于这一点，他们对这一地区的文化底蕴有了深刻的认同。

俄侨诗人被迫远离自己的家园，不得不开始流亡的生活，而中国哈尔滨、上海、北京、天津、青岛这些包容而又美好的城市却收留了这些"弃子"，就好像一个无家可归的人突然发现了一个温馨的避风塘，他们对这个地方的热爱和感恩，是无法用言语来形容的。因此，这些诗人们怎么能不奋笔疾书，大发感怀之词呢？

瓦西里·别列列申是俄侨诗人中的杰出代表之一，曾经视中国为自己的"第二故乡"。他爱好中国古诗词、绘画等艺术，其诗作语言优美、风格豪放。别列列申曾经翻译了屈原的《离骚》、老子的《道德经》等中国经典作品，并将其中的精髓融会贯通，形成了一种独特的艺术风格，具有很高的审美价值。

别列列申在《我，一定回中国！》中写道："穿过几个胡同，你去拱桥前，在那儿，我们常告别到明天。别了，永不回还的幸福体验！我平平静静、明明确确知道，我肯定要回中国，在死的那天。"[①] 别列列申的诗里充满了对中国的热爱。离开中国后，诗人时刻怀念着在中国的幸福生活，他的心里始终有一个信念，那就是必须回到中国！这是一种落叶归根的情怀，说明了诗人已将中国视为他的精神故乡，中国更是他的精神家园，他的归途将再也没有什么东西能阻挡。

俄侨诗人哈茵德洛娃认为，如果第一代侨民热爱自己的国家，这是可以理解的，但是下一代的俄侨首先爱的应该是中国，然后才

---

① 李延龄主编：《松花江晨曲》，谷羽译，哈尔滨：北方文艺出版社，黑龙江教育出版社，2002年，第90页。

是俄罗斯。在她看来，最早的一批侨民是为了躲避迫害才到中国来的。他们离开祖国，流落国外，因此，他们的爱国情怀是无法表现出来的。但对于第二代和第三代侨民而言，他们对中国的感情极为深厚。他们中的大多数人是在中国长大的，对俄罗斯的印象并不深刻。对他们来说，俄罗斯就像是一场神话，在他们心中，俄罗斯只是一个名字，一个虚幻的名字。

别列列申于 1942 年在《中国》中这样写道："……还有那些亲切的湖泊、湖泊！我来这里舀取一点点安宁，仿佛扑向母亲的胸脯似的，我这不幸与耻辱的进贡者。这个奇异的又喧闹的天堂，好似久游之后回归的家舍，经过了这么一些居住生活，我已经了解你了，我的中国。"①在中国，诗人可以找到心灵的归宿，中国的生活环境也可以让躁动不安的诗人获得安宁。诗人想要远离喧嚣，到宁静中去寻找安慰，他将中国比作母亲。诗人虽未忘了自己身为异乡人，但是却觉得自己就像是一个漂泊多年、终于归家的流浪者。在这里，他找到了精神上的慰藉。全诗不仅表现出一种对中国的亲切感，而且还表现出了作者内心对中国的认同感。

如果生命是一叶扁舟，那么感激之情就是推动扁舟前行的桨；如果生命是一座森林，那么感激之情就是森林中的鲜花；如果生命是一条河流，那么感激之情就是那河流里荡漾起的美丽涟漪。在中国俄侨的诗歌中，有许多人都喜欢中国，感恩中国。

> ……有时竟叫我忘记，我，本不是你的亲生儿子。告别不
> 会垂头丧气，在陌生但可爱的另一个天地，我，将要把你回忆，
> 像对朋友、兄弟、母亲的回忆。在这里，我的生活刚露晨曦，
> 在这里，我长大到成熟的年纪……
> （尼古拉·沃赫金《告别》）②

诗人巴尔考在中国长大，对中国的记忆是那么清晰，回忆起中

---

① 李延龄主编：《松花江晨曲》，谷羽译，哈尔滨：北方文艺出版社，黑龙江教育出版社，2002 年，第 91 页。

② 李延龄主编：《哈尔滨，我的摇篮》，顾蕴璞、李海译，哈尔滨：北方文艺出版社，黑龙江教育出版社，2002 年，第 274 页。

国，心中充满了甜蜜。她的作品充满着浓郁的中国东北乡土气息。

　　……汽艇载晚归者返航，夜晚的哈尔滨神秘之乡。大平原高粱田中间，松花江静静翻滚着波浪……

（巴尔考《回忆》）①

这是一种对中国的热爱和感激，是中国俄侨诗人对中国的深厚情谊。

2. 接续中国传统文化的融合诗歌创作

所谓"文化迁移"，就是一种文化心灵对另一种文化心灵的冲击。中国古代文化对于俄侨诗歌的冲击，正是在哈尔滨这一特殊环境下产生的。俄侨诗歌所处的"文化迁移"并非人为控制的，而是一种自然的现象。中俄独特的文化交融，不仅丰富了俄侨诗歌的创作内涵，而且拓展了学者们对中国俄罗斯侨民的研究范围。

无论是俄罗斯人，还是其他国家的人，都对中国的古代文明尤为仰慕，对中国文化的喜爱很深，对它有着深厚的感情。中国文化内容非常丰富，有儒、释、道、茶、扇、锦、龙、春、汉字等。这么多新鲜的东西摆在面前，怎么能不让人眼前一亮？

　　……分不清什么是经度纬度，但机敏的我爱新奇亮色，没曾想流落到丝茶之国，那里扇子驰名荷花很多。

（别列列申《三个祖国》）②

流亡的命运让诗人和中国文化结下了不解之缘，丝绸、汉字、茶叶，隐含着一种田园生活的意味，这些具有中国特色的因素，更加突显了诗人心中对田园生活的渴望。从"中国人"的角度来看，中国俄罗斯侨民诗人是具有"中国特色"的俄罗斯人，他们对中国的态度由"陌生"转变为"热爱"，这一情绪的转变，既是对中国的一种特殊感情，又是一种对二元身份的认同。

音乐是一种最直观的表达方式，它可以把人的情感表现得淋漓

---

① 李延龄主编：《松花江畔紫丁香》，李延龄、乌兰汗译，哈尔滨：北方文艺出版社，黑龙江教育出版社，2002年，第2页。

② 李延龄主编：《松花江晨曲》，谷羽译，哈尔滨：北方文艺出版社，黑龙江教育出版社，2002年，第136页。

尽致,可以表现出人的喜怒哀乐,可以高兴、可以悲伤、可以寂寞、可以思乡,也可以包容万物。而具有中国特色的古典音乐文化,则更加丰富多彩。哈尔滨俄侨诗歌的一大特点,就是以音乐为主题的诗,"诗"与"音乐"相结合,使俄侨诗歌更具魅力。

> 在你的唇边,在手里……在眼旁,在双眼的监狱里,其筛状的开口处,交织着光华、沉默和黑暗,这黑暗——明灯啊!——难以表述……只有那面红铜色的鼓不参与这些辅音的滑翔,替它们伴奏的只有命运……

(涅斯梅洛夫《长笛与鼓》)①

> ……只能借休闲,借梦,像无垠飞行,胡琴、琵琶、三弦、埙的欢快呼声,震颤的锣响,水乳交融,和谐永恒,香烟飘如云,星星——通天的途径。

(阿恰伊尔《杭州》)②

长笛、鼓、锣、胡琴、琵琶、弦、埙等,这些都是具有很强的中华民族特征的乐器。一声声优美的音调混杂在一起,时而轻柔,时而悠扬,时而低落,时而高亢,魔力的音调打开了俄侨诗人被压抑的灵魂,让其情绪随之波动。如若没有对中国古代乐曲的深刻理解与深入学习,要想运用这些乐曲来表达自己的情感,几乎是一件不可能完成的事情。可以说,俄侨诗人是中国古典音乐迷。

有一种花,叫作双生花。它的特点是其中一朵需要另外一朵的滋养,否则,就会枯萎。

若无诗歌的填充,则乐曲的音色单一,很难表达出其灵魂层面的意蕴;若无音乐为载体,哈尔滨俄侨留下的诗歌或许只是沧海一粟,无人问津。有着诗情画意的音乐能够引发更多的回响,哈尔滨俄侨诗歌已经成为永恒的经典之作。对于具有中国特征的经典文化的认可和接纳,以及在经典文化的影响下创作出的诗歌,正是哈尔

---

① 李延龄主编:《哈尔滨,我的摇篮》,顾蕴璞、李海译,哈尔滨:北方文艺出版社,黑龙江教育出版社,2002年,第29页。

② 李延龄主编:《松花江晨曲》,谷羽译,哈尔滨:北方文艺出版社,黑龙江教育出版社,2002年,第47页。

滨俄侨诗人独特的"中国情结"的独特表达形式。

　　总的来说，哈尔滨俄侨诗人在流亡到哈尔滨的过程中经历了很多困难，身心也受到了极大的煎熬，面对着陌生人和他们异样的目光，俄侨们的心情很复杂，一种被抛弃、被囚禁的感觉涌上心头。一种孤独和流浪的感觉，让他们的人生一落千丈。好在哈尔滨收留了这些无家可归的侨民，这使他们的心灵在一定程度上得到了抚慰，这让他们的心中重新燃起了希望，也因此他们对哈尔滨的热爱和感恩之情极深，很难用言语来表达。他们在中国流亡的这段时间里，对中国古代文化有了更多的了解，他们的好奇心也被激发了出来。在这段时间里，他们把自己的生活经历融入诗作之中，因此他们诗作的内容丰富、题材丰富、感情深刻，这让哈尔滨俄侨的诗作变得更加丰富多彩。

（三）融合俄罗斯本土元素和中国元素的诗歌赏析

1. 阿·涅斯梅洛夫《跨越国界》

　　这首诗主要描写了诗人在跨越国界时的思想和感受。"尽管，共同度过的岁月不少，可我已没用，而且是异教徒。您，毕竟是位女性，奥，我祖先的国度。"①这首诗把"我""岁月""异教徒"和"祖先的国度"连在一起，清楚地向读者传达了这样一个信息："我们"在一起生活了很长一段时间，"我们"都是俄罗斯人，但因为"我"是一个过时的"异端分子"，所以已经不受俄罗斯统治者的欢迎了。"那么盛怒之下心灵抛弃的，那么，气急败坏嘴巴说出的，这一切又为何呢？好说好散，为的，彼此永远不再厌恶。"②在这句诗中，主人公因为内心的愤怒说出了许多不满意的话，他对自己的国家充满了怨恨，而他的国家也同样不喜欢他的看法和态度，于是双方互相憎恨。"我所积攒下的一切，免去欠的那些债务，全留给你：牧场、

---

　　① 李延龄主编：《哈尔滨，我的摇篮》，顾蕴璞、李海译，哈尔滨·北方文艺出版社，黑龙江教育出版社，2002 年，第 7 页。

　　② 李延龄主编：《哈尔滨，我的摇篮》，顾蕴璞、李海译，哈尔滨：北方文艺出版社，黑龙江教育出版社，2002 年，第 7 页。

畜场，我仅仅要自由和路。"①此句着重分析了主人公不惜放弃一切、背井离乡的原因——追求自由。"还有语言，谁与你比都不如，诅咒或祈祷，无论哪种用处。它真够出色，是一直伟大到马雅可夫斯基，从丘特切夫。"②马雅可夫斯基和丘特切夫都是俄罗斯很有才华的民族诗人，他们在语言方面很有造诣。诗人一方面对自己的国家持有抱怨的态度；另一方面，又对俄语怀有深沉的热爱之情，并为俄语感到骄傲和自豪。"我走了。那树木新枝的上头，是一片空荡的、冰色的苍穹。此刻，我轻松地吁一口气：别了，我知道再无归途。"③"我"离去，在这一刻，"我"轻声叹息，"我"明白，不再有一条路可走。此句直截了当地表达了诗人明知被放逐是必然的结果、没有其他选择时的无助。至此，贯穿诗歌始终的"我"与"祖国"这两大意象就完全展现了出来。在这首诗歌中，诗人与主人公紧密相连，他们的心灵相通，共同抒发着对生活的感悟。我们要明确的是，诗歌中的"我"就是诗人的直接表达。它代表了诗人的内心世界，传递着诗人的情感和思想。在这种背景下，诗人对国家现状的不满情绪自然而然地传递给了主人公。他们面临着妥协与坚守的抉择，而诗人毫不犹豫地选择了坚守自己的立场。在此过程中，诗人始终保持着浩然正气，这一精神品质贯穿于整首诗作。祖国，这个与诗人血脉相连的存在，既赋予了其精神与信念，同时也带来了精神上的创伤。面对这一冲突，诗人果断地选择了流亡，以此来表达对祖国的挚爱和无奈。当我们分析诗歌中的意象时，会发现它们是由每节中的小意象相互融合而成的。这些小意象不仅相互叠加，还相互回应，形成一个完整的意象体系。在这个体系中，诗人与主人公共同

---

① 李延龄主编：《哈尔滨，我的摇篮》，顾蕴璞、李海译，哈尔滨：北方文艺出版社，黑龙江教育出版社，2002年，第7页。

② 李延龄主编：《哈尔滨，我的摇篮》，顾蕴璞、李海译，哈尔滨：北方文艺出版社，黑龙江教育出版社，2002年，第7页。

③ 李延龄主编：《哈尔滨，我的摇篮》，顾蕴璞、李海译，哈尔滨：北方文艺出版社，黑龙江教育出版社，2002年，第8页。

诉说着生活的酸甜苦辣，让读者在欣赏诗歌的过程中，感受到诗人内心的挣扎与坚定。

2. 阿·涅斯梅洛夫《摈弃》

再来分析阿·涅斯梅洛夫的另外一首诗《摈弃》。该诗歌的第一、二节这样写："生活在黑暗贫民窟的我，被赋予爱心与怜悯心，用它们来对付温驯的麻雀，也对待外来猫，它可是咬人。那只麻雀在水罐里淹死，那只猫活了一阵也死了。猫在自己临死之前，用责备的目光望了望我。"①第一、二节首先出现的表达是"生活在黑暗贫民窟的我"，这与后面的"被赋予爱心与怜悯心"形成了强烈的对比，让读者对主人公产生了同情心。然后，再谈到对"麻雀"与"猫"的爱与同情，其后果就是这两个动物同样会给诗歌中的主角造成伤害。这一系列的表述，使诗人的生活处境变得更加明晰，也使俄罗斯"苦行僧"和"游荡者"的形象开始显现。随后，这首诗又有了新的发展，比如"那只麻雀在水罐里淹死""那只猫活了一阵也死了""猫在自己临死之前，用责备的目光望了望我"，这些诗句都在向读者传达着一个信息，那就是"我"与其他动物一样，都面临着同样的问题，"我"没有能力去保护那些脆弱的生命。第三、四节："我哭了，并且痛苦地想：啊，流浪汉，平庸的写诗者，你都没有保护好麻雀，没有给猫尽可能的帮助。自私自利者，有害的马大哈，你为什么活着——不清楚。对于自己的亲人和朋友，你已是不堪承受的重负。"②第三节承前启后，诗中的"我"，即抒情的主角，直截了当地表达了自己的思想情感，并对自己的无能感到懊悔和无助。第四节是对第三节的延伸，主要表现了"我"对人生意义的质疑，以及对家人、朋友的感激。第五、六节："不幸把我撕扯、推搡，我真想缩作一团成谷粒，我发誓今后永远不再去接近任何爱的情意。如

① 李延龄主编：《哈尔滨，我的摇篮》，顾蕴璞、李海译，哈尔滨：北方文艺出版社，黑龙江教育出版社，2002 年，第 75 页。

② 李延龄主编：《哈尔滨，我的摇篮》，顾蕴璞、李海译，哈尔滨：北方文艺出版社，黑龙江教育出版社，2002 年，第 75 页。

今我活着，不发僵、不爱怜，心儿像八宝箱一样挂上锁，我无法忘怀麻雀的死胡同，无法忘怀猫乞求的眼眸。"①第五、六节的意象与第一、二节的意象是一致的，一句话是"我"的悔恨和痛苦，另一句话是"我"违背自己的意愿，对自己的爱情进行了禁锢，以示对自己的良知和爱情的无可奈何。这就是俄罗斯侨民们善良和矛盾的本质。最后一个诗节："我不要车轮的粉碎力量，我不想在简陋的民房里，因为无力的眼泪而沮丧，我不想怨天尤人恨上帝。"②这首诗的主题是"我"，"我"拒绝了政治上的分裂，希望自己的生活变得更好，不希望自己的情绪变得低落，因此，"我"继续信仰着上帝。在这一章的结尾，我们看到了一个流浪的、被自己国家抛弃的俄罗斯人，在这种情况下他还能保持对上帝的尊敬，十分难能可贵。

本章小结

中国俄罗斯侨民文学的创作内容主要涉及中国俄罗斯侨民的生活经历、身份认同、历史文化背景、社会关系等诸多层面。作品用贴近生活的真实写照来描述外籍身份的侨民的生活状态，关注跨越文化边界的中俄社会关系，展示了被社会环境所制约的侨民生活。同时，本章也从历史视角探究侨民文学的根源和演化，把握其与两国文化的关联，并关注中俄文化差异之中的融合与共识，非常具有研究价值。

① 李延龄主编：《哈尔滨，我的摇篮》，顾蕴璞、李海译，哈尔滨：北方文艺出版社，黑龙江教育出版社，2002 年，第 76 页。
② 李延龄主编：《哈尔滨，我的摇篮》，顾蕴璞、李海译，哈尔滨：北方文艺出版社，黑龙江教育出版社，2002 年，第 76 页。

第四章　中国俄罗斯侨民文学的情感内核与
文学精神

第一节　中国俄罗斯侨民文学的情感内核

俄侨的灵魂是孤寂、破碎、飘荡的。一句亲人的问候、一句友人的宽慰、一个爱人的亲吻，对于这些流亡者来说就是最大的快乐与安慰。他们将这些来自亲情、友情、爱情的慰藉化作精神食粮和心灵的给养，并将这些美丽的情感写成文字，以诗句的形式记录下来。

一、中国俄罗斯侨民文学的亲情内核

在你迷失方向的时候，亲情就是一盏指路明灯，给你指明方向。亲情，犹如一盏明灯，点亮了你该拥有的生活；亲情，犹如一杯热茶，能让你心里暖暖的。特别是在你背井离乡、身处异国他乡的时候，父母关爱、手足之情，都是你最坚实的后盾，也是你最温暖的等待。对于那些远在中国的俄侨们，血缘关系是他们一辈子都不会忘记的。

与亲人海角天涯时，只有梦，才能抚慰自己孤独的心，谢尔盖·谢尔金在《奇迹》中记述了梦中的情景。"每天早晨，光波把人

唤醒，还有妈妈温馨幽香的手。"①这一幕，在诗人的梦境中，不知道出现过多少次了，那是他儿时的无忧无虑。每天早晨，当阳光照进房间，他懒洋洋地睁开眼，母亲就坐在他的床头，温柔地看着他，温柔的手轻轻地抚过他的面颊，那种感觉，是何等美好。可是多年之后，一个人孤苦伶仃地生活在一个陌生的国度，唯有在梦境中与亲人团聚，那一刻，才是最令人心满意足的。

　　思念是一种宽泛的、高远的概念，而思乡则是一种现实的概念，阿列克谢·阿恰伊尔在《哥萨克》中抒发出一种深沉的思乡之情以及对父母的思念之意："哥萨克父亲离家去打仗……你一直牢记那段光阴，母亲为临行的父亲祝福，小心翼翼把马镫亲吻……如今你自己殷切思念那些关心爱护你的人们，你活着，以战斗为快乐，裤缝镶着红宝石似的条纹。"②他的脑海里浮现出了父母在身边的一幕幕，那是多么温馨，多么美好。尽管时间流逝，相距甚远，这段记忆始终存在。在这段记忆中，父亲的亲密爱抚，母亲做的美味佳肴，兄弟姐妹的欢声笑语，都深深地埋藏在诗人的心底，让他无法忘记。然而，在经历了千辛万苦之后，诗人回到了自己的国家，回到了自己的家乡，却发现自己的家人已经去世，他只能看着空荡荡的老房子，想着曾经的朋友，发泄心中的悲伤。"没有走这门阶已经过去半个世纪，如今我返回到父亲的旧的宅子里。然而父亲去世，母亲也已撒手人寰。我的姐姐——连她也早不在人间。那曾经住在此处，同你苦乐与共、分享你力量的萌发、希望与梦的人，早已不在这里！而你也永远、永远不能够再在人世间与他们相见！"③列夫·格罗赛在《旧宅》中写下了一段难以言表的辛酸，这正迎合了《论语》中的名句：树欲静而风不止，子欲养而亲不待。格罗赛在上海生活了很多年，终于有机会回到自己的家乡，但是，他看到的只是一片荒

---

① 李延龄主编：《哈尔滨，我的摇篮》，顾蕴璞、李海译，哈尔滨：北方文艺出版社，黑龙江教育出版社，2002年，第225页。

② 李延龄主编：《松花江晨曲》，谷羽译，哈尔滨：北方文艺出版社，黑龙江教育出版社，2002年，第54-55页。

③ 李延龄主编：《哈尔滨，我的摇篮》，顾蕴璞、李海译，哈尔滨：北方文艺出版社，黑龙江教育出版社，2002年，第177-178页。

凉的土地和一座空荡荡的房子。院子旁边那棵原本低矮的青松，现在已经长成了参天大树，小时候和姐姐在墙上刻下的花纹，依稀还能看见，真是"物是人非事事休，欲语泪先流"。诗人的整个心灵充满了悲痛和对亲人深深的思念。

当一个人的疾病袭来，独自一人，在身体和精神上都饱受煎熬时，他对家庭的眷恋就更加强烈了。《心脏因血堵而窒息》就是尼古拉·沃赫金写出的一首诗，当时他患有心脏病："心脏因血堵而窒息，脚底下地板在晃悠——生命，停住，不要离去！……眼前闪过片段楼房见面和告别的影子。母亲的声音，父亲的目光，以及道路——漫长无际……"①此时此刻，他感觉到了死亡的气息，人生的沉浮在他的脑海里一幕幕地闪过，而他最在意的，却是他的父母。任何一个漂泊在外的人，都有一种归心似箭的感觉，哪怕是病入膏肓，他们也想回到自己的家乡，和自己的父母团聚。可是，归途是那么长。那个时候，妈妈轻柔的嗓音、爸爸慈祥的眼神，都成了记忆，成了一场梦，成了一种幻觉。

时光的沙漏，沉淀着一幕幕不能逃避的过去。对于俄侨而言，家人的回忆，永远都是欢乐与伤痛并存的。他们怀念儿时的无忧无虑，那是因为他们有一个温馨的家庭，有一个心爱的人。他们害怕长大，害怕失去家庭的支持和父母的温暖。可是，那游荡在心灵最深处的亲情，早已经超出了人生的长短。

二、中国俄罗斯侨民文学的友情内核

友谊没有亲情那么沉重，没有爱情那么缠绵，简单而不单纯，纯粹而不做作。我们可以与朋友畅所欲言，倾诉衷肠，在相互的慰藉中寻找到一个平衡点，在相互了解中找回迷失的自己。放逐之年，无家无爱，能有一知己相伴，实是一大幸事。

俄侨作家来到中国以后，结识了不少友人，他们来自俄罗斯的

---

① 李延龄主编：《哈尔滨，我的摇篮》，顾蕴璞、李海译，哈尔滨：北方文艺出版社，黑龙江教育出版社，2002年，第298页。

四面八方，但在中国相识，并互相欣赏、互相扶持，共渡难关。米哈伊尔·沃林的这首《朋友相会》，就是对这种感觉的一种表达："下坡走进花园。啊，多少忧烦在透明如绸的十月里蕴涵！我的老朋友马上会来相聚，我和他已有三个月没有见面。我们默默坐下，准备好笔墨。哦，这心灵开朗的无上喜悦，仿佛神话一般深奥莫测。"①蒲松龄有语："天下快意之事莫若友，快友之事莫若谈。"有句话说得好，深情的赞美少，友情的欢笑多。在这首诗中，两个好朋友有着共同的灵魂，虽然他们都是天涯沦落人，但是他们仍然可以提笔泼墨，对酒当歌，畅所欲言，享受着友情给他们带来的慰藉。恰巧，苏格兰诗人罗伯特·彭斯在他的《往昔的时光》里，描写了他和朋友们重逢时那种快乐的感觉："老朋友哪能遗忘，哪能不放在心上？老朋友哪能遗忘，还有往昔的时光？……忠实的老友，伸出你的手，让我们握手聚一堂，再来痛饮一杯欢乐酒，为了往昔的时光！"最好的朋友伴随着我们一同长大，与我们共同经历了一段难以忘怀的青春时光。故而故人重逢，总要喝上一杯，一起缅怀过去的美好时光。

　　俄侨到了中国，由于语言和环境都不熟悉，生活难免寂寞。于是，他们就会离开自己的房间，到外面去学汉语，和中国人做朋友。俄侨和许多中国人结下了深厚的友谊。奥利加·捷利托弗特的这首《心灵学会保护……》，用一种充满爱意的语气，描绘出了她和中国友人之间那种亲密的友情。"心灵学会保护你那外国的姓名。你那非俄罗斯的语言，让我感受到亲情……我用你的母语，倾诉我隐秘的心声。"②很明显，这位诗人和一位中国人成了莫逆之交，并且用汉语对朋友倾诉自己的心事。在异乡交友，说异国话，诗人不但不会觉得压抑，反而会觉得亲切，有一种家的感觉。正是有了这样一群可靠的中国友人，才使俄侨诗人有了一个安身立命的港湾，才使他们虽在外漂泊，精神上也不会感到孤独。

---

① 李延龄主编：《松花江晨曲》，谷羽译，哈尔滨：北方文艺出版社，黑龙江教育出版社，2002 年，第 243 页。

② 李延龄主编：《松花江畔紫丁香》，李延龄、乌兰汗译，哈尔滨：北方文艺出版社，黑龙江教育出版社，2002 年，第 243 页。

　　还有一种挚友，不似恋人，却胜过一般的好友。他占据了你的灵魂，他会欣赏你的性格，会倾听你的声音，会容忍你的固执，会与你共同分享喜悦和悲伤，这就是一辈子的朋友。俄侨弗拉吉米尔·斯拉鲍奇科夫在《琴弓》一诗中有这么一句话："我又和往日的缪斯亲近，只有她在深渊似的夜晚把我陪伴，用诚实的诗句取代你的眷恋柔情和语言……每逢夜晚她都来和我交谈，如今她是我最贴心的知己，她静静地翻阅陈旧的笔记，反复推敲那些拙劣的诗句。"①从这首诗中我们可以看到，弗拉吉米尔因为失去了心爱的女子，心中充满难以割舍的思念。所幸，他有一个知音了解他的寂寞，聆听他的心事，安慰他的伤痛。更难得的是，这位好友欣赏他的才情，肯为他朗诵、学习，对于一个落魄的诗人，这实在是一种莫大的荣幸。于是，诗人就把她比喻为希腊传说中的"缪斯"，即掌管艺术与科学的女神，拥有天生的美貌和超凡脱俗的气质。由此可见这位挚友在他心目中的分量。

　　知音难得，知心朋友难寻。如果不是钟子期，俞伯牙弹奏的曲子，又有谁能欣赏？马克思曾经说过，人的生活离不开友谊，但要得到真正的友谊才是不容易，友谊总需要忠诚去播种，用热情去灌溉，用原则去培养，用谅解去护理。"特别是对中国俄侨作家来说，在一个陌生的国度里，能得到一段真诚的友情，那是何等的珍贵，何等的喜悦，何等的幸福！

三、中国俄罗斯侨民文学的爱情内核

　　《圣经》里的亚当和夏娃，莎士比亚笔下的罗密欧和朱丽叶，中国传说里的牛郎和织女，都有一个永恒的主题，那就是爱。不管是在真实的生活中，还是在作者的创作中，没有"爱"，一切都会变得索然无味。

　　陀思妥耶夫斯基有语："爱情是无邪的，神圣的。"对于那些被

---

　　① 李延龄主编：《松花江晨曲》，谷羽译，哈尔滨：北方文艺出版社，黑龙江教育出版社，2002 年，第 193 页。

迫离开故土、与亲朋好友失散、流落异乡的俄罗斯侨民作家来说，爱的意义就更大了，那是一种精神上的寄托，是一种更高层次的精神追求！在俄侨的诗中，除了关于中国、俄罗斯两个国家的主题外，爱情是最常见的话题。谢尔盖·谢尔金的《初恋》、阿列克谢·阿恰伊尔的《爱情》、瓦列里·别列列申的《爱情湖》、弗拉吉米尔·斯拉鲍奇科夫的《只为你和我》、尼古拉·斯维特奇科夫的《给苏州姑娘》、米哈伊尔·沃林的《初恋》、米哈伊尔·谢尔巴科夫的《我的樱桃园……》、叶甫盖尼·雅什诺夫的《当我仰望……》、奥莉娅·哈因德洛娃的《旋转木马》、奥莉伽·斯阔毕浅克的《写给你》等，都是围绕"爱"这一话题展开的。

中国俄罗斯侨民作家的笔下，有许多不同类型的爱情，如快乐的、痛苦的、长久的、短暂的、完美的、被抛弃的等。

青春总有逝去的一天，可是，感情却不是那么容易忘记的。又有几个人，不为情所困，不为情所扰？不论男女，都无法抗拒爱的魔力，用他们最真挚的感情，书写出或凄美或甜蜜的情诗。爱情，从来不会因为什么人什么事，而变得五彩斑斓，其光环也不会消失，那是一种纯粹的感情，是可以相互依靠的肩头。我们不能估量爱的力量有多大。俄侨诗人叶甫盖尼·雅什诺夫的《当我仰望……》中这样形容爱情的魔力："当我关注坎坷的岁月，我能感受到你的爱情。是爱帮助我穿越疯狂，引导我在荒原上步行，抚慰无家可归的痛苦，让冻僵的心冰消雪融。"[①]可以看出，不管是踏足异域荒芜的大草原，还是穿过熙熙攘攘的人潮，诗人的心中都没有迷茫，他的心中仍有一座高耸的灯塔，因为有自己的恋人在等着他回家，即使是行走在只知道前后左右，不知道东南西北的风雪中，心中那座灯塔的光芒也没有熄灭，这座灯塔就是爱情，是爱情让诗人忘记了疼痛，忘记了饥饿，忘记了无助，引导着他走向光明。爱情的魔力就如法国小说家亨利·德·蒙泰朗描述的："如果我的生命中没有智

---

① 李延龄主编：《松花江晨曲》，谷羽译，哈尔滨：北方文艺出版社，黑龙江教育出版社，2002年，第314页。

慧，它仅仅会黯然失色；如果我的生命中没有爱情，它就会毁灭。"
又如彭斯的比喻："没有爱情的人生是什么？是没有黎明的长夜。"

　　莎士比亚说："爱情不是花荫下的甜言，不是桃花源中的蜜语，
不是轻绵的眼泪，更不是死硬的强迫，爱情是建立在共同语言的基
础上的。"张爱玲曾说："人生最大的幸福，是发现自己爱的人正好
也爱着自己。"所以说，在恋爱的道路上，两个人都是很快乐的。对
于俄侨来说，能有一段美好的爱情，是一件很难得的事情，但丁曾
经说过："爱情可以把人的心灵提升到最美好的境界。"女诗人娜塔
利娅·列兹尼科娃在《不，不用说》中写道："你用热烈的干燥的嘴
唇屏住呼吸在亲吻。短短一个瞬间黑暗里一道亮光闪现，是春天，
百花争妍，是自我陶醉，一片梦幻。"①爱人的一吻，令娜塔利娅沉
醉其中，情不自禁地沉浸在自己的美好想象之中，就像是在黑暗之
中看到了一束光芒，照亮了自己的内心，就像是在春暖花开的时候，
在自己的面前有一朵盛开的鲜花。爱情就像是一团火，在她孤独的
心中熊熊燃烧，不管她是被放逐的，还是贫穷的，她都会因为爱情
而活着。很多女性诗人是敏感且感性的，她们的诗歌都是温柔的、
优美的，而很多男性诗人则是直率的，其诗歌亦如此，比如弗拉吉
米尔·斯拉鲍奇科夫的《只为你和我》中的诗句："哦，亲爱的，世
界飞旋，飞旋千万年，只为你和我，阳光明媚，照耀大海，大海扬
波，只为我们两个……让不凋的爱情之花绽放，你的、我的爱情之
花，亲爱的，宇宙的历史上独一无二，能完成创造循环的花朵。"②
这首诗的语气充满了激情，似乎是在向世人证明，他有一段值得骄
傲的爱情，整个世界在旋转，大海在翻滚，在这对恋人的眼里，只
有对方，从此以后，所爱之人就是全世界。这两首诗都是浪漫的，
在诗人的笔下，有花，有海，有阳光，有宇宙，而唯有真爱，才能
勾勒出这样一幅奇妙而美好的画面，这不仅仅是关于爱情的诗歌，

---

　　① 李延龄主编：《松花江畔紫丁香》，李延龄、乌兰汗译，哈尔滨：北方文艺出版社，黑
龙江教育出版社，2002 年，第 299 页。

　　② 李延龄主编：《松花江晨曲》，谷羽译，哈尔滨：北方文艺出版社，黑龙江教育出版社，
2002 年，第 201 页。

更是一种对幸福的体验，一种对美好生活的体验。

爱有甜有苦。爱情不仅仅是浪漫而又神圣的，更多的时候，它是痛苦而又无助的。并不是每一对情侣都能有幸牵着手，白头到老。自古以来，多情之人往往经常承受着思念的煎熬。俄侨因为各种原因，不得不流落国外，但他们中有些人的恋人仍在俄罗斯，相距遥远的两个人，只有用记忆来填满内心的空虚，用想念来度过寂寞的时光。这种思念，比一厢情愿更加痛苦，更加难以忍受，更加让人欲罢不能。娜塔利娅·列兹尼科娃的《静静的幸福日子里……》表达的正是与爱人分离后痛苦的思念之情："静静的幸福日子里，我感到寂寞（我和你没有那样的时刻）。你成了我的命运——在我心房里点燃起不安的火。我想你，想你一个人，想得泪花飘落（虽然我知道这梦想实在多余）。在那儿，在俄罗斯，在妩媚的白桦树林有一座白色的小房子，你和我。"①不是因为孤独而思念，而是因为思念而孤独。对于俄侨而言，平淡的生活也许就是一种快乐，可是诗人却因没有恋人陪伴而觉得孤独寂寞，因相思而伤心落泪。正如诗人的回忆：我不禁回想起了我跟我心爱的人住在一起的时光，回想起了我和我心爱的人住在一起的那个"小窝"，那个小树林里有一栋白房子。还有一位来自俄罗斯的诗人，奥利加·捷利托夫特，她和她的恋人分离了很长时间，她的《爱》中写道："我一周又一周地见不到你——莫非我们只在梦幻中相遇——我们一起分享悲和痛，可是我的爱情中又没有欢喜。只在梦中我才能见到欢喜！甚至轻佻的女人，甚至和诺洛的顺从的奴隶——只有在梦中和你才有笑意。"②所谓一日不见，如隔三秋！恋人之间，不应只有悲伤和痛苦，还应有欢愉和快乐，但诗人认为，她的爱情中没有欢愉，有的只是悲伤，这源于思念的痛苦。她无从释怀，就算她尽量不去想，但还是会在梦中梦到，也只有在梦中，她才能见到自己的恋人，才能体会到短暂的

---

① 李延龄主编：《松花江畔紫丁香》，李延龄、乌兰汗译，哈尔滨：北方文艺出版社，黑龙江教育出版社，2002 年，第 297 页。

② 李延龄主编：《松花江畔紫丁香》，李延龄、乌兰汗译，哈尔滨：北方文艺出版社，黑龙江教育出版社，2002 年，第 254 页。

快乐，可所有的梦都是假的。当她醒来时，她依然是孤零零的一个人，什么都没有改变，这样的情景，只会加深思念之情。就像李清照《一剪梅》中所写的那样："花自飘零水自流。一种相思，两处闲愁。此情无计可消除，才下眉头，却上心头。"思念一个人，就会为其寝食难安，整夜整夜地睡不着觉，面容越来越苍白，越来越消瘦。故而才有那句"衣带渐宽终不悔，为伊消得人憔悴"。可是，两个人的感情，不是一朝一夕就能长久的。例如，尼古拉·斯维特洛夫就曾写过一首《你的声音》，这首诗不但描述了他自己的心情，而且还描述了一位来自俄罗斯的爱人对他的深沉的爱慕之情。"地域辽阔，残忍，挺起八百公里的胸膛，让我们两地分隔。我们之间，只有火车，汽笛穿透风的呼啸，像个背行囊的乞丐，奔驰在旷野。当尽职的邮差，背着绿色邮袋，喊我的名字，我就像国界。他带来邮包，有你的泪痕，你哭泣，面对冬天的暴风雪。我读信，看见你的手帕，绣着花边精巧奇绝，从此，它伴我度过孤寂失眠的长夜。"[①]天涯何处无芳草，只有相思却无涯。八百公里，可以阻隔两个人的相遇，但却阻隔不了彼此相知相守的心意。看着信上的泪水，诗人仿佛看到了自己心爱的人在风雪中无声地哭泣，那一块来自遥远地方的帕子，就像是一颗"红豆"，承载着自己心爱的女人对自己的思念，让自己想起了那个魂牵梦绕的女人，以及两个人一起度过的夜晚。两个人的相思，忧伤之中多了一份甜蜜与幸福。诗人想着自己的爱人，而爱人也一定会在遥远的地方，与他产生共鸣。

　　还有一种是单相思，就是喜欢一个人，但又不能表露出来。或许，他根本就不敢表白，或许，对方根本就不喜欢他！就像李白在《秋风词》中所说的那样："入我相思门，知我相思苦。长相思兮长相忆，短相思兮无穷极。早知如此绊人心，何如当初莫相识。"俄侨诗人奥利加·捷利托夫特的《每片花瓣有……》正是表达了对某个人的暗恋之情："我为什么不为别人写诗，我为什么默默地把你思

① 李延龄主编：《松花江晨曲》，谷羽译，哈尔滨：北方文艺出版社，黑龙江教育出版社，2002 年，第 230-231 页。

念？你会从我的眼睛里挤干悲伤的泪水，你会把我的灵魂玷污，如同淤泥。我为什么偏偏爱上了你，为什么我至今还在爱你？"①没有回报的爱更加痛苦，更加难以预测。从这首诗中，我们不能知道女子所爱的人是怎样的一个人，但是我们可以知道，她为自己的爱情而懊悔。可是，有多大的恨意，就有多大的爱意，纵然诗人明知这份痴情只会让自己的心变得千疮百孔，甚至会让自己的眼泪都流干，但还是无法停止、无法回头。诗人尼古拉·斯维特洛夫在《给穿和服的姑娘》里，对一个日本女孩有过一段一见钟情的经历："但是你何必苦苦隐瞒？我是多余的！一目了然，你没有心思来陪伴我，分享亲吻樱唇的甘甜。路途漫漫，透过梦境，你渴望与另一个人相见。"②很明显，这位诗人对这位日本女孩一厢情愿，他知道自己是多此一举，也知道这位女孩心里已经有了别人。尼古拉只有在远处才能看到自己心爱的人的身影。纵然心中有千百句情话，他却也只能深埋心底，强忍着。尽管他心里明白，这一切都是徒劳，但他还是被这份感情拖累了。纵然疼痛，亦觉快乐；纵然心碎，亦觉甜美。

爱情能让人生不如死。这个世界上，没有什么比生离死别更让人伤心的了。《泰坦尼克号》中，杰克与露丝上演了一场惊心动魄的"生与死"之恋，同时，俄侨诗歌中也不乏有关"生与死"之恋的诗篇。

爱情虽然伟大，但也不可能永恒，就像年轻的容颜一样，总有消逝的一天，留给人们的不过是一段或美丽或伤痛的记忆而已。爱的消逝有许多可能，可能是被背叛，可能是被距离所阻挡，也可能只是单纯的不爱。伊利娜·列斯纳娅在《爱的秋天》中谈到了一段失落的爱情："我从情人的眼睛里读到爱情会死去……您不会再珍惜我们那悄悄的会晤，您也不会在透明的乳白色的傍晚跟我一起来

---

① 李延龄主编：《松花江畔紫丁香》，李延龄、乌兰汗译，哈尔滨：北方文艺出版社，黑龙江教育出版社，2002 年，第 248 页。

② 李延龄主编：《松花江晨曲》，谷羽译，哈尔滨：北方文艺出版社，黑龙江教育出版社，2002 年，第 211 页。

泣诉。泣诉秋季病容的落叶……您不会再用爱慕的瞻瞩回答我友善的光明的问候，也不会回报我的爱抚……您羞于启齿，不会再称我为'您'，您不会再像以前那样走进我的闺房，啊，我应该穿上那件珍贵的衣衫来埋葬爱情，埋葬幻想！"①很明显，这位诗人也曾有过一段令人心驰神往的感情，但那都是往事。爱情的欢乐中掺杂着泪水，狂热的爱情总是不会持久的。这首诗并没有说明伊利娜为什么会和自己的恋人分手，但从这首诗中，我们可以看到恋人对她的态度变得疏远了，不再对她投以爱慕的眼神，也不再进入她的房间，更不以"您"相称。有多少爱，都敌不过时光的流逝，她和她的恋人，就这样消失在对方的生命里，变成了两条平行线，再也没有任何交集。

　　爱，是如此绚烂，有苍凉，有坚定，有悲壮，有惊心动魄，也有美好，让人如释重负！那是一个又一个美好的传奇，在人们心中成为一种不朽的精神信仰与灵魂坐标。这些丰富多彩的爱的描写，不但反映了俄侨的感情生活，而且大大充实了俄侨文学的内涵，或美丽或凄美的爱，无不令人感动、引人入胜。

四、中国俄罗斯侨民文学的民族情感内核

　　俄侨作家一直深信，"离乡背井"不过是一时之痛，终有一日，他们的身体与精神会重新回到俄罗斯。俄侨在国外的生活，并没有将这一信念磨灭，反而，越是艰难，他们就越是充满了希望，也越坚信，自己一定会回到自己的家乡，回到自己的家园，就像雨果说的那样："只有信仰才让思想发出火花，只有希望才让未来发出光芒。"俄侨诗人格奥尔吉·萨托夫斯基就对未来充满了希望，他在《我的城市》中这样写道："古老的彼得堡在我四周，那时候我正值青春年纪！我的城市啊，我的依恋，我把神圣的爱奉献给你……我

---

　　① 李延龄主编：《松花江畔紫丁香》，李延龄、乌兰汗译，哈尔滨：北方文艺出版社，黑龙江教育出版社，2002 年，第 224 页。

从心底相信，我知道，我和我的城会重新相遇……"①就好像诗人玛利安娜·科洛索娃在《异国的松树》中所憧憬的："幸福的一天，幸福的一年已经临近，到时候上帝为补偿我们的愁寂和损失，在祖国为我们点亮松树上的灯火。"②

永远没有什么可以击退一个坚决强毅的希望。因此，虽然俄侨作家对 20 世纪俄罗斯的社会结构并不认同，虽然他们遭到了自己国家的残酷放逐，但费多尔·卡枚什纽克却坚定地认为，所有的苦难和耻辱终将结束，他的国家将拥有一个辉煌而灿烂的明天。他在《神圣的罗斯》中描绘了辉煌壮丽的蓝图："你知道：短暂的屈辱源自天意！你面含着微笑向他们走去。血染襁褛；十字路口野蛮哄笑——无形的焦虑使笑脸变得扭曲。一切都已了结！冬去春来！阳光照耀曾经积雪的大地，无边的原野焕发出笑容，铃兰花唱起了欢快的歌曲。"③这首诗让他感到振奋，因为他对自己的国家充满了希望，充满了自信，他的心中不再有任何的忧虑，而是充满了决心，似乎有一天，他会看到朗日，正如陀思妥耶夫斯基所说的那样："如果没有理想，那就没有希望，那么，一切都是徒劳的。"

第二节 矛盾中丰富——中国俄罗斯侨民文学的文学性与文化性

"爱中国"是中国俄侨文学的一个中心主题。对于俄侨来说，中国不仅是一个逃亡的好去处，也是一个可以让他们在风雨中寻求庇护的避风港，更是一个可以让他们重拾信心、找回自己定位的宽宏大度的伙伴。作家以中国为"第二祖国""第二故乡"，以此来表达

---

① 李延龄主编:《松花江晨曲》，谷羽译，哈尔滨：北方文艺出版社，黑龙江教育出版社，2002 年，第 168 页。

② 李延龄主编:《松花江畔紫丁香》，李延龄、乌兰汗译，哈尔滨：北方文艺出版社，黑龙江教育出版社，2002 年，第 219 页。

③ 李延龄主编:《松花江晨曲》，谷羽译，哈尔滨：北方文艺出版社，黑龙江教育出版社，2002 年，第 163 页。

他们对中国的依恋与依附，就如同对待自己的祖国一样。

一、探求情感的寄托和生存的港湾

与欧洲的俄侨文学、俄罗斯本土文学相比，中国的俄侨文学有一个独特的特点——中国俄罗斯侨民作家大都在中国生活了几十年，因而把中国的东方文化融入西方的文化之中。中国的东方文化对他们的性格、思想、作品等，都产生了深刻的影响。

中国俄罗斯侨民文学研究奠基人李延龄院士在文章中曾写道："俄侨文学的题材与俄罗斯境内文学有明显差异，它有大量的中国题材。它的题材不仅有俄罗斯生活、俄侨生活，还有中国生活。它除了写俄罗斯人，又写了中国人。可以说，还找不见哪位俄侨作家或诗人完全不写中国的。"①俄侨诗人以中国为主题的诗，多得数都数不清，内容丰富，涵盖了中国城市、建筑、文化、语言、宗教、哲学、风俗、孝道、民间艺术、民间传说、自然生态等。莉迪娅·哈因德洛娃的《中国犁过的田地》，叶列娜·达丽的《献给第二祖国》，玛利娅·维吉的《中国风景》《在中国的农村》，阿尔谢尼·涅斯梅洛夫的《选自中国纪念册》，米哈伊尔·沃林的《中国吟》，尼古拉·斯维特罗夫的《中国的新年》，鲍里斯·沃尔科夫的《中国展馆》，瓦里·洛基诺夫的《在松花江上》等，都是最好的例子。

这些诗的创作意蕴既有西方诗的激情奔放，又有中国诗的柔美精致，诗中关于中国的每一句话，都来自俄侨诗人发自内心的对中国的热爱。中国、中国城市、中国人、中国文化，在俄侨的眼里和心里，都有着独特的含义和魅力。

哈尔滨、齐齐哈尔、安达、长春、沈阳、大连、北京、天津、杭州、宁波、苏州、上海等中国各地，都是他们的创作主题，并被他们写进诗篇，例如阿列克谢·阿恰伊尔的《杭州》、瓦列里·别列列申的《北京》、阿列克桑德拉·巴尔考的《银色的大连》、奥莉伽·斯阔毕浅克的《上海僻巷》等。

---

① 李延龄：《李延龄文集》，哈尔滨：北方文艺出版社，2008年，第55页。

应当指出，哈尔滨是俄罗斯侨民在东方的聚集地，也是中国俄侨文学的诞生地。许多俄侨诗人以哈尔滨为题材，写下了大量有关哈尔滨的诗歌，包括自然风光与人文风情，许多诗歌还以哈尔滨为名，如阿尔谢尼·涅斯梅洛夫的《哈尔滨的诗》、尼古拉·沃赫金的《哈尔滨》、阿列克桑德拉·巴尔考的《哈尔滨的春天》等，都或多或少地流露出诗人对哈尔滨的喜爱之情。

最具代表性的是这首尼古拉·沃赫金的《哈尔滨》："哈尔滨立在宽阔浑浊的江边，它赫赫有名，是我们童年的城市，青少年的城市，与艰难命运相反，黄金般的遗产，它依然保持……那里，俄罗斯与中国紧密走在一起，那里，西方同东方肩并肩互为邻居，那里，稠李和烧香的芬芳气息，同亚洲美食的香味结合在一起。"①哈尔滨，无疑是中国俄侨作家心里最特殊的存在。大部分作家离开俄罗斯后，第一站都是哈尔滨，有些人从小就跟着父母生活在哈尔滨，有些则是在哈尔滨土生土长，被滔滔的松花江滋养着，在这里度过了最美好的青春岁月。哈尔滨对他们来说，可谓是"后花园"。这首诗用了两个词，来强调哈尔滨是俄罗斯的邻邦——稠李是俄罗斯的象征，烧香是中国的象征，而这座东方与西方结合的城市，更是给人一种亲切的感觉，就像巴尔考所说的，哈尔滨"给了疲于流浪的人，以安宁，使俄罗斯之心得以保全"②。因此，对于俄侨来说，哈尔滨不仅是他们肉体上的归宿、精神上的港湾，而且还是他们心灵上的家园。

二、在共建家园过程中深化文学情感

俄侨为中国哈尔滨的发展做出了巨大的贡献。如果没有俄罗斯侨民，也不会有现在的哈尔滨，同时哈尔滨也不会被誉为"东方莫斯科"。在这里，他们忘却了自己被放逐的事实，用自己的双手开发

---

① 李延龄主编：《哈尔滨，我的摇篮》，顾蕴璞、李海译，哈尔滨：北方文艺出版社，黑龙江教育出版社，2002 年，第 283 页。

② 李延龄主编：《松花江畔紫丁香》，李延龄、乌兰汗译，哈尔滨：北方文艺出版社，黑龙江教育出版社，2002 年，第 10 页。

并建造了这座充满了俄罗斯风情和东方风情的城市。正如米哈伊尔·什梅谢尔所说的那样："因为哈尔滨的俄罗斯面貌，让我们与痛苦的流亡和解。"①诗人想让历史铭记他们曾在中国居住过的日子，也想让后世的人们了解他们曾在哈尔滨所做的贡献。阿尔谢尼·涅斯梅洛夫的《哈尔滨的诗》表达了每一位哈尔滨建设者的心声，他们永远不会忘记自己为这座城市付出了多少心血，更不会被这座城市所遗忘。现在，在哈尔滨的中央大街上，涅斯梅洛夫曾经住过的那座房子还屹立于此，在柔和的灯光下，这座房子显得宁静、美丽、神秘，使人想起了曾经有那么一天，他正站在阁楼的书桌旁，皱眉沉思，全神贯注地思考着什么问题。也许涅斯梅洛夫也曾幻想过，若干年后，会有人拿着他写下的一张纸，站在寂静的街角，大声地念着他写下的诗句。诗人不会忘记中国，中国也不会忘记他。

哈尔滨位于中国北方，同俄罗斯许多城市一样，具有四季分明、雨雪交加的北方特色。因此，对于中国南部的俄侨而言，无论是南方的自然风光、建筑风格，还是其人文特色、风土人情，都具有独特的魅力，令人心动。比如阿列克谢·阿恰伊尔的《杭州》，就描绘了江南风光，湖光山色，美不胜收："杭州沉溺在花丛，轻轻呼吸在梦中。此前的生活像无处栖身的荒山野岭，而这一刻繁花竞放，童话一般新颖。湖水如明镜印着神圣古庙的倒影，倒影突然扭曲，随波浪闪烁浮动……而弯向水面的紫藤。清风双手无形把我引向涅槃之境……震颤的锣响，水乳交融，和谐永恒，香烟飘如云，星星一通天的途径。"②这首诗充分表现出阿恰伊尔对于江南都市的痴迷与憧憬，而他眼中的杭州也符合中国"上有天堂，下有苏杭"的说法。他来到杭州时，有一种置身于世外桃源的感觉，"涅槃之境""通天之路"等表达则将杭州优美的自然风光描绘得惟妙惟肖。胡琴、琵琶、三弦、埙等则是江南传统乐器的代表，优美的音乐让他流连忘

---

① 李延龄主编：《哈尔滨，我的摇篮》，顾蕴璞、李海译，哈尔滨：北方文艺出版社，黑龙江教育出版社，2002 年，第 130 页。

② 李延龄主编：《松花江晨曲》，谷羽译，哈尔滨：北方文艺出版社，黑龙江教育出版社，2002 年，第 47 页。

返、遐思无限，而"西湖水""古庙影"则让他感受到了杭州的悠久历史与文化。这首诗显示了作者对中国文化的深刻理解，没有在此生活过的外国人不可能把这首诗写得这么深刻、这么透彻。

三、记录并传递中国节日精神

春节是中国人最重要、最喜欢的一个节日，它是中华五千年文明与传统风俗的结晶，是团结与繁荣的象征，也是对未来的一种期盼。这些在中国居住了多年的俄侨，也接纳了当地的风俗习惯，体会到了过年的气氛。因此，俄罗斯侨民诗人很自然地把中国新年写进了他们的诗里。比如尼古拉·斯维特洛夫写的《中国的新年》，就生动地描述了中国人如何庆祝这个节日："咚咚咚！……锵锵锵！到处都是欢乐的声响。大鼓小鼓拼命地敲打，开怀畅饮，特别热闹，中国的人民都喜欢，高高兴兴欢度旧历年。爆竹声震得耳朵嗡……赶走邪恶有害的妖魔——远远离开贫寒的房舍，中国人就是这样过年，为的是一家平平安安，还要祈求善良的神明，保佑他们的买卖兴隆，万事如意，心情欢快，各种鬼祟不兴妖作怪。生活充满美好的幻想，就连走路都喜气洋洋，人们说话像在俄罗斯，见谁都说：新年新禧。"①诗歌里描述了中国春节的传统与风俗，还有敲鼓、燃放爆竹等，这些都是中国人过春节时的常见活动。一派喜气洋洋、欢声笑语、团圆喜乐的情景展现在我们眼前。这首诗对中国的许多传统习俗都做了详尽的描写。

而在《阴历新年》中，诗人阿列克桑德拉·巴尔考则更多地从人性和主观的视角，描述了中国春节的另一种重要风俗："按规矩相互拜完了年，节日烟雾笼罩的人们，欢度大年初一的夜晚，客主一块打麻将，在桌前。"②首先，诗歌的题目是《阴历新年》，表明巴尔考对中国的历法已有了一定的了解；其次，她从自身的经验和体会

---

① 李延龄主编：《松花江晨曲》，谷羽译，哈尔滨：北方文艺出版社，黑龙江教育出版社，2002 年，第 207-208 页。

② 李延龄主编：《松花江畔紫丁香》，李延龄、乌兰汗译，哈尔滨：北方文艺出版社，黑龙江教育出版社，2002 年，第 17 页。

中观察到中国春节时亲友团圆的气氛和人们互相拜年、互相祝愿的习俗。

从这两首诗来看，两位诗人都在中国住过多年，所以他们很熟悉中国的春节，也很了解中国的民俗。

四、融合中国古典艺术以生发文学创作

尽管俄语诗歌文辞优美，韵律和谐，但汉语所具有的独特之处却让不少俄侨诗人对中国诗歌产生了浓厚的兴趣。

其中以瓦列里·别列列申最为典型。他7岁时就随父母移居中国，在哈尔滨读书、长大，22岁时毕业于哈尔滨法政学院，后来又进了哈尔滨神学院，完成了神学副博士的答辩。瓦列里·别列列申在中国居住有35年的时间，他走遍了中国的各个大都市，对屈原的《离骚》、老子的《道德经》以及不少著名的唐诗都进行了深入的研究和翻译。可以这么说，中国的语言文字、文化传统、哲学思想，这些在他的作品中都有非常深刻的领悟和体现。别列列申偏爱中国古诗词、书画、佛教，所以他的诗写得豪迈奔放、意境奇妙、浪漫主义色彩浓厚，颇有诗仙太白的风范，颇具中国诗词的韵味。如这首《最后一枝荷花》："荷花不惧伤残，傲骨屹立亭亭，俨然古代巨人，独臂支撑天空。我们也曾如此——最终败于严寒，面对寒风凛冽，我们如烟消融。我们曾像雄鹰，蔑视昏暗迷梦，避开灰尘弥漫，展翅翱翔苍穹。岁月飞速流逝，快似冰雪消融，我为自由弹唱，独自一人飘零。"①这首诗的翻译构架与原文一致，每一行都有六个字，其中的"亭"和"零"韵母是"ing"，"空"和"融"韵母是"ong"。从形式上，作者把握了这首诗的结尾音节；从含义上，说明了中国传统文化中，莲花"出淤泥而不染，濯清涟而不妖"的高傲气质。别列列申对中国古诗形式与精神的统一有着深刻的认识与把握。

俄侨诗人除了喜欢中国古诗的格调和韵律外，还喜欢研读唐宋

---

① 李延龄主编：《松花江晨曲》，谷羽译，哈尔滨：北方文艺出版社，黑龙江教育出版社，2002年，第117-118页。

时期的名篇，比如尤斯吉娜·克鲁津施坦因-彼得列茨，她 1903 年生于俄罗斯，1906 年与母亲一起搬到哈尔滨，后来迁居上海。她在中国居住了 40 多年，喜欢读书和研究唐代李白的诗篇。她有一首《李太白》，以外国人的视角，把自己心目中的李白描写得淋漓尽致："他不需要荣誉也不需要金钱,他思念的是茫茫的绿色大地。有一天，他在河边，醉醉醺醺，忘记了什么事可以做，什么事不许，他大喊了一声：拿月亮来！他举着樽不慎坠入水域。朋友们不胜惊讶，可怜这个怪人：他受宠于生活、人民和宫廷，杨贵妃亲自为他挥摇过羽扇，不止一次地向他微笑，表示垂青……诗仙李太白是千古永恒的人物。"[①]显然，克鲁津施坦因-彼得列茨若不熟悉李白的生平和作品，不熟悉唐诗和唐代历史，也不可能创作出如此优秀的作品。我们可以从以下三方面看出诗人对李白、唐诗及唐代历史的了解：首先，作者把这首诗的名字改成了"李太白"而未用"李白"；其次，是对李白《将进酒》的生动诠释——"人生得意须尽欢，莫使金樽空对月，天生我材必有用，千金散尽还复来"，可见，诗人不但喜爱李白的诗歌，而且十分赞赏他的人品，被他那超然物外、洒脱的人生态度所打动，因而把李白称为"千古永恒"的人物；最后，该诗还提及杨贵妃，而李白的才艺又令其折服，足见诗人对唐史也有一定的了解。

五、尊重中国本土信仰并求同存异

俄罗斯与中国有很大的区别，其中一个就是两国的宗教，这也是为什么那些信奉东正教的俄侨诗人会对中国的佛教产生浓厚的兴趣。

中国俄侨诗歌的题材中有很多是描写佛教的，阿列克谢·阿恰伊尔的《在水果店》中曾这样描述："佛教徒的轮回，余晖染黄西

---

① 李延龄主编：《松花江畔紫丁香》，李延龄、乌兰汗译，哈尔滨：北方文艺出版社，黑龙江教育出版社，2002 年，第 324-325 页。

天……无忧无虑。涅槃。"①这里面的"佛""轮回""涅槃"等，都是佛教文化的典型词汇。很明显，从这首诗中，我们可以看出，作者对于佛教文化中的"生死轮回""凤凰涅槃""浴火重生"的思想是非常欣赏和认同的。

"龙"在中国人心目中有着特别的含义，我们被称为"龙的传人"，许多俄罗斯人都曾经在黑龙江省生活过，那里也有"黑龙"的传说，所以他们对龙的故事非常感兴趣，比如阿尔谢尼·涅斯梅洛夫的《龙的传说》："从黑云的烟雾中，向板岩石板的峭壁，悄悄地爬出一条大得出奇的有一千个翅膀的火焰的龙，把暗淡的天际染成了一片紫红。"②而弗谢沃洛德·伊万诺夫的《龙》是这样描述的："灯笼的上方有一条龙，角呈棕色，躯体盘绕细长。"③这两位诗人也许从中国人那里听过有关龙的故事，也许在书上看过关于龙的传说，或许是在建筑上见过龙的图腾，所以才会将自己心目中的龙描绘得如此生动形象、栩栩如生。

六、探寻中俄情感婚姻等文学创作题材

俄侨对中国也存在着一种特别的感情，即中俄两国间的爱情。东方女子含蓄内敛、温婉典雅、端庄贤淑，这些特质对俄罗斯侨民作家产生了强烈的影响。基里尔·巴图林曾写过《妞儿》和《宁波姑娘》，尼古拉·斯维特洛夫写过《给苏州姑娘》，这些诗歌都是歌颂中国妇女的典范。

《宁波姑娘》表达了诗人基里尔·巴图林对中国姑娘的迷恋之情："当梅花开起来的时候，当出现陶瓷般的苍穹，我就忆起黑黑的辫子，黑黑的、调皮的眼睛……梳辫子、黑眼睛女性，对她们我永

---

① 李延龄主编：《松花江晨曲》，谷羽译，哈尔滨：北方文艺出版社，黑龙江教育出版社，2002年，第41页。

② 李延龄主编：《哈尔滨，我的摇篮》，顾蕴璞、李海译，哈尔滨：北方文艺出版社，黑龙江教育出版社，2002年，第90-91页。

③ 李延龄主编：《松花江晨曲》，谷羽译，哈尔滨：北方文艺出版社，黑龙江教育出版社，2002年，第359页。

远不忘情。"①很明显，从外表来看，乌黑的眼睛、乌黑的头发，这两样东西，都是当时中国女人的标志，这两样东西，让许多俄罗斯人都为之倾倒，甚至尼古拉·斯维特洛夫都在《给苏州姑娘》里写道："从你斜睨的顽皮眼睛里，我为自己寻求奇妙的光源，让我失魂落魄的辫子啊，漆黑漆黑恰似幽暗的夜晚。"②同时，在性格方面，中国女子的温柔体贴、聪慧懂事、善解人意，让流落在外的寂寞的诗人记忆深刻，给予了他们启迪，使他们对其产生了浓厚的感情，并难以忘怀。

第三节　价值探寻中升华——中国俄罗斯侨民文学的社会性与历史性

若要描述俄侨作家对中国的感情，当以"爱"与"感恩"来表达。他们感谢自己所居住的中国，因为感谢而爱，因为爱而不能忘记。他们感激这个国家给他们带来的和平和斗争、快乐和痛苦、繁荣和孤独。因此，中国对他们来说，是他们的第二祖国、第二故乡，是温柔的继母，在而爱，离而思。

曾经生活在中国的俄罗斯人可以分为三代人，李延龄院士在《李延龄文集》收录的文章《中国俄罗斯侨民文学论纲》中写道："第一代人曾在这里修筑铁路，并且与中国人一道把一个小村子变成了大城市，有一种特殊的情愫。第二代人曾在这里工作，在这里繁衍生息，当然也就有一种'情系故土'的感觉。第三代人曾在这里生、这里长，并且受教育，还都多少懂一点儿汉语，他们把哈尔滨看成自己的襁褓和摇篮，其情甚笃。"③有数据显示，有约一万名俄罗斯侨民因为对中国的热爱而申请获得了中国公民身份。

---

① 李延龄主编：《哈尔滨，我的摇篮》，顾蕴璞、李海译，哈尔滨：北方文艺出版社，黑龙江教育出版社，2002 年，第303-305 页。

② 李延龄主编：《松花江晨曲》，谷羽译，哈尔滨：北方文艺出版社，黑龙江教育出版社，2002 年，第225 页。

③ 李延龄：《李延龄文集》，哈尔滨：北方文艺出版社，2008 年，第30-31 页。

没有什么比叶列娜·达丽的《献给第二祖国》更能表达俄侨对中国的谢意了。"在哈尔滨，我养育了儿子，在哈尔滨，我为母亲送终。我，会对任何人都公开说，这个可爱的城市征服了我，这个曾经收容了我的国家，她已经成为我的第二祖国。"[1]中国为诗人提供了她的"第二个家"，让她有了好好生活的权利，也让她有了孝顺父母的机会。在那些年，中国陪着她度过了孤独和青春。

当诗人们又一次从中国出发，或是回国，或是流浪，中国仍在他们的梦中、心中、记忆中、诗篇中："满洲，你平原无边无际，你蔚蓝色的远方，有时竟叫我忘记，我，本不是你的亲生子。告别不会垂头丧气，在陌生但可爱的另一个天地，我，将要把你回忆，像对朋友、兄弟、母亲的回忆……我会永生永世记忆，晚霞的照耀和启迪，有那夜风的微微吹拂和浑浊松花江宽阔的水域。"[2]尼古拉·沃赫金视自己为中国的朋友、中国的兄弟、中国之子，他的《告别》表达了许多中国俄罗斯侨民对中国的感激之情，他们感谢中国对他们的照顾，怀念他们在中国度过的童年、中国的美景，以及同中国人民结下的深厚情谊，所有的离别话语，都化为一首充满感情的诗歌。虽然有不少俄侨作家因为各种各样的原因离开了中国，去了美国、巴西等地，但中国的一草一木、风土民情在他们心目中是永远无法忘怀的。他们对中国念念不忘，其中最有代表性的作品，就是瓦列里·别列列申的那首《我，一定回中国!》。这首诗，表达了俄侨对中国的怀念。尽管到了晚年，他已在巴西定居下来，但他始终对中国保有着无限眷恋："别了，永不回还的幸福体验! 我平平静静、明明确确知道，我肯定要回中国，在死的那天。"[3]这是一种什么样的感情，才能让他想把自己的尸体安葬在异国他乡? 中国对他来说，就像是他的朋友、他的兄弟、他的母亲，其深厚的感情不

---

① 李延龄主编:《松花江畔紫丁香》，李延龄、乌兰汗译，哈尔滨:北方文艺出版社，黑龙江教育出版社，2002 年，第 114 页。

② 李延龄主编:《哈尔滨，我的摇篮》，顾蕴璞、李海译，哈尔滨:北方文艺出版社，黑龙江教育山版社，2002 年，第 274-275 页。

③ 李延龄主编:《松花江晨曲》，谷羽译，哈尔滨:北方文艺出版社，黑龙江教育出版社，2002 年，第 90 页。

言而喻。

俄侨在中国居住的过程中，有苦有甜，有悲有乐，我们不能一一道来。但中国在俄侨心目中的分量和印记，却是不可磨灭的。正如李延龄教授所认为的，在俄罗斯侨民最艰难的时候，中国黑土地的粮食和牛奶给了他们新的血液，也给了他们创作激情和灵感，他们有许多理由热爱中国——他们的第二祖国。

俄罗斯和中国，分别代表着欧洲与亚洲，代表着西方与东方，有着完全不同的文化传统。正是俄罗斯人的加入，才使得欧亚两大文明紧密联系在了一起，让两个国家、两个民族，都能感受到美与丑、善与恶、悲与喜。我们要感谢那些俄罗斯人，他们在中国的土地上留下了那么多美丽的画面，让中国文化走进俄罗斯，也让我们对俄罗斯有了更多的了解。

本章小结

中国俄罗斯侨民文学的情感内核与文学精神主要涉及对俄罗斯的情感态度、对中国的热爱以及家国情感等方面。中国俄罗斯侨民文学以俄罗斯侨民的习俗为主要内容，以俄罗斯侨民社会的特点和许多中国式的生活细节为叙事基础，以俄罗斯文化生活状态和中华民族的性格特征为主要情节，以对异域文化深沉的情感与赞叹、对中国特色文化的热爱与探索、对亲朋的思念、对美好爱情的憧憬为最重要的情感内核。

第五章　中国俄罗斯侨民文学中的中国元素

对于生活在中国的俄罗斯侨民作家来说，他们的创作过程或多或少地受到中国传统文化的影响。这些作家由于受到了中国古代文化思想的熏陶，因而把自己对中国古代文化的理解和认识融入到了作品中去。如韦涅季克特·马尔特的《傅家甸近郊》：

> 一个中国商人骑着头小毛驴，
> 后边修长的赶驴人手执鞭子。
> 抓着疲惫的小毛驴的驴尾
> 哼唱着无精打采单调的歌曲。
> 他的辫子上结着白色的绳绦——
> 这标志着他给亲近的人戴孝：
> 他亲人中有人永远弃世而去。
> 黄昏的阴影怯生生偷偷来到。
> 萧瑟秋风在匍匐着的杂草中
> 以沙沙声唱昏然乏味的歌子。
> 眼前已出现了傅家甸的房子。
> 骑驴人，赶驴人，毛驴快步前进：
> 骑驴人——找妻子，赶驴人——过烟瘾，
> 小毛驴——卧到篱笆边下去休息……①

这里描写了东北地区发丧的一种景象，嘴里唱着单调的旋律、辫子上系着白布条，这是作者在侨居中国期间的所见所闻。本章从

---

① 李延龄主编：《哈尔滨，我的摇篮》，顾蕴璞、李海译，哈尔滨：北方文艺出版社，黑龙江教育出版社，2002年，第236页。

生活习惯、文化熏陶、环境影响入手，阐述俄侨作家思想意识的中国化，揭示他们的作品也与中国元素紧密相连。

第一节　中国元素

中国俄罗斯侨民文学继承了俄罗斯传统批判现实主义，又以侨居国——中国为创作题材，创作出了大量反映中国自然（龙、虎、荷花），中国社会（佛、道、儒、观音、烧香、拜佛），中国老百姓生活（除夕、春节）的作品。中国给这些侨民作家提供了生存的绿洲和创作的自由。中国俄罗斯侨民作家的很多作品都抒发了对中国的热爱之情。中国东北的大自然，中国的民俗风情、城市建筑，深深地吸引着中国俄罗斯侨民作家，而侨民作家把中国事、中国景融入到了其作品中。从他们的作品中我们能够以置身事外的身份体验和感受他们对所生活环境的喜爱。不论是反映中国社会还是描写中国大自然的作品，无疑都具有一定的文学价值、艺术价值、审美价值。

一、中国元素的起源、发展、内涵

了解文化的内涵和中国文化，更有助于我们去认识和理解什么是中国元素、中国的哪些事物可以被称为中国元素。

"中国元素"这一概念最初出现在广告界，在 2004 年由高峻①首次提出。

关于中国元素，不同的人对此有不同的认识。但是，我们可以从以下几个方面来理解中国元素的基本内涵。

历史传承：中国元素强调中华文明的悠久历史和丰富传统。从古代的礼仪、音乐、书画、建筑等，到现代的科技、教育、体育等领域，中国元素都体现了中华民族的文化底蕴和创新精神。

———————————————
① 高峻，现任梅高（中国）创意咨询有限公司董事长。

文化内涵：中国元素包含了中华民族的价值观、道德观、审美观等方面的内容。例如，儒家思想中的仁爱、忠诚、孝顺等美德，道家思想中的自然、和谐、无为而治等理念，都是中国元素的重要组成部分。

艺术表现：中国元素在艺术领域有着丰富的表现形式，如中国画、书法、剪纸、陶瓷、刺绣等传统艺术，以及现代设计中的国潮风格、中式家居等。这些艺术形式都融合了中国元素，展现了中国文化的独特韵味。

科技创新：在科技领域，中国元素体现在诸如移动支付、共享经济、人工智能等新兴产业的发展中。这些创新成果不仅展示了我国的科技实力，也传承了中华民族的智慧。

社会制度：中国元素还体现在中国特色社会主义制度的实践中。中国共产党领导的多党合作和政治协商制度，以及全国人民代表大会制度等，都是中国元素的重要体现。

总之，中国元素是一个多元且丰富的概念，它既包括了中华民族的历史传承和文化内涵，也展示了我国在艺术、科技和社会制度等领域的发展成就。不同人对中国元素的认识可能因个人背景和兴趣而有所不同，但无论如何，中国元素都是我们共同的骄傲和自豪。

从国内著名广告人士对中国元素的诠释来看，中国元素必然和中国文化交织在一起，他们所说的中国元素具有一些共性：其一，中国元素是代表中国文化和中国精神的重要元素；其二，中国元素是中华民族特有的图像符号文化。

二、中国元素的分类

中国元素是中国文化的一种形态，也是中国文化要素的内涵和本质。中国元素从整体上可以分为三部分：第一，中国的内在要素；第二，中国的传统文化要素；第三，当代中国文化的要素。

中国元素的分类：

1）著名建筑

2）历史人文景观

3）重大发明

4）民风民俗

5）传统戏曲、乐器

6）重要思想

7）历史人物

8）自然景观

9）象征性的动植物（图腾）

10）城市、企业、学校

中国传统文化代表元素：

1）农业文化：农家、农民起义、锄头……

2）宫中文化：宫廷文化、帝王学……

3）诸子百家：儒家、道家、法家、墨家……

4）乐器文化：笛子、二胡、古筝、箫、鼓、古琴、琵琶……

5）棋文化：中国象棋、中国围棋……

6）书文化：中国书法、篆刻印章、文房四宝……

7）画文化：国画、敦煌壁画、太极图……

8）生肖文化：鼠、牛……

9）传统文学：《诗经》《孙子兵法》《汉赋》及唐诗、宋词……

10）节日文化：元宵节、清明节、端午节、中秋节、重阳节、腊八节、除夕、春节……

11）戏剧文化：京剧、木偶戏、京剧脸谱……

12）建筑文化：长城、牌坊、园林、寺院、钟、塔、庙宇、亭台楼阁、井、石狮、民宅、秦砖汉瓦、兵马俑……

13）汉字文化：汉字、汉语……

14）中医文化：中医、中药、医学著作……

15）宗教文化：佛、道、儒……

16）民间工艺：剪纸、中国结、泥人面塑、千层底、糖葫芦、芭蕉扇、桃花扇……

17）中华武术：南拳北腿、少林、武当、峨嵋、昆仑、华山……

18）地方文化：中土文化、江南文化、草原文化、天涯海角、巴陵文化……

　　19）民风民俗：红娘、丧葬（孝服和纸钱）、祭祀、门神、年画、鞭炮……

　　20）衣冠服饰：汉服、唐装、旗袍、丝绸……

　　21）动植物：龙、凤、麒麟、虎、豹、鹤、大熊猫、梅花、兰花、竹子、菊花、荷花……

　　22）器物文化：玉、瓷器、彩陶、古代兵器、青铜器、红灯笼、黄包车……

　　23）饮食文化：团圆饭、年糕、中秋月饼、筷子、饺子……

　　24）传说神话：女娲补天、盘古开天地、后羿射日、夸父逐日、精卫填海……

　　25）神妖鬼怪：神仙、妖魔鬼怪、玉帝、阎罗王……

　　中国元素是中国传统文化的灵魂，是中国文化不可或缺的重要组成部分。被广大中国人民所认同的，凝聚着中华民族的传统文化精神，反映着民族的尊严与利益的形象、象征、习俗等，我们称之为"中国元素"。孕育着中国文化精神的中国元素将作为一种交流的载体，更好地展现博大精深的中国文化。中国元素是中国文化的具物化的一种体现，使抽象的文化概念具有了实物的展现。

第二节　荷花、茶、扇子、汉字、丝绸

一、儒家文化

　　儒家文化是儒家思想的外在表现形式。儒家文化的中心思想是孝、悌、忠、信、礼、义、廉、耻，"仁"是其核心内容。儒家文化的发展和传承，推动了中国文化的发展。中国文化与儒家文化有着紧密的联系。

　　儒家文化的特征：其一，以孔子为先师；其二，儒家经典书籍的丰富；其三，思想上的兼容并收；其四，内省；其五，理论与实

践相结合。

儒家文化的影响：其一，责任感思想、节制思想、忠孝思想是儒家的主流思想；其二，儒学历史悠久，影响着中国的方方面面。

儒家文化的地位：儒家是中国传统文化的核心与主体。

从儒家文化的文化特征、影响、地位来看，儒家文化在中国社会文化中发挥着重要的作用，身在中国的俄罗斯侨民作家无形之中会受到它的熏陶和影响。

中国俄罗斯侨民作家巴依科夫的《大王》《满洲公主》渗透着浓厚的儒家思想，正如李延龄教授在其论文集中所说，《大王》为中国传统的"天人合一"思想做了最好的注解，弘扬了中国的虎文化。

二、道家文化

道家思想崇尚自然，崇尚清静、无为。

道家思想的本质就是"道"，并把"道"作为一个整体来看待，认为其是世界的源泉，也是主宰世界一切运动的规律。《道德经》第二十五章写道："有物混成，先天地生。寂兮寥兮，独立而不改，周行而不殆，可以为天地母。吾不知其名，字之曰道，强为之名曰大。"

道家文化没有受到儒家文化的束缚，推崇以自然、中性为中心的"道"的哲学。世界发展有其规律性，道的哲学即解释此规律的内涵。

道家重视人性的自由与解放，讲究"人天合一""人天相应""修之于身，其德乃真"等。

瓦列里·别列列申，俄罗斯著名流亡诗人和翻译家，是南美洲最有声望和国际影响力的诗人之一。他1917年随父母来到哈尔滨，先后就读于哈尔滨商业学校、基督教青年会中学、哈尔滨北满工学院，1935年毕业于哈尔滨法政学院，在校期间就开始写诗。在中国期间，他先后到北京和其他地方游历，对中国的风土人情、传统文化非常熟悉。侨居巴西期间，他把屈原的《离骚》、老子的《道德经》和一些唐诗翻译成俄文。

三、佛教文化

发源于印度的佛教，传播到中国后，受到中国传统文化影响，逐渐发展成具有中国特色的宗教，成为中国传统文化中不可或缺的一部分。它对中国社会历史、哲学、文学、艺术等都产生了深层次多方面的长远影响。

佛教之所以能在具有五千年文化历史的中国得到传播，是因为佛教本身的宗教理念与中国传统文化兼容并蓄的内涵相得益彰。

佛教与中国传统文化的融合得益于佛经的翻译版本。最早的由外来的传教僧人翻译的佛经是汉明帝时代的大月氏国来的迦叶摩腾、竺法兰在洛阳白马寺译出的《四十二章经》。印度竺佛朗的《牟子理惑论》主张佛教思想与中国文化调和。

四、别列列申的诗《三个祖国》《最后一枝荷花》《湖心亭》

《三个祖国》
　　我出生在安加拉河畔，
　　那是一条湍急汹涌的河，
　　我生在六月，六月不冷，
　　但是我从未感受过炎热。

　　贝加尔湖女儿陪我玩耍，
　　像戏弄狗崽儿把我触摸，
　　刚开始粗暴地给予爱抚，
　　随后扇一巴掌抛弃了我。

　　分不清什么是经度纬度，
　　但机敏的我爱新奇亮色，
　　没曾想流落到丝茶之国，
　　那里扇子驰名荷花很多。

......

人生的遭遇看来也简单：
忽而是希望忽而是灾祸，
我在俄罗斯遭受驱逐，
又不情愿地离开了中国。

再次无家可归四处漂泊，
我不得不把剩余的岁月
在巴西的外省乡间度过，
巴西成了我第三个祖国。

......①

《最后一枝荷花》

......

荷花不惧伤残，
傲骨屹立亭亭，
俨然古代巨人，
独臂支撑天空。

我们也曾如此——
最终败于寒冬，
面对寒风凛冽，
我们如烟消融。

---

① 李延龄主编：《松花江晨曲》，谷羽译，哈尔滨：北方文艺出版社，黑龙江教育出版社，
2002 年，第 136-137 页。

我们曾像雄鹰，
蔑视昏暗迷梦，
避开灰尘弥漫，
展翅翱翔苍穹。

岁月飞速流逝，
快似冰雪消融，
我为自由弹唱，
独自一人飘零。①

《湖心亭》
山上的一片平地，
俯瞰湖水，风平浪静。
我们的船向中心划行——
那里是西湖的湖心亭。

燥热的风令人不悦，
没有树叶洒下的阴凉，
草地散发干旱的气味，
草叶的斑点微微发黄。

走进一座空空的小庙，
寂静中我们默默无言。
这里虽是炎热的中午，
却也无力驱散昏暗。

目光慈祥注视着凡尘，

---

① 李延龄主编：《松花江晨曲》，谷羽译，哈尔滨：北方文艺出版社，黑龙江教育出版社，2002 年，第 117-118 页。

那是金光笼罩的观音，
从天上，从无边智海
飘然降临，保佑我们。

无名的智化来到这里，
他是画家，也是和尚：
一幅幅图画语言精妙，
似在墙壁上放声歌唱。

啊，这荷花永不凋谢，
雨中的荷叶卓然挺立；
有几位圣贤不知疲倦，
端坐在松林的浓荫里。

一把把扇子永远展开，
一只只黄莺歌声嘹亮，
今天、明天一如昨天，
它们歌唱夏日的风光。

依依不舍离开了寺庙，
我们重新看待生活，
生活的画卷斑驳多彩，
我们的心将变得温和。

须知芦苇和花上蝴蝶，
同样也可以生存久远，
只要用妙笔轻轻描绘，
翩翩性灵凝聚在笔端。①

---

① 李延龄主编：《松花江晨曲》，谷羽译，哈尔滨：北方文艺出版社，黑龙江教育出版社，2002 年，第 126-127 页。

荷花：

荷花是我国的传统名花。关于荷花的记载有很多：《周书》有"薮泽已竭，既莲掘藕"；《尔雅·释草》有"荷，芙蕖，其茎茄，其叶蕸，其本蔤，其华菡萏，其实莲，其根藕，其中菂，菂中薏"；《诗经》有"山有扶苏，隰有荷华""彼泽之陂，有蒲与荷"。

荷花以其出淤泥而不染的特质，象征着纯洁无瑕，成为许多人所追求的高尚品德的象征。荷花不仅是纯洁与友谊的象征，也是传递这些美好品质与精神的使者。

春秋时代的青铜器珍品"莲鹤方壶"上的荷花图案生动地展现了荷花在当时社会精神中的重要地位。北宋时期的周敦颐则以其名句"出淤泥而不染，濯清涟而不妖"颂扬了荷花的纯洁之美，描绘了荷花在清水中挺立的形象，展现了其高雅的气质和坚韧的品格。荷花以其清廉、纯洁和高雅的品质，在人们心中成为真善美的代表。

别列列申在其诗作中用"迎骄阳而不惧，活像一支战旗"来形容荷花，这反映了他在祖国动荡时期离乡背井的复杂情感。他以荷花自比，展现了荷花般的坚韧与勇敢，直面生活中的种种挑战。

别列列申对荷花之美深感震撼，对中国文化的深邃产生了浓厚的兴趣。他对荷花的理解和感悟已经超越了普通的中国俄罗斯侨民作家。

扇子：

中国扇文化与竹文化、佛教文化等都有很深的渊源，是我国传统文化中不可缺少的一部分。

中国扇文化有着悠久的历史渊源。古人云："以木曰扉，以苇曰扇。"最早用苇做成的扇子是权力的代名词，扇子最初并不是用来消暑，而是达官贵人炫耀地位、特权的工具。随着大量羽扇、纨扇出现，文人墨客把它看作"怀袖雅物"，在饮酒作诗、作赋时，常常摇扇。

扇文化继承了中国传统文化的精髓，它以承载字画的形式充分彰显了中国传统文化的博大精深，是运筹帷幄、决胜千里、大智大勇的象征。展开扇子的过程象征着一个人心胸的宽大和海纳百川的气魄；合上扇子的过程寓意着人与人之间的和谐。扇子诠释了优秀的中华民族精神。扇子打开的形状寓意吸取文化之精华，兼容并蓄，更好地继承、发扬中华民族精神，使之被传承下去。

经过上述分析，要了解瓦列里·别列列申诗中的中国元素到底是一种什么意象，就要从他的生活经历谈起，这有助于我们更进一步地认识和研究他的作品。

诗人兼翻译家瓦列里·别列列申的中文名叫夏清云，1935 年毕业于哈尔滨法政学院，在校期间他开始学习汉语、研究中国文化，特别是对中国诗歌产生了兴趣，有时候尝试把简单的中国古诗翻译成俄语。此外，他也开始写诗并发表作品。

1938 年底，在学习中文三年后，他翻译了一首中国古诗（这首诗的题目是《伊州歌》）。

1940 年春，他从伊万·谢列布连尼科夫手里得到一本从英文转译的中国古诗集《中国诗歌之花》。

1940 年秋天从哈尔滨重返北平时，他已做好准备，去了解北平文化，并接触了北平的普通百姓，了解了他们生活的环境和文化。在北平期间，他多次游览了北海公园，因那里的佛塔、亭的美而惊叹。

1940 年底到 1941 年初，在创作诗歌的同时，他也花很多时间阅读中国哲学、宗教、历史和文学的著作。他有时去参观北平的寺院和孔庙，可见，佛教已成为其生活的一部分。

1942 年，他写了大量诗歌，并在一些涉及中国主题的诗歌中融入了自己的宗教观。此外，他还继续翻译中国古诗（绝句、律诗），并把这些诗收录在《秋荷》中。在中文老师唐先生的辅导下，他还尝试翻译了《木兰辞》。

1943 年 11 月到上海之后，他继续加紧学习中文，并研究中国诗歌和哲学。

1945 年他翻译了白居易的《琵琶行》。同年他为肖格列夫所在的出版社翻译落华生的短篇小说和中文报纸上的文章等。

1947 年他通过翻译家戈宝权了解了中国近现代史上著名作家

（鲁迅、郭沫若、巴金、臧克家等）的作品，以及鲁迅的《药》及诗歌《所闻》的译本。此后，他完成了对《木兰辞》的翻译，并接触了屈原的《离骚》，最终完成了对其的翻译。另外他熟读了老子的《道德经》。

1967 年 Я. Н. 戈尔波夫在巴黎俄罗斯侨民文学月刊《复兴》中提到，瓦列里·别列列申在 1944 年出版于中国的诗集《牺牲》中，展现了中国人文风情及其诗歌中的中国形象。

阿列克西斯·兰尼特甚至认为，对瓦列里·别列列申而言，有时候中国比俄罗斯显得更亲切、更令人迷恋。

尤里·伊瓦斯克、西蒙·卡尔林斯基、阿列克西斯·兰尼特都曾与瓦列里·别列列申在信中交流过，对他有所了解，能够体会他对中国历史文化的理解和对中国的热爱之情。

瓦列里·别列列申在《三个祖国》这首诗中提到了丝绸、茶、扇子、荷花等典型的中国意象。他从俄罗斯来到中国，由于文化的差异，这里的一切都使他感到陌生和新奇。他从一个中国人的视角，把研究中国博大精深的文化当作自己的使命。从陌生到欣喜，再慢慢地由欣喜到爱，这种情感的变化，反映了别列列申对中国不一样的情愫和眷恋。

丝绸和茶是中国古代最负盛名的产品，瓦列里·别列列申走遍了中国的大江南北，追寻中国悠久文明历史文化的印记。丝绸和茶是让他感触最深的，这种感触包含了儒家文化对他的影响，更使他从内心对中国文化充满虔诚与热爱。

继而他借扇子和荷花来把自己完全融入这种文化之中，扇子和荷花是中国古代文人的至爱，扇子是智慧的象征，而荷花代表了文人"出淤泥而不染，濯清涟而不妖"的品质。瓦列里·别列列申试图以正宗的中国知识分子自居，来表明中国也是自己的"祖国"，这个国度博大精深的文化已经融入自己的内心深处。

从瓦列里·别列列申在中国生活的经历来看，他在了解了中国文化的基础上，领略到了老子的"人化自然"思想，透过茶道来突显人渴望回归自然，在品茶时亲近自然、聆听自然，达到人与自然的交融，在精神上通过品茶去理解自然的规律性。人化自然，是道家"天地与我并生，而万物与我唯一"的思想，这正与作者内心渴望平静的追求相吻合，其诗是对这一理念的最好诠释。

茶道精神中渗透着道家"天人合一"的哲理，使品茶人渴望回归自然、亲近自然。因此，瓦列里·别列列申以中国茶人自居去领略"情来朗爽满天地"的激情以及"更觉鹤心杳冥"的那种与大自然达到"物我玄会"的绝妙感受。

瓦列里·别列列申是由于战争离开了祖国，侨居在中国，因此他内心渴望拥有安静舒适的生活：远离尘世的喧嚣，向往陶渊明式的桃源生活，手持一杯清茶，从茶香中品味着"茶几人生"，在世间纷纷扰扰的社会万象中感受茶带来的清净。

作品中所出现的这些典型的中国元素（荷花、丝绸、茶、扇）已经融入别列列申的血液中，使其成为名副其实的汉学家，他对中国文化的了解、认识、研究是其他中国俄罗斯侨民作家无法比拟和超越的。

五、贝塔的诗《满洲的抑扬格》

《满洲的抑扬格》
不止一次我曾经考虑，
离开家门去荒僻之地，
住进那里的低矮平房，
房子的窗户窗格很密；
靠窗的火炕十分暖和，
窗上糊纸，不安玻璃。
用筷子吃炖好的猪肉，
喝的茶略微有些苦味，
坐着非常光滑的苇席。
然后就抽烟，就画画，
就在绢上写写毛笔字——
我的生活将变得明朗，

明净开朗像这些字体。①

茶：

茶文化使茶与文化紧密地联系在一起。茶文化是茶艺与精神的结合，由茶艺去诠释中国文化的博大精深。

中国茶道融入了道家的思想精髓，将自然界中的万事万物人性化，强调人与自然的和谐。

中国茶文化是一种"行"与"心"的文化，它把喝茶与生活哲学有机地融合在一起，从而达到了"茶是人生"的哲学境界。在茶文化与中国的儒释道融合之后，就形成了以茶礼、茶德、茶道、茶艺为主要内容的中国茶文化。

汉字：

汉字有 5000 多年的悠久历史，中国传统文化在各个时代、各个地区的发展和演变都在汉字上留下了深刻的印记。现如今中国的汉字被认为是维系中国南北长期处于统一状态的重要因素之一，汉字甚至被列为中国第五大发明。

丝绸：

丝绸文化在中国历史上占有重要的地位。究竟什么是丝绸文化呢？丝绸文化指的是人们在丝绸生产和生活的实践过程中，在精神文明和物质文明两个方面所体现出来的各种形式的文化，特别集中反映在与丝绸相关的历史记载、文物遗迹、诗歌文章、人物传记、工艺美术、织绣产品、雕刻绘画、宗教信仰、风俗礼仪、蚕桑丝绸生产等各个领域之中。丝绸文化是中华文明和世界文明的重要组成部分。②丝绸不仅在中华文明中十分重要，其在世界上也占有举足轻重的地位。

丝绸是中国传统文化的象征，中国的丝绸之路在中华民族文化传播的过程中起到了重要作用，对世界人类文明的发展做出了突出

---

① 李征妗主编，《松花江晨曲》，谷羽译，哈尔滨：北方文艺出版社，黑龙江教育出版社，2002 年，第 85 页。

② 钱小萍："丝绸文化的主要特征"，《丹东师专学报》，2001 年第 1 期，第 49 页。

的贡献。丝绸之路给欧洲带去的不仅仅是物质化的丝绸服饰，更重要的是带去了中国绚烂多姿的文明。丝绸自然而然就成了中国文明的传播者和象征。

丝绸文化是中华文明和世界文明的重要组成部分，丝绸把东西方文明联系到了一起，为东西方文明的传播和交流做出了贡献，使得东西方文化在相互交融中得到发展。

中国丝绸文化首先是一种物质文明，其次是制度层面上的文化，最后同样蕴含着中国人独特的理念——中国人的宗教、道德、政治、经济、外交、美学、价值观等都会影响到中国的丝绸文化，这就是中国丝绸文化独特的理念层次。

丝绸文化不仅仅代表中国的物质文明，更重要的是丝绸文化蕴涵着中国人的宗教观、道德观、政治观。

六、本节小结

中国俄罗斯侨民文学作品中融入了丰富的中国元素，这些元素不仅丰富了作品的内涵，也反映了中俄文化交流的深入。荷花、扇子、汉字、茶、丝绸等元素，各自以其独特的文化意义，成为连接中俄两国文学的重要桥梁。

荷花，作为中国文化的象征，代表着纯洁和高雅，常被用来比喻人的品格。在中国俄侨文学作品中，荷花不仅是自然景观，更是对精神追求的隐喻。

扇子，作为中国传统文化的典型物品，不仅具有实用功能，更承载着深厚的文化内涵。在文学作品中，扇子往往象征着遮掩、遮蔽或是一种情感的表达。

汉字，作为世界上最古老的文字之一，其独特的书写方式和丰富的文化内涵，在中国俄侨文学作品中成为传递情感和思想的工具，展现了中俄文化交流的深度。

茶，作为中国的国饮，不仅是一种饮品，更是一种生活方式和哲学。在中国俄侨文学作品中，茶常常与宁静、深思和人际交往联系在一起，反映了侨民对东方文化的理解和认同。

丝绸，作为中国传统的奢侈品，象征着财富和地位，也是中国对外交流的重要媒介。在中国俄侨文学中，丝绸不仅是一种物质文化的体现，更是文化交流的象征。

第三节　龙

在中国神话和传说中，龙为神兽，其特征为：蛇身，蜥脚，鹰爪，蛇尾，鹿角，鱼鳞，口角有须，额下有珠子。龙是以夏图腾为主体的虚拟想象物。古时候人们对自然现象不能做出解释时，就把这种超自然现象视为图腾，于是龙的形象便被勾勒出来：像鱼一样能在水中游弋，像鸟一样能在天空飞翔。被人们视为图腾的龙渐渐成了"九不像"的样子。《本草纲目》则称龙有"九似"，为兼备各种动物之所长的异类，春分登天，秋分潜渊，呼风唤雨，无所不能。

一、弗谢沃罗德·伊万诺夫的诗《龙》和阿尔谢尼·涅斯梅洛夫的诗《龙的传说》

俄罗斯侨民作家、编辑弗谢沃罗德·伊万诺夫，1911 年毕业于圣彼得堡大学，参加过一战；后移居哈尔滨，曾担任报社记者；1921 年在哈尔滨出版诗集《火热的心》；1922 年移居天津；1936 年搬到上海，主编《我的杂志》；1945 年回苏联，定居在哈巴罗夫斯克，从事文学创作活动，是苏联作家协会会员。他侨居中国期间所作的诗歌中常涉及中国的民风民俗和传统文化。

阿尔谢尼·涅斯梅洛夫 1892 年生于莫斯科，1945 年逝世于格罗杰格沃。他 1924 年以后来到中国，是中国俄罗斯侨民文学领域最富有代表性的作家之一，对中国俄罗斯侨民文学的发展做出了重要贡献，著有诗集《诗歌》《白色舰队》、小说《寻找上帝的人》《沿着爱情的足迹》《红头发莲卡》等。

《龙》
尿脬灯笼。膨胀如白梨，
像珍珠似的微微发亮。
灯笼的上方有一条龙，
角呈棕色，躯体盘绕细长。

注视那龙形，默默倾听：
"很久很久以前的古代，
泛滥的洪水回归沟壑，
陆地从水中显露出来——

那时的树木枝节相等，
大地有雾，动物长羽翎，
河中的岛屿繁衍着生命。
那时可怕的龙会飞行，
神奇时代的最后一个人——
一个中国人认识了云中龙。"①

《龙的传说》
它有过什么名称，
这事早已失传，
已经不再有谁记得起是在哪一年。
沿长江溯流而上
（传说是这样流传）
曾经破天荒行驶
第一艘远洋轮船。

---

① 李延龄主编：《松花江晨曲》，谷羽译，哈尔滨：北方文艺出版社，黑龙江教育出版社，2002 年，第 359-360 页。

一个英国船长
戴顶白色的航海帽，
穿身粗帆布制服，
驾驶它走在航道。
已是黄昏的时分，
紫红色把天宇笼罩，
长江宽阔的水面
在夕阳余晖下辉耀。

在已有倦意的风里，
绳索时不时颤一下，
仿佛某个人头上那
根根金黄色的头发……
无忧无虑的水手们唱着歌，
回忆那
别样的天宇之下……

有一个农民
温顺又胆小，
他从岸边，
从苇秆茅屋往外
望着这轮船，
望着黑色烟涛，
并给了它
鬼东西称号。

于是……在那里，
太阳像一个
红铜色的圆盘，
垂向嶙峋陡崖的

板岩石板——
在较近的远处
突然出现了
袅袅升起的
黑云的蛇……

从黑云的烟雾中，
向板岩石板的峭壁，
悄悄地爬出
一条大得出奇的
有一千个翅膀的
火焰的龙，
把暗淡的天际
染成了一片紫红。

于是，
始终不渝地
看守大江的
它，
打碎了暮色苍茫的
水面的玻璃，
张开了大嘴巴——
顷刻间它把
鸣响了汽笛的
敌方轮船吞下。

又隐匿不见了……
太阳正在沉降……
每一股水流
都在胜利地歌唱。

龙身上的鳞
在波涛的火焰中
严峻地映照出来，
直到黎明。

一些年过去了，
几十年过去了，
童话中破灭了的
安适消失了，
但是——
一如当年，
即使在这动荡的年代，
人们仍记得
并歌唱这传说……

歌唱着……
无言的闪电的烟火……
不时地突然冒出火焰……
两岸是黑魆魆的……
英国炮舰上的站岗者
清醒着。
沉默着。
对敌人有警觉。
疲惫的风
吹拂着帆布，
也温柔地絮叨着暴风雨……
蔚蓝的长江水
在闪电的辉光里

弯下龙的脊背。①

　　两首诗中的赞美对象都是中国传统文化中的龙文化。中国龙文化不仅融合了佛教文化，也融合了基督教、伊斯兰教等宗教文化。《大秦景教流行中国碑》就在陕西西安碑林博物馆，此碑是基督教进入中国的见证。此碑的额头雕刻，为双龙盘顶，碑身也由龙子赑屃驮起——象征了中国龙文化对外来文化的融合。

二、龙文化

　　龙是中华民族的图腾、精神象征、文化标志。著名龙凤文化研究专家庞进，在接受旅游卫视《文明中华行》栏目采访时，用"容合、福生、谐天、奋进"来概括龙的精神。他解释说，容合，即兼容、包容、综合、化合，是世界观、方法论。福生，即造福众生，是价值观、幸福论。谐天，即与大自然相和谐，是天人观、生态论。奋进，即奋发进取、开拓创新、适变图强，是人生观、强盛论。②

　　对龙文化的定位，庞进则认为，龙是中国古人对自然界中的蛇、鳄、蜥、鱼、鲵、猪、鹿、熊、牛、马等动物，以及雷电、云、虹、龙卷风等天象经过多元融合而创造的一种神物。其实质，是先民对自然界、宇宙力的认知和神化。经过至少八千年甚至上万年的演进和升华，龙已成为中华民族的广义图腾、精神象征、文化标志、智慧结晶、信仰载体和情感纽带。海内外华人大都认同自己是人文意义上的龙的传人。龙文化既是根源文化，也是标志文化；既是传统文化，也是时尚文化；既是民间文化，也是官方文化；既是物质文化，也是精神文化；既是微观文化，也是宏观文化；既是中国文化，也是世界文化。龙文化能够吸引、团聚海内外中华儿女、龙的传人，能够和世界各种文明相对接、相融通；弘扬龙的精神，能够推进海

　　① 李延龄主编：《哈尔滨，我的摇篮》，顾蕴璞、李海译，哈尔滨：北方文艺出版社，黑龙江教育出版社，2002年，第89-92页。

　　②《庞进谈龙文化精要提出〈龙凤十不〉》，龙凤文化，http://www.loongfeng.org/pang-jin-tan-long-wen-hua-jing-yao-ti-chu-long-feng-shi-bu/

峡两岸的统一，助力"一带一路"倡议，助推中华民族伟大复兴的中国梦的实现，促进世界和谐、文明发展。①

在中国龙文化中，龙的各部位都有其特殊的寓意：前额象征聪明智慧，鹿角象征社稷和长寿，牛耳象征名列魁首，虎眼象征威严，鹰爪象征勇猛，剑眉象征英武，狮鼻象征富贵，金鱼尾象征灵活，马齿象征勤劳和善良。

中国人世世代代崇拜龙，庞进认为，一是历代帝王用龙树立自己的权威，是因为龙具有通天的功能，龙便成为一些神仙和古帝王的乘御对象；二是龙崇拜中含有自然崇拜，是因为龙是人们心目中的司水灵物，为了风调雨顺、五谷丰登，人们将龙视为保护神。

闻一多先生对中国的龙文化做出了极高的评价：龙族文化做了我国几千年文化的核心。

为什么中国龙文化具有如此博大精深的凝聚力呢？中国龙文化究竟具有什么样的精神内涵呢？

第一，龙的观念：中国龙的形象中蕴涵着天人合一、仁者爱人、阴阳相融、兼容并包的多元文化观。

第二，龙的理念：天、地、人的和谐。

第三，龙的精神：龙的足为九州列土封疆，龙的心为民族寄托希望，龙的魂为华夏谱写篇章，龙的骨为中国铸造脊梁。

三、本节小结

弗谢沃罗德·伊万诺夫和阿尔谢尼·涅斯梅洛夫一定是对中国的龙文化有深刻的了解、认识和研究，才能写出这么优美的诗。他们在侨居中国期间受到中国文化的影响和熏陶，龙文化是中国文化的典型代表，能够反映在他们的作品中不是一种巧合。

他们同以龙作为诗的描写对象，但刻画的角度不一样。

弗谢沃罗德·伊万诺夫的诗的第一节通过装饰灯笼上的龙图案

---

① 《庞进谈龙文化精要提出〈龙凤十不〉》，龙凤文化，http://www.loongfeng.org/pang-jin-tan-long-wen-hua-jing-yao-ti-chu-long-feng-shi-bu/

来刻画龙的外部特征，第二节作者在注视龙图案的时候，其思维跳跃到了遥远的古代，回到了人类懵懂的时代。此诗的最后一句"一个中国人认识了云中龙"指出了是中国人最先走出蒙昧的古代。在此诗人将龙比作中国的民族精神，折射出了中华民族精神的博大精深、历史悠久。

阿尔谢尼·涅斯梅洛夫将龙比喻为中国。中国社会经历了历史沧桑的变化，遭受了帝国主义的侵略，但她始终坚强不屈，用宏大的胸怀去包容一切，去感化一切。这体现了中华民族坚强不屈、坚韧不拔的民族精神。

第四节　佛

佛教从印度传到中国后，经过漫长的发展演变，逐渐形成了中国特有的佛教文化。

中国佛教注重个人修行、普度众生、大慈大悲、教人从善。

东正教是一种以基督教为基础的宗教，它和天主教、新教一起，被称为基督教的三大教派。

中国佛教和俄罗斯东正教在一定程度上存在相容性，即都注重个人修身养性与博爱。

一、阿尔谢尼·涅斯梅洛夫的诗《在中国》和尼古拉·斯威特洛夫的诗《千手观音》

中国佛教和俄罗斯东正教在信仰上存有某些共同之处，才使中国的俄罗斯侨民作家有可能在信仰东正教的同时接受中国的佛教。如：

《在中国》

狭窄的窗户。状如

椭圆形柠檬的街灯，

像是个镀金的标记，

在蒙蒙水汽烧成。

你会想：快精心描绘
带脊屋顶的角部、
淡紫鸢尾花般的星星、
海市蜃楼般的蓝雾。

天空……并非堆满了。
多世纪山口上的铜矿，
那是用浮云塑成的
十九尊罗汉的庙堂。①

　　罗汉和庙宇是中国文化的典型代表。诗中的意象是十九尊罗汉，然而在中国的传统文化中，通常为十八罗汉。在中国佛教文化中，十八罗汉的出现与中国传统文化中对数字十八的喜好有关。"十八"在中国传统文化中是一个吉利的数字，中国传统文化中的许多数量表达都用"十八"。佛教中也有许多"十八"，如《十八部论》和"十八界"等。

　　罗汉的形象——出家比丘相、身着袈裟，是中国佛教中最为质朴的象征。诗人只是在意境中勾画了一尊罗汉，这尊罗汉是诗人遐想中的自己，诗人渴望自己能像罗汉一样六根清净。

　　从这首诗中，我们可以看出诗人对中国佛教文化有一定的了解和认识。

　　诗歌中所出现的罗汉和寺庙，不是诗人凭空想象的，因为诗人来到中国后，目睹了寺庙的幽静，加上自己对中国历史文化的认识和了解，才能行云流水般地将其运用到诗歌中。反之，如果没有对中国历史文化的了解，那么这些典型的中国文化元素如罗汉、庙堂等也不会出现在诗歌之中。

　　尼古拉·斯威特洛夫，生卒年不详，俄罗斯侨民诗人，曾在哈

------

　　① 李延龄主编：《哈尔滨，我的摇篮》，顾蕴璞、李海译，哈尔滨：北方文艺出版社，黑龙江教育出版社，2002年，第1-2页。

尔滨商学院学习三年，在校期间就开始写诗并发表作品；1931 年移居上海；曾在杂志《帆》编辑部工作，在《言论》《新路》《上海霞光》等报刊上发表诗作；1934 年在上海出版一本诗集；后回苏联，大约在 20 世纪 70 年代初去世。他的诗清新自然，富有生活气息，有些涉及中国的风土人情、民间艺术，选材角度新颖。

《千手观音》

……

言而有信，照你的吩咐，
白昼的太阳不再升起。
我开始祷告，双膝下跪，
祈求黑色的无形天体。

我开始钻研艰深的佛法，
以石为鉴，处处孤单，
拜倒在威严神像的脚下，
自称先知，为神代言。

……

在那里寻找千手观音，
她的身体为青铜铸就，
淡蓝的香烟如丝如缕，
怯懦地触及她的衣袖。

……

观音啊，你目光威严，
凝视着虚幻的九霄云外，
你四周的神和我一样，

像祈求面包祈求你的爱。

这就是你啊，世世代代，
亿万年不变，始终如一；
这些庙宇佛塔供奉你，
闪烁星光，你最美丽！①

在此诗中，诗人虽然以《千手观音》为题，但却巧妙地将多种中国元素（佛法、神像、名刹、烧纸、弥勒佛等）融入其中，形成了一幅丰富多彩的文化画卷。

二、本节小结

《在中国》这首诗共三小节，第一小节描写了狭小的窗户、椭圆形柠檬的街灯，透过这些生活居所中常见的事物，诗人不仅把记忆翻到了漂泊前的日子，而且还回想到了自己原来所生活的地方——自己的家，自己的祖国，现在他却寄居在异地他乡。简简单单的两种事物的描写烘托了诗人当时复杂的心情。第二小节提到了带脊屋顶的角部、淡紫鸢尾花般的星星、海市蜃楼般的蓝雾，这是诗人把自己的思绪带到了遐想之中。第三小节中描写了山口上的铜矿、用浮云塑成的十九尊罗汉的庙堂，这是诗人当时所寄居的地方。

第五节　中国新年

中国新年，即春节，是中国最重要的节日。古人有关于新年的描述。北周庾信《春赋》："新年鸟声千种啭，二月杨花满路飞。"唐朝白居易《绣妇叹》："连枝花样绣罗襦，本拟新年饷小姑。"宋朝吴

---

① 李延龄主编：《松花江晨曲》，谷羽译，哈尔滨：北方文艺出版社，黑龙江教育出版社，2002年，第226-227页。

自牧《梦粱录·正月》："正月朔日，谓之元旦，俗呼为新年。一岁节序，此为之首。"

一、尼古拉·斯威特洛夫的诗《中国的新年》

> 突然转折的寒冷夜晚……
> 明天就是中国的新年！
> 咚咚咚！……锵锵锵！
> 到处都是欢乐的声响。
> 大鼓小鼓拼命地敲打，
> 开怀畅饮，特别热闹，
> 全中国的人民都喜欢，
> 高高兴兴欢度旧历年。
> 胡琴、喇叭还有锣声，
> 有板有眼地响个不停，
> 蹦蹦跳跳的民间舞蹈，
> 让人陶醉，神魂颠倒。
> 空中好像是雷声隆隆，
> 万千鞭炮在一起轰鸣，
> 噼里啪啦！嗵嗵！嗵！
> 爆竹声震得耳朵嗡嗡……
> 赶走邪恶有害的妖魔——
> 远远离开贫寒的房舍，
> 中国人就是这样过年，
> 为的是一家平平安安，
> 还要祈求善良的神明，
> 保佑他们的买卖兴隆，
> 万事如意，心情欢快，
> 各种鬼祟不兴妖作怪。
> 生活充满美好的幻想，
> 就连走路都喜气洋洋，

人们说话像在俄罗斯，

见谁都说："新年新禧！"①

二、新年文化

北宋王安石《元日》：

爆竹声中一岁除，春风送暖入屠苏。

千门万户瞳瞳日，总把新桃换旧符。

春节，是中国人最看重的一个节日。根据历史记载，春节可以追溯到商朝，是一年中最早的一天。不过，那时候的春节，不是农历的第一天，而是"腊日"，也就是后来的腊八。南北朝以后，"腊祭"一直延续到年底。在古代，"春节"还没有被称为"春节"，直到民国时期，人们才开始使用公历，将正月的第一天定为现在的"春节"。

由于受封建迷信思想的影响，古代中国人过年带有迷信的色彩。与鬼神有关的字眼在过春节时尤为敏感，进而发展为春节期间主要的事情是扫除"妖魔鬼怪"。在民间，人们要供奉"灶王爷"，这是一种象征，代表着一年中的好运气，也代表着丰衣足食。每一户人家都要打扫卫生，防止生病。腊月三十，还得贴门神、贴春联、贴"福"字、贴"春"字、剪窗花、蒸米糕、吃饺子、放鞭炮，在除夕夜守着，在新年第一天互相拜年庆贺。

在中国悠久的历史和文化中，春节象征着中国人的团圆、幸福和希望。

据记载，春联的最初形式是"桃符"。人们在桃木板上写对联，桃木一则可以镇邪，二则可以寄托人们的美好心愿，三则可以装饰门户，以求美观。后来又发展到在象征喜气吉祥的红纸上写对联，当新年到来的时候，把春联贴在门窗两边，表达旧的一年即将过去、新的一年即将到来，有辞旧迎新之意。

---

① 李延龄主编：《松花江晨曲》，谷羽译，哈尔滨：北方文艺出版社，黑龙江教育出版社，2002年，第207-208页。

而最早的爆竹，是指燃竹而爆，因竹子焚烧发出噼噼啪啪的响声，故将其命名为"爆竹"。《神异经》有云："西方山中有焉，长尺余，一足，性不畏人。犯之令人寒热，名曰山魈惊惮，后人遂象其形，以火药为之。"

民间流传着这样一个说法：因妖魔鬼怪害怕火光、响声，所以到了除夕，人们便点燃鞭炮，驱赶它们。过年放鞭炮、点红烛、敲锣打鼓逐渐变成了欢庆新春的习俗。

在新的一年到来的时候，家家户户开门的第一件事就是放鞭炮。爆竹即鞭炮是中国新年的典型象征。放鞭炮可以增添欢快喜庆热闹的氛围，是逢年过节的一种庆祝活动，可以让人们体验热闹的气氛。

拜年最早始于明朝。据明朝陆容《菽园杂记》记载，朝官往来，不管认识与否都要互拜，百姓则各拜亲友。

"拜年"在中国民间已经成了一个传统的风俗，人们在春节期间到亲戚朋友家里串门，互相拜年，互相问候。元朝欧阳玄《渔家傲》写道："绣毂雕鞍来往闹，闲驰骤，拜年直过烧灯后。"新年的第一天，全家老老少少都要早早起来，穿上新年的服装，相互拜年，希望在新的一年里万事大吉。

三、本节小结

王安石希望在新春之际，家家户户都兴高采烈地迎接新春，期盼新春能给家家户户带来新的希望和幸福。

中国诗人王安石在诗中希望每个人都要有所期、有所盼，中国俄罗斯侨民诗人尼古拉·斯威特洛夫亦是如此。

尼古拉·斯威特洛夫在侨居中国期间，亲身经历了中国人过新年的欢快景象。对每个中国人而言，一年中最重要的时刻，就是家家户户老老少少都聚集在一起，欢度新年。诗人在诗歌中借助中国元素如鼓、胡琴、喇叭、锣、民间舞蹈、鞭炮等表达娱乐欢快之情的事物来渲染中国人过新年的欢快气氛。

在这首诗中，诗人指出，中国人过春节是为了全家平安、祈求善良的神明赐福于他们，使他们生意兴隆、一切顺利、心情愉快，

使各种鬼魅不作怪。贴春联、放鞭炮、大年初一给长辈拜年等一些
节日习俗，都散发着浓厚的节日气氛，让身在异国他乡的诗人感觉
像在祖国过年一样。听到鞭炮的响声，看到嬉戏的孩子们和忙得不
亦乐乎的大人们，见到年长者坐在家里接受晚辈们的祝福，这里的
一切让诗人仿佛回到了家里一样，节日的喜庆气氛勾起了诗人对家
乡的思念之情。

　　新年是团圆幸福的象征。可见，诗人在中国所见到的过新年的
景象，就如同在俄罗斯过新年一样。虽然诗人身处异国他乡，每个
国家和民族过年的习俗不一样，但那种欢快热闹、全家喜气洋洋、
到处都散发着欢乐的气氛是一样的，诗人被中国人民过新年的气氛
所感染。

第六节　松花江、杭州

　　著名的俄罗斯侨民诗人阿列克谢·阿恰伊尔于 1912 年来到哈
尔滨，侨居中国二十余年，一直坚持诗歌创作。他的诗歌作品题材
丰富，内容深沉，具有高度的艺术性和审美价值。

一、阿列克谢·阿恰伊尔的诗《松花江》

　　　　晚霞似藏红花照着一江乳汁，
　　　　舔着奶水的是条条火舌，
　　　　从石头江岸远望，周围是
　　　　起伏不定的火红原野……
　　　　像满洲面粉烙的一张大饼，
　　　　天空的蔚蓝不停地伸展，
　　　　沿着奶油般肥腻的江水，
　　　　缓缓驶过装得满满的货船……
　　　　被单当船帆；婆娘与麻袋……
　　　　汗水淋淋的赤裸胸膛……

月亮想出了绝妙的游戏，
夜晚在江面洒下闪烁的银光……
浸在江水里的番红花，
触摸人的躯体，躯体柔软，
风像挣脱了锁链，大声吼叫，
江上的夜空变得白茫茫一片。
源于传说以及佛的理念，
现实在泪水与尘土中跳动……
奶汁似的江水流速凶猛，
四周景物如灰色丝绦缓慢爬行。①

"松啊察里乌拉"是松花江的意思，也叫"天河"。在上古时期，这条大河从东北流向鞑靼海峡，被称为"混同江"。从东晋到南北朝，这条大河被称为"速末水"，其下游则被称为"难水"。在隋唐时期，这里的上游被称为"粟末水"，下游被称为"那河"。辽王朝时，整个河流的上游和下游都被称为"混同江"，又称为"鸭河"。到了金时代，上游被称为"宋瓦江"，下游被称为"混同江"。元代时，上游和下游被称为"宋瓦江"。"松花江"这个名称是明宣德年间开始使用的。

二、阿列克谢·阿恰伊尔的诗《杭州》

胡琴、琵琶弦乐交织，如蜂群嗡嗡，
杭州沉溺在花丛，轻轻呼吸在梦中。
此前的生活像无处栖身的荒山野岭，
而这一刻繁花竞放，童话一般新颖。

……

---

① 李延龄主编：《松花江晨曲》，谷羽译，哈尔滨：北方文艺出版社，黑龙江教育出版社，2002年，第34页。

散发出甜香，气味如烟让人困倦，
清风双手无形把我引向涅槃之境，
只有它——蓝色的拱顶完美从容，
庇护着敞开的心尚未平复的伤痛，

只能借休闲，借梦，像无垠飞行，
胡琴、琵琶、三弦、埙的欢快呼声，
震颤的锣响，水乳交融，和谐永恒，
香烟飘如云，星星——通天的途径。[①]

胡琴，蒙古族弓拉弦鸣乐器。元代文献称其为"胡琴"。汉语直译为勺形胡琴，也称马尾胡琴。其历史悠久，形制独特，音色柔和浑厚，富有草原风味。北宋沈括《梦溪笔谈》中有"马尾胡琴随汉车"之句。张星烺译《马可·波罗游记》中载："鞑靼人又有一种风俗。当他们队伍排好，等待打仗的时候，他们唱歌和奏他们的二弦琴，极其好听。"

琵琶又称"批把"，最早见于史载的是汉代刘熙《释名·释乐器》："批把本出于胡中，马上所鼓也。推手前曰批，引手却曰把，象其鼓时，因以为名也。"

三弦，又称"弦子"，我国传统弹拨乐器。柄很长，音箱方形，两面蒙皮，弦三根，侧抱于怀演奏。元王实甫《北西厢弦索谱》即以三弦为伴奏乐器。

埙是我国特有的闭口吹奏乐器。埙的由来，很有可能是远古时期的人们为了捕捉食物，模仿飞禽走兽的鸣叫而制造的。后来，随着社会的发展，它演变为纯粹的乐器，且人们逐步在其上添加了音孔，使其成为能够演奏音乐的调性乐器。在中国最早的诗歌总集《诗经》里就有"伯氏吹埙，仲氏吹篪"。

---

① 李延龄主编：《松花江晨曲》，谷羽译，哈尔滨：北方文艺出版社，黑龙江教育出版社，2002年，第47页。

锣鼓是滇池一带的濮族人与骆越部族壮族祖先共同使用的乐器，其音色和音质都很好。在明清昆曲中，锣起着很大的作用，清朝李斗的《扬州画舫录》中就有关于"云锣""小锣""大锣""汤锣"等的记载。

杭州西湖旧称武林水、钱塘湖、西子湖，宋代始称西湖。它以秀丽的湖光山色和众多的名胜古迹闻名中外，被誉为人间天堂。西湖的美在于晴天水激滟，雨天山空蒙。无论雨雪晴阴，无论早霞晚辉，都能变幻成景。西湖在春花、秋月、夏荷、冬雪中各具美态。

三、瓦西里·洛基诺夫的诗《啊，松花江上的都城！》

瓦西里·洛基诺夫，文学家、诗人，1891 年出生于叶卡捷琳堡，1946 年去世于哈尔滨。

瓦西里·洛基诺夫毕业于圣彼得堡大学。他于 1919 年底前往日本，之后来到中国东北。其代表作品有短篇小说集《亚尔——马尔》、诗集《诗中的哈尔滨》等。其诗《啊，松花江上的都城！》记录了当时哈尔滨的风貌。

> 啊，松花江上的都城！
> 至死我都不会忘记：
> 你神秘不解的面容，
> 你田野的黄色土地，
> 从容跑着的人力车，
> 你衣服丝绸的精美，
> 它适用一切的一切，
> 你平底船桅杆林立，
> 街道的响亮的声音，
> 人来人往，喧闹，灯火；
> 大车的沉重吱呀声，
> 冬日里太阳的暖和，
> 还有那傅家店鸦片
> 和豆子的气味好怪，

还有受着岁月煎熬、
摆不脱苦难的乞丐。①

四、本节小结

对于身居异地的阿列克谢·阿恰伊尔来说，当他畅游在松花江江畔时，面对眼前的江景，他的内心会是一种怎样的心境呢？

《松花江》这首诗将实景刻画得生动形象，把松花江傍晚时分的江景惟妙惟肖地展现在读者面前。诗歌当中穿插了关于松花江由来的传说，提到了佛的理念等。诗人虚实结合地展现了松花江的江貌，让人流连忘返。诗人夜晚畅游松花江江畔，被松花江夜景的美所震撼，顿生赞美之意。《松花江》堪称绝美的画卷，生动而逼真地刻画了松花江的美景。松花江这一中国东北的自然景观，其江水的流动，使傍晚时分驻留在江畔欣赏江景的诗人的所有忧愁顿时消失殆尽。

阿列克谢·阿恰伊尔还在《杭州》这首诗中借助胡琴、琵琶、三弦、埙、锣、杭州西湖等来抒发和表达内心的情感。作者游览杭州，胡琴、琵琶等各种乐器所演奏出来的声音相互交织在一起，再加上杭州西湖的美景，此时此刻诗人觉得自己仿佛来到了人间仙境，这里的繁华景象与之前诗人所逃离的地方相比，简直是人间天堂，没有烦恼和忧伤，使诗人远离了原来的落魄生活。这里的一切都在抚平诗人内心的伤痛。诗人借用胡琴、琵琶、三弦、埙、锣、杭州西湖等来排遣内心的忧伤、苦恼和伤感，渐渐地内心的感情随着音乐和美景的交相呼应发生了变化，心中的痛楚渐渐消失。

瓦西里·洛基诺夫在诗作《啊，松花江上的都城！》中表达了对哈尔滨这座城市的热爱，诗中描绘了哈尔滨的城市风貌和社会风貌。人力车、丝绸衣服、平底船桅杆、喧闹的街道、灯火等反映了哈尔滨普通百姓的生活。不同国度、不同民族、不同肤色的人聚集在这里，给这座城市增添了多文化、多文明的色彩。

---

① 李延龄主编：《哈尔滨，我的摇篮》，顾蕴璞、李海译，哈尔滨：北方文艺出版社，黑龙江教育出版社，2002 年，第 182 页。

第七节　东陵、碧云寺、山海关、过桥

东陵、碧云寺、山海关等是中国著名的游览胜地，凝聚了中国几千年的文化，彰显了中国悠久历史文化的沧桑。

一、瓦列里·别列列申的诗《游东陵》

高高的陵墓，墓门朝东，
俨然是两座白色山峦。
陵墓中埋葬着历代帝王，
他们梦见征战与盛宴。

你的眼睛望着天边浮云，
鬓角的血脉呈现浅蓝……
青年在这里为姑娘叹息，
抱怨着命运弹奏琴弦。

松树间消融了百年岁月，
在此处栖息直到永远。
我们这些不成器的孩子，
同样承受着惊恐忧烦。

陵墓墓门的拱形墙壁，
满是图画、姓名与诗篇。
我们也用尖尖的石头，
把野蛮的名字刻在上边。[1]

---

[1] 李延龄主编：《松花江晨曲》，谷羽译，哈尔滨：北方文艺出版社，黑龙江教育出版社，2002年，第100页。

　　清东陵建筑宏伟，气势恢宏，精美绝伦，是拥有 662 座单体建筑的大型古建筑群，是中国现存规模最大、保存最完整的皇家陵墓建筑群之一。建筑群还包括五间六柱十一楼的石牌坊，以及保存完好的乾隆裕陵佛教石刻，让人惊叹不已。

　　清东陵至今已有三百多年的历史，其每一处陵墓，都记录着一段或辉煌或衰落的岁月，每座陵墓里都有一个或感人或神秘的传说。埋葬在清东陵的，有清朝入关后的第一位皇帝顺治、开创康乾盛世的康熙、文武兼备的乾隆、杰出的女政治家孝庄、两度垂帘听政的慈禧，还有"香妃"、咸丰、同治……

二、瓦列里·别列列申的诗《从碧云寺俯瞰北京》

身为游子长期无家可归，
我站在白色大理石柱一旁，
脚下是一个庞大的城市，
人们熙熙攘攘如喧嚣的海洋。

我站在高山上，碧云寺
庙宇高耸，巍然壮观，
如此庄严，名利烟消云散，
只听见永恒的风在呼唤。

啊，我真想停止飘零，
像鸽子飞回方舟来此休憩，
第一次安居在松树下，
心情恬淡，轻轻地叹息。

但愿能像颤抖的鸟儿，
在这里躲避逼近的雷雨，
忘却尘世的生死与荣辱，
在此生存，在此隐居。

> 我平静，可做到无声无息，
> 我是个毫无用处的摩尔人。
> 全能的上帝啊，没有桂冠，
> 我也感到高兴，感到幸运！①

碧云寺始建于元朝，距今已有六百余年的历史。传说这里是金章宗玩景楼的原址，原名"碧云庵"。明末武宗正德十一年（1516 年）对其进行了扩建。明熹宗天启三年（1623 年），魏忠贤将碧云寺重新修建，并将其改造成自己的墓地。经此两次扩建，具有明代建筑特色的碧云寺业已初具规模。到了清朝，美丽的碧云寺更是赢得了清朝皇帝及其妃嫔的喜爱。清乾隆十二年（1747 年），碧云寺大兴土木，除了保留原来的建筑外，还在后山建了一座金刚宝座塔，同时增建罗汉堂和行宫。因为后来的修建没有对原来的建筑做太多的改动，所以寺庙的建筑和文物都保持着明朝的风貌。

三、瓦列里·别列列申的诗《游山海关》

> 登上长城的"天下第一关"，
> 看雾气蒙蒙的雄伟群山，
> 看山脚下沉寂的城市与荒村，
> 视野开阔，直望到天边。
>
> 历次战火毁坏了无数城垛，
> 沉重的塔楼已快要塌陷。
> 炎热的中午躲在阴凉下休息，
> 温驯的毛驴拴在榆树中间。
>
> 西天映出了鼓楼的剪影，

---

① 李延龄主编：《松花江晨曲》，谷羽译，哈尔滨：北方文艺出版社，黑龙江教育出版社，2002 年，第 110-111 页。

庙中供奉着圣明的文昌君，
为了在考场不至于胆怯，
学子们带来了香烛做贡品。

傍晚，在饭店一个角落，
嘈杂中传来胡琴的声音，
重新陷入迷乱、等人欺骗，
为了博取一笑而出卖自尊。

我搜罗贵重的宝石与珍珠，
在雕花的匣子里好好收藏。
我珍视并需要每一个行人，
记住这夜晚、城市与小巷。

贪婪的心啊，永不满足的海，
欲壑难填，莫非你缺少光亮、
幸福、知识、罪孽与痛苦？
你怎样答复？怎样给予报偿？[①]

　　《大清一统志·永平府·临榆县》中记载："秦皇岛，在临榆县西南二十五里，入海一里，四面皆水。相传秦始皇尝驻跸于此。"

　　山海关古称榆关，又名临闾关，明朝洪武十四年（1381 年），中山王徐达奉命修永平、界岭等关，在此地创建山海关，因其北倚燕山，南连渤海，故得名山海关。

四、瓦列里·别列列申的诗《过桥》

　　在中国拱形桥梁很多：

---

① 李延龄主编：《松花江晨曲》，谷羽译，哈尔滨：北方文艺出版社，黑龙江教育出版社，2002 年，第 112-113 页。

上桥时缓慢而且吃力，
下桥时轻松快步如飞……
人难活百岁，桥也非民居。

迟缓地走到桥的中间，
不慌不忙，我时时回头，
以便在三十岁的生日，
感悟生活美好顺遂无忧。

而下桥轻快如同坠落……
站住，行人，不要太快：
请你别忽视春季花开，
记住朝霞晚霞都很精彩！

常觉得背后如有人追捕，
你为囿于书香而哭泣，
下坡的年纪仍不懈学习，
为破碎的瞬间心存感激！[①]

自古以来，石拱桥代表着中国悠久灿烂的文化，是中国传统文化中的重要组成部分，并受到国外人士的赞誉。迄今保存完好的拱桥，见证了历代桥工巨匠的精湛技术，突显了中国劳动人民的智慧与力量。

五、本节小结

1940 年 9 月 20 日，瓦列里·别列列申在南满铁路上的大站奉天逗留，参观了位于城东北郊的东陵。诗人通过游览东陵——"陵

---

① 李延龄主编：《松花江晨曲》，谷羽译，哈尔滨：北方文艺出版社，黑龙江教育出版社，2002 年，第 107 页。

墓墓门的拱形墙壁，满是图画、姓名与诗篇"，熟悉并了解了这一古迹的起源和历史发展，感受中国的历史和文化，用诗歌描绘了一个有着五千年历史的古老国度。

　　身为游子的他在《从碧云寺俯瞰北京》中，站在高高的碧云寺中，遥望北京城，感慨油然而生。此时他可以忘记一切名利，向往隐士的生活，他们是如此悠然自得，他们的生活如此恬静美好。碧云寺之行使其对中国古代圣地和历史充满仰慕之情。借游览胜地，他表达了对隐士生活的渴望，一切的名利已变得那么渺小，内心的平静淡然才是人生的最大奢求。

　　诗人游历长城的"天下第一关"，看到了巍峨的群山、雄伟的塔楼、古朴的鼓楼、庄严的寺庙。登上山海关，诗人被中国长城的气魄所折服，深深地感叹中国文化源远流长。同时诗人也陷入了沉思：人的贪婪、永不满足是那么可怕，怎样才能克服心中的贪婪？唯有知识、幸福才能抵御内心的罪孽和痛苦。在踏上天下第一关的时候，诗人发现身后的名利变得那么渺小，真实的生活才是最美的。

　　在诗《过桥》中，诗人通过描述从上桥到下桥的过程，感叹人生短暂，转眼间自己已到了而立之年。诗人徜徉在中国这个伟大的国度里，远离了战火的硝烟，过着舒适安康的生活，借此来告诫人们，人生蹉跎而过，人应该去体验生活中美好的事物，要对生活充满向往。

第八节　长笛、鼓

一、阿尔谢尼·涅斯梅洛夫的诗《长笛与鼓》

　　在你的唇边，在手里……在眼旁，
　　在双眼的监狱里，其筛状的开口处，
　　交织着光华、沉默和黑暗，
　　这黑暗——明灯啊！——难以表述。

在你的眼旁，在手里……在唇边，
有如皇帝的急不可耐，
在辉耀在雪上的一片紫红里
歌唱已呈现结晶状态！

在你的唇边，在眼旁……在手里——
他们不能动弹却制胜克敌，
流出来变成和谐的演奏：
歌唱天国、莉吉娅和水仙。

踏着有声无语的滑雪板，
冲动但悄声，而待到临死，
发狂的乐师几乎号哭了，
呼喊莉吉娅、水仙和小燕子！

只有那面红铜色的鼓
不参与这些辅音的滑翔，
替他们伴奏的只有命运：
——在你的手里！
——在你的唇边！
——在你的眼旁！①

中国俄罗斯侨民诗人阿尔谢尼·涅斯梅洛夫在《长笛与鼓》中，借助长笛和鼓的音律而感叹，自己的祖国现在处于动荡不安之中，社会变得越来越黑暗和不可捉摸，当局者所推行的现行政策与自己所憧憬的价值观相背离，现在只有通过"长笛"与"鼓"来宣泄自己的情绪。

---

① 李延龄主编：《哈尔滨，我的摇篮》，顾蕴璞、李海译，哈尔滨：北方文艺出版社，黑龙江教育出版社，2002 年，第 29-30 页。

二、诗中长笛、鼓的意象

长笛原来属于木管乐器，后来改用金属制造。笛子吹出的声音柔和而清澈。有时它会使人想起蔚蓝的天空，有时也会引起人对遥远故乡的怀念。长笛的音域很宽，音色很长，婉转优美，具有很强的表达能力，尤其适合于演奏一些具有哀伤色彩的曲子，亦是一股淡淡的惆怅嵌入心坎。

鼓是中国传统的打击乐器，按《礼记·明堂位》的记载，在很早的传说中，伊耆氏之时就已有"土鼓"，即陶土做成的鼓。因为鼓的共振效果很好，声音洪亮，传用了很长一段时间，是华夏人用来鼓舞士气的。相传在黄帝征服蚩尤的涿鹿之战中，"黄帝杀夔，以其皮为鼓，声闻五百"。

鼓声是群音的首领，也是一种灵性的象征，俗可为民间喜庆的锣鼓，雅可为庙宇、宫宴所用。

三、本节小结

长笛在中国音乐文化中占有重要地位，因其清脆、悠扬的音色，长笛常常被用来表达深远、细腻的情感。在中国俄罗斯侨民文学作品中，长笛这一元素不仅是一种乐器，更承载着丰富的文化意义和情感表达。

中国的鼓，是一种精神的符号。而舞，则是一种力量的体现。这两者的结合，更是开创了一种舞蹈文化。痛恨黑暗，渴望自由，这是诗人的心声，同时也是全世界人民共同的愿望——社会和谐，世界和平发展。

从这两种中国乐器的文化阐释来看，不同的乐器能够演奏出不同的韵律，表达的感情也有所不同。诗人正是借助了中国长笛和鼓的乐感特征表达了自己内心那种复杂的心情。诗人将这两种乐器置入诗歌之中，通过这两种乐器的演奏来抒发自己的内心之情——难以表达的无奈之情，对世界和平、社会和谐的向往之情。各种心情交织在一起,伴随着音乐的旋律而表露出来。诗人正是借用了长笛和鼓各自的特性,恰如其分地表达了自己的心情。如果没有对中国这两种乐器的了解和研究,是很难借助它们来以诗歌的形式抒发情感的。

第六章 中国俄罗斯侨民的文化成就

第一节 东北流亡文学与俄侨文学

俄罗斯文学在中国有着持久而深刻的影响。自 20 世纪初以来，中国的作家和思想家们便开始接触俄罗斯文学并受到其熏陶，其作品在中国文学和文化中占据了不可忽视的地位。俄罗斯文学的传入，不仅影响了鲁迅等中国现代文学先驱的新文学理念，也影响了中国知识分子的世界观和价值观。俄罗斯文学作品中的深刻主题、丰富的情感表达以及对社会现实的深刻揭示，与中国文学传统中的现实主义精神相呼应，激发了中国作家的创作灵感。中国俄罗斯侨民文学的发源地是哈尔滨。而哈尔滨作为东北地区的政治、经济、文化、教育中心之一，其对俄罗斯侨民作家创作的影响也是不言而喻的。与此同时，抗日战争时期，东北地区也有不少作家创作了流亡文学题材的作品。

一、东北流亡文学与俄侨文学话语比较

由于流亡地的政治背景和社会背景不同，东北流亡文学和俄罗斯侨民文学在质素和风格等方面都存在着显著的差异。但这两种文学类型所呈现出的精神内涵却也有着某种相互渗透的关联，由此呈现出一种比较明显的疏离与融合的特征。东北流亡文学更充分地反映了社会现实和对民众的警醒，俄侨文学充满的是东方的魅力和独特生活气息。两者在相同的时空范围内，从不同角度为读者展现了

20 世纪上半叶中国东北地区的生活状况和社会场景。基于此,本节着重从疏离与融合两个层面比较和分析东北流亡文学和俄侨文学的文本内涵及话语特色,期望能够更深层次地挖掘特定阶段内的文学创作脉络,并从历史角度深入挖掘和探讨流亡文学本身在文学发展过程中的重要作用以及价值。

所谓的东北流亡文学通常指的是"九一八"事变后直到抗日战争取得完全胜利这个阶段范围之内,由关内流亡的东北作家所创作的文学类型。该类文学更充分地体现出东北地区的生活状态,在我国现代文学史中是一个比较独立的体系,充分地体现出那个极其特殊的年代背景下血与火的历史,同时也呈现出具有鲜明时代特征的审美特点和文学风貌。与之相对应,也兴起了同样具备流亡和客居他乡这两个特征的俄罗斯侨民文学,其主要指的是由生活在东北地区并用俄语写作的俄罗斯族群创作的文学作品,该文学类型也成为当前东北现代文学的重要组成部分。从整体情况来看,两种文学的创作者都是流亡者,因此可以说东北流亡文学和俄侨文学有着共同的文学底色,有着内在的寂寞孤独感,同时也有被压迫的束缚感。两种文学的创作者都是远离故土,漂泊异乡,饱尝无依无靠的痛楚,因此在文学创作中,思乡成为其创作的永恒主题。两种文学类型在话语表达层面虽然呈现出比较明显的差异性,但都充分体现出对于出发地,也就是祖国或故乡的思念之情,并且在不同时期都有不同形式的表达;在感性层面两者则均通过思乡的话语来构建想象中的家园。因此,在疏离和融合层面进行两种文学的比较分析是十分必要的。

(一) 东北流亡文学和俄侨文学的话语疏离分析

在以萧红、萧军为代表的东北流亡作家身上有着极为明显的东北地区烙印,同时他们处于全中国共同抗日的血与火的革命氛围之中,所以其作品的话语表达方式显得更加悲壮和粗犷,充满着浓烈的革命气息,在话语之间并没有那种安静明媚的韵味,而是从苦难生命的角度更深入地剖析东北地区农民的苦难命运,以及其在生死轮回中的绝望和无奈,体现出的是人生的悲哀,同时也有人性的扭曲。在当时战火纷飞的乱世之中，东北流亡文学体现出一种极其强烈的政治感和时代感，从某种程度上来说，这也是那个时代背景下全中国人民的呐喊，是斗争的武器，这些在东北地区的流亡作家身上体现得更为明显。与其不同的是，俄侨文学更加关注生命的意义，在这个阶段体现出的是生命的探寻以及个人的情感。和东北流亡文学的实用性以及抗争性相比，它更加凸显的是其独特性及对人性的探寻，在话语表达方面有更为明显的疏离感。

两者的创作题材都取自战火纷飞的东北地区，但是在创作理念和创作风格方面有着天渊之别。俄罗斯侨民之所在是地方特色极其浓厚的哈尔滨，所以在文学创作过程中，他们从一种旁观者的角度进行相应的创作，文学作品中体现出的是东北地区的自然风光和民俗，作家以此作为其作品的主体。

1. 浪漫主义与绝境中的爱情

在文学创作中，爱情似乎是永恒的主题，特别是对于俄罗斯作家来说，他们对爱情和浪漫主义有着无限的憧憬和向往。因此，在俄罗斯侨民文学作品中，对爱情和浪漫主义有大篇幅的描写，同时这些作品也深刻地描写了在炮火连天的背景下爱情的幻灭以及爱情对于人心灵的折磨。虽然底色是悲凉的，但俄罗斯侨民作家呈现给读者的是多姿多彩、具有浪漫主义风格特征、令人痴迷的爱情幻影作品。例如，俄罗斯侨民文学作家中比较典型的代表阿尔弗雷德•黑多克，在其作品《满洲公主》中为读者勾画出了特别动人而且缠绵悱恻的爱情故事。故事的主人公是美丽的满洲公主和一个俄罗斯青年，青年人在旅行的过程中被满洲当地人抓住，在这样的惊险时刻，满洲公主及时出现，并且将主人公救走，于是两人坠入爱河之中。但好景不长，一头黑熊使他们的命运被彻底地颠覆。黑熊夺去了满洲公主的性命，主人公也因此失去了今生的挚爱，这使他的生活没有了希望，最终选择出家作为自己的人生归宿。这样悲壮的爱情故事在俄罗斯侨民文学中是比较常见的，作品通过对爱情的歌颂，使困难的生活有了希望的曙光，人生和命运也因为这样的歌颂得到了慰藉，同时也能呈现出人性的柔软和美好。在俄侨的文学创作过程中也可以看到中国文化的影子和烙印，其中弥漫着浓浓的东方韵味，更充分地融合了俄罗斯精神气质和中国东北地域文化，并且有了全新的火花，形成独一无二的风格韵味。

而东北流亡作家在血与火的生活和逃亡之中，谱写的多为流亡的苦难和革命的悲壮，直接描写爱情的作品极少。即使有，爱情也是作为副线出现，而且所呈现出的也是一种在革命战争环境下流血的爱情。为革命牺牲，为解放事业而进行英勇战斗，故事在这种极为惨烈的背景下呈现出爱情的决绝和美丽。

2. 恪守传统与民族抗争

尽管俄罗斯侨民身在中国东北地区，但是他们的话语表达却相对比较平和，读者并不容易看到革命战争的影子，虽然在比较潜在的层面有一定程度的呈现，但是俄侨作家关注更多的是对传统的恪守以及对自己文化的认同，抗争的内容并不十分常见。对祖国的思念、对传统的留恋往往是他们创作的精髓。在实际的创作过程中，他们把俄罗斯传统文化作为文学创作的支撑，坚持用母语进行写作，并把描写俄罗斯人或者说俄罗斯话作为主要的表达方式，所写的大都也是俄罗斯人或者俄罗斯侨民的生活。对于东北流亡作家来说，他们的文学创作重心则是在民族抗争和决绝的革命战争上，所描写的主题往往是在东北广袤的大地上，具有极强生命力的人民、大自然以及对外来侵略者的反抗。

在东北沦陷时期，俄罗斯侨民作家在自己的作品中充分地表达和体现出俄罗斯侨民文学中恪守传统、热爱祖国、忠于自己生活方式的思想感情。如著名的中国俄罗斯侨民作家瓦列里·别列列申在《我们》中就将这种感情表现得淋漓尽致。虽然他们饱受着思乡之苦，在经济上也十分拮据，但是在中国的苦难旅程中，他们的内心深处仍然心向祖国，在异国他乡仍然有坚定的内心和斗志。虽然他们流亡在中国大地，从某种程度上来说这些俄罗斯侨民也已成为国家的"弃儿"，但是他们在内心深处和文化理念方面，仍然保留着对于祖国和传统忠贞不渝的情感。在阿列克谢·阿恰伊尔的诗歌《祖先》之中有对祖国深沉的思念和赤诚之情。在他们的内心深处涌动着深深的牵挂，同时对于这个大时代和悲苦的命运他们也有着默默的抗争。虽然客居他乡的俄罗斯侨民是在一种动荡不安的生活中艰难地存活着，对自身的物质生活无法进行充分的补给，在动荡的生活中朝不保夕，无法维持正常的生活，但是他们绝大多数都坚守着对祖国、民族传统的热爱，并至死不渝，同时在他们的文学作品中也充分地体现出其自身的决心。在俄罗斯侨民文学创作中，俄侨作家也时刻提醒自己，不能忘记祖国、忘记自己的根。诗人阿恰伊尔《在世界各国漂泊》中始终有着特别情真意切的诗句，无时无刻不在笔端流露出自身对于祖国的忠诚、渴盼和期望，而这种爱国之情在俄罗斯侨民文学中是持久不息的脉络和永恒的主题。例如，尼古拉·沃赫金的作品《俄罗斯，千百种面目的谜》，阿列克谢·阿恰伊尔《回乡的路上》《草原上的人们》以及尼古拉·斯维特洛夫的《来自祖国的明信片》等都充分体现出创作者们对祖国的思念，同时也表达了其自身对于祖国的无奈与担忧，其中也掺杂着些许绝望。很多俄罗斯侨民作家在创作的过程中，都表达出了内心的真实情感，如离开了祖国之后无法生存、难以为继的苦闷，在深夜中无法看到希望和黎明的曙光。斯维特洛夫在自己的作品《在国外》中就再次塑造了"死魂灵"这样的意象，以此来隐喻俄罗斯的国家命运，在诗歌之中也表达出了"忘却那国家"的绝望和悲痛，而这也成为一种无奈的选择，让创作者有家不能回，感觉自己成为被时代、祖国抛弃的"弃儿"。同时，在遥远的异国他乡的苦闷生活让所有人感到绝望和悲凉。因此，在文学作品中，俄罗斯侨民作家往往在体现苦闷和悲凉的同时，也试图寻找心灵的慰藉，像是一种理想的乌托邦，他们渴望在其中容身并找到内心的安宁。

此阶段，东北流亡文学所呈现的是东北黑土地上被奴役、被压迫的人们的抗争与觉醒，充分地体现出这个时代以及这个阶段东北人民的生存状态和革命现状。在东北沦陷之后，萧红、萧军踏上了流亡的道路，国土沦丧和百姓苦难成为其文学创作的主题，他们用各种手法充分地表达中国人民对日本帝国主义的殖民统治以及对这个苦难社会的强烈不满和极大愤慨，同时也对沦陷区的生活现状进行了无声的控诉。在这个阶段，东北地区弥漫着暗黑的云朵，处处充满着丑恶与黑暗，在这个令人毛骨悚然的战争环境中，我们的东北流亡作家没有忘记自身的坚守，用笔作为武器对其进行抗争和革命，用热血点燃了文字，照亮了前行的人们。萧红在《王阿嫂的死》中为读者勾画了王阿嫂这样的苦难人物，她的身上有着强烈的革命色彩，虽然她是一个怀孕的女人，但是在那样艰难的生活环境中，地主们却把她看作野草一般，根本不顾及她的死活，在生活中对其进行无止境的剥削和压迫，甚至其生命也遭到了践踏。"王阿嫂"式的中国百姓恒河沙数，他们在最严酷的境遇下艰难地活着，冬天的吃食是地主喂猪的烂土豆，连一片干菜也不曾放入口中。王阿嫂的一生是苦难的一生，也是这个时期沦陷地区东北人民的形象写照，折射出百姓悲惨的生活状态和悲苦命运，而作者也正是通过这样的描写反映出无力反抗的百姓的生活状态和内心的绝望悲凉，表达了作者对时代和生活状况的强烈不满，同时也有内心的悲愤和抗争的意志。东北流亡作家以自身最为熟悉的东北平原作为创作的立足点，通过对忙着生忙着死的小人物的形象刻画，凸显了自身对民族和命运的思考，也表现出对侵略者的反抗和悲愤，在对极其惨烈的场景进行描述的同时，充分地体现出人民的反抗决心和不得不反抗的悲苦命运，表达出了东北人民誓死与敌人进行抗争的决心，在语言风格和整体的情绪中充满张力，同时也不乏悲壮的底色。

3. 审美与功利

在东北流亡作家的作品之中可以看出其审美属性更加关注革命性，有一种实用性特征。在这样的情况下，其作品中的人物往往显得不够生动饱满，呈现出一定程度的扁平化特征，尽管萧红的作品已突破了这样的局限性，有着更为广泛的人性化探讨和深刻的内涵，但是在那个特殊的年代，像萧红这样作家的作品往往被更宏观的革命主义掩盖，而这样的情况对于作品的艺术性、审美性等造成了一定程度的损害。对于那个血与火的特殊年代而言，呈现出革命战争精神和民族精神是应有之义，民族精神需要被进一步振奋，是大势所趋，也是文学所应该承担的义务。为革命引吭高歌的作品，成为民众觉醒的催化剂，被作为旗帜和武器，这样的审美趋向有着那个时代的特殊烙印。在革命战争时期，东北流亡作家具体的创作追求就是革命主义和现实主义，从中能够充分感受到的是东北流亡作家那种更加积极入世、直面社会人生的现实主义精神和革命主义激情。

而俄罗斯侨民文学，在话语表达和审美方面往往更加关注的是审美属性，他们笔下的东北自然风光十分美丽，所抒发的是对当地人民和侨居地的感激和热爱。在阿恰伊尔的《生活》中，有更加积极昂扬的态度和气概，进一步明确了在这样的环境中应该具备的生活理念和人生信条，同时他的诗句和作品也进一步有效强化了这一主题，而这样的主题在这一类的作品中都是十分典型的代表，在其中充满着对生活的思考以及对命运的反省。在这个阶段，俄罗斯侨民文学和东北流亡文学所叙述的故事和描绘的人物尽管是在同样的历史阶段和地理区域，但是所呈现出的抗争哀怨，以及在审美和功利等相关方面的表达都十分迥异，在内容方面也没有明显的交集。从整体情况来看，两者有着特别典型的疏离感，其所呈现出的文化背景有着特别显著的差异，同时为其提供营养的文化传统也截然不同，因此两者在审美意识以及话语表达等方面都有着很大程度的疏离性。

（二）乡土叙事与话语的融合

在东北流亡文学和俄罗斯侨民文学中，所涉及的内容都有着浓浓的东北乡土特色，同时在叙事的过程中也充分体现出东北地区的自然风貌和当时时代环境的特色。东北流亡作家的创作过程中，往往有绕不开的主题，那就是乡土叙事。东北流亡作家有着对于苦难和暴行大篇幅的描述，他们在那种噩梦般的经历和感受方面有更加深刻的体会，所以在语言和话语的背后所呈现的是强烈的使命感和功利感，以及为革命、为解放人民所呈现出的激愤和抗争精神。东北流亡作家在乡土叙事和话语表达方面以自然环境为背景，充分体现出的是国人遭受剥削和压迫的凄楚，是被日本侵略者的踩躏，从根本上来讲，其核心内涵就是对日本的残暴统治进行全面深刻的揭露，通过这种方法让读者和作者在心灵层面产生强烈的共鸣，有共同的情感体验。东北流亡作家中比较具备代表性的女作家白朗，其笔触十分锐利，过程描写尤为生动形象，且细腻感人，作家在这种强烈的话语表达中使一个个人物跃然纸上，人物形象十分饱满，让人感到前所未有的亲切自然，同时能够充分实现感同身受，有共情体验。其笔下的英雄人物为自身的理想和革命意志而献出自己的生命，从最开始的彷徨到最后的彻底领悟，最终走向革命，不仅切实体现出殖民统治的残暴以及百姓的痛苦和绝望，还体现出高压统治下东北民众的民族意志和抗战决心。还有萧军的《八月的乡村》以及舒群的《没有祖国的孩子》等众多作品，人物形象刻画十分鲜明，充分地体现出东北人民在绝望和苦难的境遇中坚持斗争的信心、选择反抗的决心和勇气，也充分地体现出东北黑土地上不屈的灵魂和抗日的浓烈情绪，用一种原始的粗犷状态展现出抗争的决心和勇气，这也成为抗日文学的先河，为中国文坛注入了全新的血液。

自1935年，俄罗斯侨民文学团体慢慢地走向衰落，整体面貌变得越来越弱化，逐步萎缩。整个侨民社区也从原本的封闭状态，进一步走向开放和融合，和中国人以及中国社区展开了更加多元化、更加深入的接触和融合。在这样的情况下，其所呈现出的特色和风貌也变得越来越模糊。在这个阶段创作出的大多数作品中，以乡土人情和东北风光取胜，它们从不同侧面描述了这个阶段东北地区的政治、文化、生活、民俗、自然风光等，某些俄罗斯侨民逐渐受到中国文化和中国哲学的影响，在叙事模式、主旨内涵等方面都有着十分明显的中国文化烙印。与此同时，还有很多作家在具体的文学创作过程中往往更加关注中国古典作品的融入，甚至专门翻译中国的名著及经典作品，向俄罗斯人推荐中国文化。例如，别列列申就把《道德经》《离骚》等中国古典著作翻译成册，用自己的方式讲述并传播中国文化。这个阶段也充分地体现出俄罗斯侨民文学和东北流亡文学的融合特征，在中国文化的深刻内涵和韵味中展现出了融合的特色。在诸多俄罗斯侨民文学作品的创作过程中，作家对中国大地，特别是东北地区，都表达了无尽的热爱和赞美，甚至将东北地区当作自己的第二故乡，将其当作母亲一样热爱和感激。诗句的表达充分地体现出两种文化和思想的碰撞与融合。

通过上述分析，我们能够得出结论，东北流亡文学和俄罗斯侨民文学在话语表达方面有着十分显著的疏离和融合特性，但是不管疏离还是融合，它们所呈现出的精神内涵和文学意愿都有着异曲同工之妙。在激荡的社会背景下，俄罗斯侨民文学和东北流亡文学都充满着对人生和命运的思考以及慨叹。背井离乡的流亡生活使他们的创作欲望被进一步激发出来，文学表达也成为他们的灵魂出口和与生活战斗的武器。作家在实际的文学创作过程中有着丰富的情感，其进一步累积形成爆发的状态，所呈现出的动人的气魄和内在的精神气质，让人深深感动。东北流亡作家和俄罗斯侨民文学作家所依托的载体都是东北地区，他们以此为着手点进行创作，用或热烈或冷峻的笔调，细致充分地表达自身的流亡痛苦和对祖国的眷恋，但两者之间却有着十分显著的不同。他们从不同的层面体现出苦难岁月的痕迹以及沦陷阶段特殊的历史背景，像一个苦难的短片一样，让人望而生畏，同时从中我们也看到命运和生活的痛苦以及人性的绽放。对于东北地区的社会图景和生活场景，作家在内心层面进行更深层的表达，在话语叙事方面对其有着生动的呈现。在社会和历史的变迁过程中，中俄各自的文学界对于两者的认知进一步加深，并且深入挖掘两者的文学地位。在对两者进行对比分析的过程中，从疏离和融合的角度进行阐释，只是其中的一个角度，在进一步深化研究的过程中，还应该从更多的角度、更深的层次、更广阔的层面，对东北流亡文学和俄罗斯侨民文学的创作进行深刻反思，把握当时极为深刻的特殊历史背景，从文学社会、历史使命、历史价值等方面进一步深入挖掘当时的历史风貌和文学内涵，进而使那段刻骨铭心的历史让更多人铭记，并且赋予东北流亡文学和俄罗斯侨民文学更加显著的独特性及意蕴。

第二节 俄罗斯建筑在中国

在近现代俄侨聚居的哈尔滨、上海、天津、北京和青岛等地，汇集着多种风格的建筑，其中俄式建筑别具特色。这与其时代背景和地理位置密不可分。从建筑的角度来看，这些城市具有非常鲜明的文化特征。

除了俄罗斯式建筑以外，这些城市的街道也有自己的文化特色。街道名称有些是以中国风格命名的，有些则是按照俄罗斯传统命名的，但也有些街道的名称带有半殖民地半封建社会时期的独特风格。

一、哈尔滨的俄式建筑风情

从建筑的角度来看，哈尔滨具有非常鲜明的文化特征，其拥有诸多中国传统建筑、俄罗斯建筑、欧洲巴洛克式建筑、文艺复兴时期建筑、19 世纪浪漫风格建筑以及许多其他类型和风格的建筑。中央大街、索菲亚教堂、俄罗斯风情小镇、伏尔加庄园等都有风格显著的俄式建筑，在以哈尔滨为代表的近代俄侨聚居城市随处可以看到类似的俄罗斯风格建筑。这些建筑已经成为一道独特的风景线。

比如哈尔滨的中央大街，这是一条充满了文艺复兴文化、巴洛克风格的建筑大街，现已成为哈尔滨市最繁华的一条步行街，北边起于防洪纪念塔广场，南边与新阳广场相接。这条街道始建于 1898 年，整条街道的建筑达到了 71 栋。

哈尔滨的索菲亚教堂和阿列克谢耶夫教堂，这两个教堂的修建时间不同，索菲亚教堂始建于 1907 年，阿列克谢耶夫教堂始建于 1931 年。曾经两座教堂都为东正教教堂，但阿列克谢耶夫教堂在 1980 年后改为了天主教教堂。索菲亚教堂的历史较为深厚一些，它坐落于索菲亚广场，由一位俄罗斯建筑师设计，整座教堂为亭式建筑，宽敞巍峨。高耸入云的金色十字架与红砖绿顶相辉映，使整个教堂的主体呈现巍峨壮丽的气势，休闲椅、绿地环绕。现在的索菲

亚教堂也已成为哈尔滨的一类保护建筑。阿列克谢耶夫教堂最初是
日俄战争时期的产物，原本是木结构的，随后由俄国建筑师设计了
这座砖石结构的现存教堂。哈尔滨以俄式建筑闻名，而阿列克谢耶
夫教堂便是其中一颗闪亮的明星，教堂有着独特的宗教文化，散发
着宗教的魅力，让每一位来到阿列克谢耶夫教堂的游客都能体会到
哈尔滨独有的魅力。

二、上海的俄式建筑风情

俄国于 1896 年成立了上海领事馆，但直至 1914 年才购买领事
馆所在地段用于建设。领事馆建设工程持续了 3 年，直到 1917 年 1
月俄罗斯君主制垮台前夕才彻底完工。20 世纪，领事馆工作因各种
原因中断了 3 次，自 1986 年恢复正常运转。整幢馆舍由德国设计师
汉斯·埃米尔·里约伯负责总体设计。整体建筑融合了巴洛克式和
德国复兴时期的风格和元素。1916 年 12 月，高四层、面积达 3264
平方米的总领事馆新馆舍竣工。翌年 1 月 14 日，新馆舍正式通过有
关方面的验收并举行了隆重的开馆仪式。根据当时的情况，俄国领
事馆凭借其独特的外形和内在的豪华装饰成为当时众多外国驻沪领
事馆中的代表。

大北电报公司大楼对俄中商业往来具有重要的历史意义。该公
司曾经控制了亚洲和欧洲之间的所有电报业务。公司第一条电报线
路"哥本哈根—利巴瓦（今拉脱维亚利耶帕亚）"于 1871 年开通。
大北电报公司大楼于 1906 年动工兴建，1907 年竣工并交付使用。
建筑高四层，主立面完全按照欧洲文艺复兴建筑的规则设计，横向
和竖向均呈现典型的三段式结构。在每层的窗户上方均有三角形、
弧形山花，正门及窗框周围均有巴洛克式立柱。顶部曾发生火灾，
之后改为方形黑色金属穹顶，采用巴洛克装饰。

亚历山大·普希金的雕像是与俄侨移民历史密切相关的代表性
艺术作品。1937 年，俄国侨民为纪念诗人普希金逝世 100 周年，自
筹资金建立这座雕像。就在那一年，日本人攻占上海。普希金怎么
招致他们不满，这个我们不清楚，但是雕像就这样被他们毁掉了。

1947 年，侨民们再次凑钱重新建起雕像。1987 年，普希金逝世 150 周年的时候，上海市政府出资在原址重建了普希金雕像。

俄国革命和内战结束后，上海成为俄罗斯侨民最大的聚居地之一，因此具有东正教特色的圣尼古拉教堂等建筑得以兴建。位于上海的第一座俄罗斯侨民教堂便为圣尼古拉教堂，这座教堂于 1934 年开始举行东正教仪式及其他活动。教堂的风格为拜占庭式，内外装饰均极为华丽，有 9 个金色的圆顶与十字架，内部可容纳 400 到 500 名信徒。现在，这座教堂成为中国境内保留至今的两座东正教教堂之一。教堂被现代建筑紧紧围绕，上海市政府将其作为历史古迹加以保护。

三、天津的俄式建筑风情

天津的俄式建筑集中兴建于八国联军侵华后在天津设立租界的 20 世纪初期。俄国作为早期侵华的帝国主义国家，也将俄国文化带到天津。至今天津仍保留了极具俄式风情的建筑。

俄国驻天津领事馆是 20 世纪初沙俄政府驻天津的领事馆，原由俄国商人开办的萨宝石洋行代办。建筑于 1902 年至 1903 年期间由沙俄政府在天津俄租界海河渡口附近兴建，占地 714 平方米，为方形二层砖木结构仿中世纪俄式楼房，园内修建了马球场、游泳池和天津圣母帡幪堂，呈凹字型，贴有黄色瓷砖，正立面朝海河。十月革命后俄国驻天津领事馆改为苏联驻天津总领事馆，1924 年苏联政府放弃天津俄租界权利后另作他用。1942 年，原址成为日本海关办事机构。中华人民共和国成立后，原址被辟为天津市人民政府直属招待所。2008 年，其在北京奥运会举办前的整修工程中得到一定程度上的修缮维护，恢复了原貌。

此外，原租界范围内的俄式建筑对天津的异国风情建筑特色也有深刻的影响。八国联军侵华、《天津租界条款》签订后，俄国人在天津火车站附近划定了连片租界，兴建了一批俄式花园、马球场、游泳池和纪念堂等俄式建筑。1917 年，俄国爆发十月革命，之后苏联政府宣布放弃帝俄时期在华的一切特权，将天津等在华俄租界交还中国，当时的北洋政府无暇顾及，不去管理，使天津俄租界成了"三不管"地带。很多逃难的沙俄贵族拖家带口来到了天津俄租界和小白楼一带，当时天津老百姓把他们称为"白俄人"。原俄租界西区一经路尽头为老天津站，右侧为天津站前邮局，一直保留到 1988 年天津站扩建之前。后来，天津俄租界由于河岸线长，又紧靠火车站，发展成为天津的工业及仓储区。英商亚细亚、美商美孚和德士古三大油行在此建立大储油罐。1919 年，英美烟草公司也在海河岸边设立工厂，俄租界内本不多的建筑在战争及自然灾害中损毁严重。

第三节　俄罗斯美术在中国

随着中东铁路的建成，众多与铁路修建相关的人员，如技术人员、管理人员等，首先涌入了中国哈尔滨。紧接着，俄国企业家、商人、文学家、艺术家、科学家等各行各业的人士也纷纷来此投资经营、寻求发展。这些人主要定居在中东铁路沿线城市，如哈尔滨、长春、大连、沈阳、齐齐哈尔等。特别是在 20 世纪 20 年代初，定居在这些城市的俄侨一度多达 25 万人。其中，哈尔滨的俄侨人数甚至超过了当地中国居民，达到 20 万人之多，使得哈尔滨成为中国最大的俄侨聚居中心。在这些俄侨中，包括文学家、艺术家、科学家、医务工作者、教师、神职人员、记者、画家等各界人士。他们在文学艺术、文化教育、新闻出版和宗教等领域取得了丰硕的成果，为中国的文化事业发展贡献了力量。尤其在绘画艺术方面，他们成就斐然，人才辈出，为中国的艺术领域增添了丰富的色彩。他们的到来丰富了中国的多元文化，促进了中俄两国之间的交流与合作。

在哈尔滨，有一个与俄侨绘画艺术息息相关的地标性建筑——圣·尼古拉教堂附近的"梅耶洛维奇宫"。20 世纪 20 年代，这座建筑的顶层设有著名的"荷花"画室。十月革命后，第一批俄侨画友抵达哈尔滨后，便在此地担任绘画和写生老师，传授他们的艺术才能。"荷花"画室不仅仅是一个艺术创作空间，更是一所美术学校。

它的创始人是大画家基奇金先生，他 1908 年毕业于莫斯科美术院校，之后足迹遍布中国大江南北。基奇金在中国侨居近 30 年，始终致力于绘画创作和教学，培养了一大批优秀的画家。因此，"荷花"画室的弟子遍布世界各地，他们在各自的领域取得了辉煌的成就。俄罗斯学者列别捷娃在其著作《俄罗斯艺术家在中国》中提到，"荷花"画室的学生大多具有非凡的天赋，例如阿尔纳乌多夫便是其中一位才华横溢的画家。这些艺术家在"荷花"画室的培养下，逐渐成长为俄罗斯艺术界的中坚力量。哈尔滨的"荷花"画室见证了俄侨在中国绘画艺术的辉煌历程。这个独具特色的画室不仅培养了众多杰出画家，还传承了俄罗斯丰富的艺术文化。

除了"荷花"画室之外，俄侨艺术家在中国还开设了许多其他私人美术工作室。克拉金在《哈尔滨——俄罗斯人心中理想的城市》一书中，也提到了哈尔滨其他几家美术工作室的情况。在 20 世纪 20 年代，由克列缅季耶夫创办的美术工作室便是一个典型的例子。克列缅季耶夫毕业于列宾美术学院，他教授的学生中，就有我国著名画家、翻译家、作家高莽。高莽曾任《世界文学》杂志主编，并参与了"中国俄罗斯侨民文学丛书"的翻译工作。2017 年 10 月 6 日，高莽先生不幸逝世，但他的艺术贡献将永远被人们铭记。20 世纪 20 年代初期，许多知名俄侨艺术家都在绘画事业上取得了显著的成就。例如，斯捷潘诺夫和洛巴诺夫等画家，他们的作品在当时的中国艺术界产生了深远的影响。这些俄侨艺术家在中国开设的艺术学校，不仅为中国绘画事业的发展做出了贡献，同时也传承了俄罗斯丰富的艺术文化。

在十月革命之后，大批俄国难民逃往上海寻求庇护。尤其是当日本侵略者占领东北三省时，许多哈尔滨和中东铁路沿线的俄侨也纷纷逃亡到上海，其中不乏才华横溢的画家。然而，当时的生活环境相当艰难困苦。为了维持生计，画家们不得不放弃部分艺术创作，转而在公司和商业部门画图片、设计小广告或为杂志画插图。从某种程度上讲，这种情况推动了我国商业美术的发展。直至 20 世纪 30 年代初期，随着侨居上海的俄国人物质基础的逐渐稳固，他们的生

活条件得到了改善，资金也相对充裕，于是，他们的精神文化生活
开始丰富起来，绘画艺术逐渐成为其日常生活不可或缺的一部分。
汪之成在《旧上海的俄国侨民》中曾写道，20 世纪 30 年代是俄侨
经济与文化在上海的极盛时期。在这个时期，涌现出了许多才华横
溢的艺术家，他们的作品蜚声海内外。例如，波德古尔斯基和丹尼
列夫斯基等画家，他们的作品在当时的中国艺术界产生了深远的影
响。总之，在十月革命后，大批俄国难民逃往上海，其中包括许多
画家。他们在艰难的生活环境中，为维持生计而不得不放弃部分艺
术创作。然而，这种情况却推动了我国商业美术的发展。随着生活
条件的改善，画家们逐渐将绘画艺术融入日常生活中，使得 20 世纪
30 年代成为上海俄罗斯文化的极盛时期。

波德古尔斯基是一位才华横溢的艺术家，他在十月革命前毕业
于莫斯科绘画、雕塑及建筑学校。来到上海后，波德古尔斯基不仅
继续从事绘画创作，还涉足建筑学装饰设计领域。他的才华得到了
广泛的认可，波德古尔斯基曾参与设计沙逊大楼和法国夜总会，因
此成为上海著名的建筑艺术家之一。与此同时，另一位艺术家亚龙
也在上海从事建筑学装饰设计。他的作品同样令人瞩目，上海圣尼
古拉教堂便是亚龙的代表作之一。这些俄侨艺术家在上海的成就，
不仅推动了我国建筑艺术的发展，同时也为世界艺术领域增添了无
尽的魅力。

利霍诺斯是一位才华横溢的艺术家，他在 1923 年侨居上海后，
在外商建筑公司承接雕塑和艺术装饰项目，成为上海著名的建筑艺
术家。他的作品不仅在上海受到了广泛的认可，同时他也在远东地
区多次举办过个人画展。值得一提的是，利霍诺斯还是圣母大教堂
的设计者，这使得他在建筑艺术领域的地位更加稳固。与此同时，
漫画家萨波日尼科夫当时在沪地也是比较著名的艺术家。自 1925 年
起，他担任英文报《字林西报》的漫画编辑，同时还担任著名俄文
报纸《斯罗沃报》的报社董事。

俄侨美术家在上海的艺术实践中，不仅活跃在绘画领域，还积
极参与大型建筑的艺术装饰设计工作，为我国装潢艺术事业做出了

贡献。索科洛夫斯基是一位典型的画家兼装饰艺术家，他的教育背景和职业经历相得益彰。他从圣彼得堡大学东方语言系下属美术学院夜校部建筑和绘画专业毕业，后来又在 1924 年侨居上海。在这里，他不仅在建筑领域取得了一级建筑师的资格，还继续发挥绘画才华，参加当地举办的画展。在国际函授学校建筑专业进修的经历，使索科洛夫斯基在建筑艺术装饰设计方面取得了丰硕的成果。他不仅为上海的建筑增添了艺术魅力，还推动了我国装潢艺术事业的发展。

特列奇科夫是一位才华横溢的俄罗斯艺术家，他的传奇生涯始于我国上海。1930 年，特列奇科夫选择在上海这座繁华都市侨居，这里成为他艺术生涯的起点。在上海期间，特列奇科夫师从基奇金和扎瑟普金两位艺术大师学习绘画。他的才华得到了充分的发挥和认可，逐渐崭露头角，成为当时最年轻的画家。特列奇科夫的作品具有独特的风格，受到了广泛关注和赞誉。在上海的学习和实践经历为特列奇科夫的艺术生涯奠定了基础。他的作品在我国乃至世界范围内产生了深远的影响，使他成为一位杰出的艺术家。特列奇科夫的传奇生涯不仅体现了他个人的才华和努力，同时也见证了上海这座城市的艺术活力。

这些俄侨艺术家在上海的成就，体现了他们跨领域的才华和不断进取的精神。

第四节　俄罗斯节日在中国

俄侨普遍信仰东正教，因此俄侨的很多节日也与东正教密切相关。

按东正教规定，各东正教教堂每日早晚均须举行祈祷仪式，每星期日上午均须举行圣体血圣餐仪式，每遇国定节日及重大东正教节日，要举行隆重的全教仪式。按照俄罗斯东正教的传统，各东正教教堂要举行七圣礼，即洗礼仪式、敷膏油仪式、圣体血仪式、告

解仪式、神品仪式、结婚仪式和终傅仪式。此外，东正教的主要节
日为：圣诞节，公历 1 月 7 日；主显节（耶稣受洗节），公历 1 月 19
日；奉献节（主进堂日）、圣母行洁净礼日、献圣婴日，公历 2 月 15
日；圣母领报节（天使报喜节），公历 4 月 7 日；圣枝主日（主进圣
城节），复活节前之星期日；复活节，每年春分（公历 3 月 21 日前
后）月圆后的第一个星期日，即 3 月 22 日至 4 月 25 日间，但东正
教的复活节比天主教和新教晚 13 天，即在 4 月 4 日至 5 月 8 日间；
耶稣升天节，复活节后之第 40 天；圣灵降临节，复活节后之第 7 个
星期日；圣三主日，复活节后之第 8 个星期日；主显圣容节，公历
8 月 19 日；圣母升天节，公历 8 月 28 日；圣母诞生节，公历 9 月
21 日；圣十字架节（举荣圣架节），公历 9 月 27 日；圣母进堂节，
公历 12 月 4 日。

　　旧俄采用的历法为儒略历，在 20 世纪比公历晚 13 天。俄罗斯
东正教会沿用旧历，故其相同之节日，比天主教和新教晚 13 天。在
所有的节日中，俄侨最看重的是圣诞节、旧历新年和复活节。

　　在国外居住的俄侨，虽已正式采用国际通用的公历计时，但就
假日而言，仍一如既往，沿用旧俄儒略历。十月革命后，苏维埃政
权即废除旧历而采用公历，故苏俄人民与其他欧洲各国人民，同日
欢度圣诞及元旦等节日，而海外俄侨，仍从旧历，宗教节日及国定
假日均晚 13 天。每年年初，上海各国侨民均已度过新年，唯独旅沪
俄侨才刚开始为欢度圣诞及旧历新年做种种准备。俄侨人数之多，
居上海外国侨民之首，因此，俄侨的圣诞及新年，在上海往往极引
人注目，而其气氛之热烈亦为他国侨民所不能及。

　　以上海为例，俄侨的圣诞节为每年 1 月 7 日。节前数天，霞飞
路（今淮海中路）及虹口等处之俄侨商店，前去购买其有俄国传统
特色之礼品及物资者，即已络绎不绝。自 1 月 7 日至 14 日，凡在职
之俄侨，均休假一周庆祝。俄侨庆祝圣诞之习俗，与其他欧美人大
致相同。每家每户，在居所内均布置一株圣诞树，树中巧妙地安放
给全家一人一份的礼物。上海俄侨通常自 1 月 6 日晚起即开始庆祝。
各大、小东正教教堂内皆装点传统之烛，并举行特别祈祷礼。从午

夜的教堂回家后，合家欢庆，共享特制的无肉食物。翌晨，除主妇在家招待来客外，朋友间都相互道贺，并喝饮料庆祝。1 月 7 日，所有东正教教堂均行礼如仪。午后，一些俄侨社会团体及俄童学校，常开会招待儿童。每年除夕夜，旧俄海、陆军人联合会及慈善总会都会联合举行传统的舞会，迎接俄国新年。各国驻沪使、俄官员、租界当局及其他各界代表人物，都经常参加这一上海俄侨的盛大聚会，其他上海俄侨团体，亦同时举行各种舞会或招待会。但大多数俄侨，在除夕之夜，总是集合大批朋友，在家团聚。当钟鸣 12 下，便熄灯数秒。待新年降临，华灯重明时，在欢呼声中，大盘的浓汤、大盘的牛排、大盘的烧鸡和炸鱼等，便调和着大瓶的烈酒分别进各人肚里，直到晨光熹微，众人才酩酊而退。

第五节　俄罗斯音乐在中国

　　20 世纪上半叶，哈尔滨和上海聚居了大量旅华俄侨，这些俄侨中的很多人接受了专业的艺术教育或高等教育，甚至有一部分是著名的音乐家（其中有莫斯科和圣彼得堡音乐学院的知名教授）。在中国音乐史上，一群杰出的俄侨音乐家发挥了重要作用，他们对我国西洋音乐教育的发展贡献突出。我国早期的现代音乐家，如丁善德、范继森、郎毓秀、温可铮、周小燕等，都在他们的教育和指导下受益匪浅。这些俄侨音乐家在我国音乐教育领域的贡献是无法估量的。他们在培养我国音乐人才方面付出了巨大的努力，使得我国的西洋音乐教育得以蓬勃发展。在他们的指导下，丁善德、范继森、郎毓秀、温可铮、周小燕等我国早期现代音乐家逐渐崭露头角，为我国音乐事业做出了卓越的贡献。他们的教育理念和方法，以及他们对音乐的热爱和执着，激发了学生们的创作激情和才华。在他们的培养下，我国音乐家们不仅在音乐技巧上有了很大的提升，还在音乐素养和审美观念上得到了全面的拓展。他们的付出和贡献，为我国音乐事业的繁荣奠定了基础。

一、俄侨影响下的音乐之都——哈尔滨

哈尔滨的音乐艺术发展可以追溯到中东铁路建设初期。那时，俄侨创建了哈尔滨历史上第一个文化娱乐中心——"中东铁路工厂俱乐部"。1908 年，俄侨组建了哈尔滨交响乐团的前身——"哈尔滨（中）东清铁路管理局交响乐团"，乐团共有 150 余人，曾享有"远东第一交响乐团"的美誉。20 世纪 20 年代后，大批俄侨演员来到满洲地区，仅 1923 年 5 月 27 日到 9 月 20 日这段时间，由瓦尔沙夫斯基组建的室内剧院仅戏剧演出就达 110 场。20 世纪 30 年代，哈尔滨的芭蕾舞艺术开始发展，许多古典的芭蕾舞剧和芭蕾舞剧中的经典片段都先后由来自俄国的演出团体搬上了哈尔滨的舞台。当时流行的轻歌剧几乎都在哈尔滨上演过，哈尔滨的轻歌剧演员也常常到上海、北京、天津演出。1942 年，哈尔滨为瓦伊·托姆斯基举行隆重的纪念演出，庆祝他的演出达六百场。哈尔滨在 20 世纪二三十年代就被称为"小巴黎"是不无原因的，那是一个音乐艺术繁荣的时代。在哈尔滨，有中国俄侨自己组织的轻歌剧团、芭蕾舞团、交响乐团，也有来自俄罗斯和其他国家的各种演出团体，许多经典的芭蕾舞剧、歌剧、轻歌剧几乎都在哈尔滨或片段或完整地上演过。一些俄侨艺术家开办音乐、舞蹈学校，为哈尔滨培养了一批演艺人才，哈尔滨因此成为闻名遐迩的"音乐之都"。哈尔滨的音乐艺术发展历程，充分体现了俄侨艺术家在我国音乐事业发展中的重要贡献。他们的付出和努力，为我国音乐事业的繁荣奠定了基础。如今，哈尔滨的音乐艺术事业已经取得了世界瞩目的成就，这离不开他们的辛勤耕耘和精心呵护。

二、浓厚的俄式音乐氛围——上海

上海，这座繁华的国际大都市，曾是俄侨音乐的半壁江山。自1930 年开始，国立上海音专的教师和学生每年都会系统性地举办音乐会，以此提高他们的知名度，挤上上海的国际音乐大舞台。学校的毕业演出也都是音乐会级别的，具有较高的艺术水准，成为上海

城市音乐文化的重镇，其中都有俄侨教师的身影。此外，俄侨创建各类音乐艺术演出团体，在较短的时间内在上海赢得了稳固的地位。他们的名字频频出现在上海的报刊、广播中，有些霓虹灯的广告招牌常年闪烁着俄侨音乐家和音乐团体的演出活动信息，有些活动甚至常年占据当时上海"百乐门"的舞台，许多俄侨艺术家和艺术团体的名字备受推崇。20 世纪 30 年代中期，上海的西洋音乐活动进入极盛时期，大多依靠俄侨音乐家。其中，较为出名的有上海最受欢迎的音乐活动家阿克萨科夫。阿克萨科夫于 1890 年出生于俄国萨马拉知名的阿克萨科夫贵族之家，其曾祖父是 19 世纪俄国著名的文学家和文学批评家、"斯拉夫派"的主要代表，也是俄国最著名的文化庇护人之一，果戈理、屠格涅夫都曾受到他的庇护。阿克萨科夫就读于莫斯科音乐学院（现为莫斯科国立柴可夫斯基音乐学院），先后学习钢琴、指挥、作曲、音乐史和音乐教育。他的家族背景和音乐才华使得他在上海的音乐界取得了很高的地位。阿克萨科夫的音乐活动不仅提高了上海城市音乐文化的艺术水平，还培养了一大批优秀的音乐人才。阿克萨科夫是一位在中国生活和工作了近三十年的俄国音乐家。从 1927 年开始，他受邀成为国立上海音专的教授，负责音乐理论和音乐史课程的教学。同时，他还创建了上海俄国音乐教育协会，积极宣传世界音乐作品。阿克萨科夫在《上海柴拉报》《言论》和《曙光》等报纸开设音乐专栏，发表音乐评论，分享自己的音乐见解。他还开办了私人音乐工作室，教授钢琴、音乐理论、音乐史和乐曲创作等课程，为中国培养了一批优秀的音乐人才。阿克萨科夫常常独自进行钢琴巡回演出，社会认可度很高。1930 年，他作为指挥第一次登上上海的舞台，便引起了十分热烈的反响。当时，《上海柴拉报》以"阿克萨科夫演出获得巨大成功"为题，详细报道了他作品演奏会的盛况。作为钢琴家，他在上海已家喻户晓，但作为指挥家这还是他第一次在上海登台。演出结束后，观众恋恋不舍，阿克萨科夫不得不三次返场。

阿克萨科夫不仅是一名伟大的钢琴家、指挥家和为我们开拓视野的作曲家，还是上海为数不多的音乐史专家和音乐评论家，并于

1930 年被评为上海最受欢迎的演员之一。他的音乐才华和贡献使得上海在 20 世纪 30 年代中期成为俄侨音乐的重要阵地，为我国音乐事业的繁荣奠定了基础。

本章小结

在本章中，我们探讨了中国俄罗斯侨民的文化成就。俄罗斯侨民在中国历史上留下了独特的印记，尤其是在 20 世纪上半叶，随着俄罗斯革命和政治动荡，大量俄罗斯人移居到中国，形成了丰富的俄罗斯侨民文化。

这些俄罗斯侨民在中国积极参与了文学、艺术、教育、科研、新闻、建筑、宗教等多个领域的工作，取得了显著的文化成就。他们在哈尔滨、上海等城市创建了俄罗斯学校、图书馆、出版社、报社、杂志社等文化机构，推动了中国与俄罗斯之间的文化交流。

在文学方面，俄罗斯侨民作家创作了大量优秀的作品，如什梅廖夫的"中国俄罗斯侨民文学丛书"，这些作品反映了俄罗斯侨民对革命时事的看法、对俄罗斯传统文化的眷恋，以及对家乡故土的思念。

在艺术方面，俄罗斯侨民艺术家们在中国举办了各种艺术展览和演出，如绘画、雕塑、音乐、戏剧等，为中国艺术领域注入了新的活力。

在教育方面，俄罗斯侨民教育家们在中国开展了教育事业，为中国培养了大量人才。

在科研方面，俄罗斯侨民科学家们在中国进行了许多科学研究，促进了中国科学技术的发展。

在新闻方面，俄罗斯侨民在中国创办了多家报纸和杂志，如《中国导报》《东方杂志》等，为中国人民提供了了解世界的重要窗口。

在建筑方面，俄罗斯侨民建筑师们在中国设计了许多具有俄罗斯风格的建筑，如哈尔滨的索菲亚教堂等，这些建筑成为中国城市的亮丽风景线。

　　总之，中国俄罗斯侨民在 20 世纪上半叶取得了丰富的文化成就，为中国的文化事业做出了重要贡献。

第七章　俄罗斯本土文学与境外文学的关系

第一节　欧洲国家俄罗斯侨民文学

一、欧洲的俄侨迁移

欧洲的俄侨迁移主要指 20 世纪初至中叶，大量俄罗斯人从俄本土迁移至欧洲其他国家的现象。欧洲是俄侨主要的分布地区，据统计，大约 90％以上的俄侨都在欧洲国家。以东欧为例，在 19 世纪末期，沙俄开始推行大俄罗斯化政策后，俄罗斯人开始了迁居波罗的海地区的第一次浪潮。受到经济贸易活动影响，立陶宛在 1925 年至 1929 年期间俄罗斯人占比约为 3％，拉脱维亚 1935 年普查显示俄罗斯人比例为 18.8％，爱沙尼亚 1934 年普查显示俄罗斯人比例为 8.2％。20 世纪 40 年代之后，苏联在各国谋求更深刻的影响力，受到原住民被驱逐、战争冲击、推行俄罗斯化等因素影响，40 至 50 年代的俄罗斯人大规模迁入上述三个国家，三个国家 1959 年的普查结果显示，爱沙尼亚和拉脱维亚的俄罗斯人占比近 30％，立陶宛的俄侨总量超 50 万人。

在此时间段内，俄侨向欧美的迁移整体可以划分为三条路线。其一是向波罗的海沿岸为主的东欧国家的迁移，其二是向英法德为主的西欧国家的迁移，其三是以犹太人为主的向美国的迁移。

这一迁移过程可分为以下几个阶段。

一是俄国革命时期（1917 年）。随着俄国十月革命的爆发，一批批俄国贵族、商人、知识分子和艺术家害怕政治迫害，纷纷开始逃离俄国。他们中的许多人选择了欧洲作为目的地，特别是法国、德国、英国等国。

二是 20 世纪 20—30 年代。在这一时期，苏联政权逐步巩固，国内政治环境复杂。许多对政治制度不满的俄罗斯人，尤其是知识分子和艺术家，继续逃往欧洲。此外，由于苏联与欧洲国家之间的政治和经济矛盾，一些在苏联工作的欧洲人也被迫离开苏联。

三是第二次世界大战期间（1939 年至 1945 年）。战争爆发后，欧洲各国陷入混乱。苏联在战争初期与纳粹德国签订《苏德互不侵犯条约》，许多俄罗斯人担忧战争后果，再次选择离开欧洲。然而，随着战争的发展，苏联成为同盟国之一，一部分俄罗斯人开始返回欧洲。

四是 1945 年至 20 世纪末。战后，欧洲各国陆续恢复秩序。此时，苏联国内政治稳定，但与西方国家关系紧张。许多俄罗斯人继续寻求政治、文化和经济上的自由，于是再次迁移至欧洲。这一时期，德国、法国、奥地利等国成为俄侨的主要目的地。

五是 21 世纪以来。随着全球化的发展和欧洲一体化的推进，俄罗斯人迁移至欧洲的趋势仍在继续。一方面，欧洲国家对俄侨的接纳程度不断提高；另一方面，俄罗斯国内的政治、经济和社会压力仍促使人们寻求更好的生活条件和发展机会。

总之，欧洲的俄侨迁移是一个漫长且复杂的过程，涉及政治、文化、经济等多方面原因。在不同历史时期，迁移的原因和规模有所不同，但总体上呈现出持续性、多样化的特点。

二、集中于法国的俄侨文学创作与传播

法国巴黎自十月革命以来就成了俄侨在欧洲的文化生活中心。它自然是第三次侨民浪潮的主要流向地之一。聚集在巴黎的俄侨作家为了发表作品，创办了一系列刊物。

旅法俄侨对后代的教育和俄侨学者对俄国文化的研究和创作，

使他们创造出了举世瞩目的文化成就，他们的文化成就在文学、宗教、哲学、音乐、绘画、历史和科技等各个领域都非常突出，其中最显著地体现在文学和宗教上。许多著名的俄侨文学家在流亡法国期间创作出了许多优秀的文学作品，这些文学作品或表达对苏维埃政权的不满，或展现流亡生活的艰苦，或抒发对往昔生活的回忆和对祖国的热爱。被誉为"当代小说之王"的弗拉基米尔·纳博科夫是一位多产作家，他的作品有《天赋》《洛丽塔》《普宁》《微暗的火》等，他还将亚历山大·普希金的诗体小说《叶甫盖尼·奥涅金》翻译到西方世界，他的作品不仅在俄侨中广泛流传，而且还在国际上赢得了卓著的声誉。19 世纪末 20 世纪初俄国最有影响力的作家德米特里·梅列日科夫斯基创作出了许多优秀的文学作品，主要有《无名的耶稣》《保罗一世》《十二月十四日》《死与复活》等。这些优秀的文学家中最著名的就是生活在巴黎的伊万·布宁，他作为俄国著名的现实主义作家，有许多优秀的作品，如《暗径》《阿尔谢尼耶夫的一生》《中暑》《米佳的爱情》等，其中要特别提到《米佳的爱情》，它使他在 1933 年获得了诺贝尔文学奖，成为俄罗斯第一位获得此殊荣的作家。他获得诺贝尔文学奖这一事件，在俄侨界产生了重大影响，这表明诺贝尔委员会对俄国流亡文学的认同，其实也就是主要西方国家对俄国流亡文学的认同，更加增加了俄侨学者进行文学创作的自信心，使俄侨知识分子更加确认他们继承和发扬俄罗斯文化的使命，正如罗伯特·哈罗德·约翰逊所说，1933 年伊万·布宁获得诺贝尔文学奖，使俄国侨民更加确定了自己担负的历史使命。

　　旅法俄侨中有许多优秀的知识分子，他们在流亡法国期间继续进行文化创作，在文学、宗教、艺术、历史和哲学等各个领域都取得了举世瞩目的成就。

第二节 亚洲国家俄罗斯侨民文学

一、俄侨的亚洲迁移

受到 20 世纪初期沙俄鼓励远东移民政策、罪犯流配和强制性工农业拓荒等政策影响，远东区域的俄罗斯人数量增长极快。在俄国和苏联局势较为动荡的时期，大量俄罗斯人移居至中俄边境或中国境内。沙俄统治时期大量俄国精英人才和商业人员沿中东铁路线生活，形成了 20 世纪初期的第一批中国俄罗斯侨民。十月革命、苏俄内战和二战时期，大批俄罗斯难民出逃，其中远东的白军裹挟着难民，分别从中国东北、新疆和内蒙古三个方向进入中国，他们中的大部分人都留在了东北、新疆，中国接纳了俄侨难民约 10％至 20％的份额。

据文献统计，俄侨的亚洲迁移和聚居区域主要集中于以哈尔滨、上海、天津、青岛和北京为代表的中国城市，研究亚洲国家的俄罗斯侨民文学核心是对中国俄侨文学的研究。

二、矛盾中丰富——中国俄罗斯侨民文学的文学性与文化性

中国俄侨文学的创作核心主题之一就是"爱中国"。这种爱不仅仅是俄侨对流亡地的简单情感，更是一种深层次的、复杂的情感。对于俄侨来说，中国不仅仅是他们流亡的地方，更是一个避风的港湾、一个慷慨的朋友、一个让他们重新树立自信和找到自我的坐标。俄侨作家把中国称为第二祖国、第二故乡，他们像对自己的祖国一样深深地眷恋和依赖着中国。他们的作品中充满了对中国这片土地的赞美和敬仰、对中国文化的热爱和尊重。他们用文学表达了对中国的深深眷恋和无尽思念，他们的作品是对中国这片土地的深情告白。他们在中国找到了新的希望和新的生活，他们对中国充满了热爱和感激。

（一）探索情感的依托与生活归宿

中国俄侨文学，相较于欧洲俄侨文学和俄罗斯本土文学，独树一帜。这得益于中国俄侨作家大多在中国生活了数十年，他们在吸收西方文化的同时，也将中国东方文化融入作品之中。这种文化交融对中国俄侨作家的性格、思想和文字产生了深远的影响。在中国生活的岁月里，俄侨作家不仅受到了西方文化的熏陶，还深入接触了中国传统文化。这使得他们的文学作品既具有西方文学的理性与批判精神，又呈现出中国文学的含蓄与内敛之美。这种独特的文化融合使得中国俄侨文学独树一帜，成为中俄文化交流的结晶。此外，这种文化交融还使得中国俄侨作家对自我身份有了更为深刻的认识。他们在创作过程中，不断探索身份认同和跨文化交际的主题，以此表达他们在中俄文化夹缝中寻求归属感的愿望。这种独特的身份认同和跨文化交际使得中国俄侨文学在俄罗斯文学史上具有重要地位。

俄侨文学在题材上与俄罗斯境内文学显著不同，大量融入了中国元素。这种文学不仅描绘了俄罗斯生活和俄侨生活，还展现了中国生活的丰富多彩。几乎所有的俄侨作家都在作品中涉及中国，他们从多个角度描绘了中国的一切。他们的作品中，中国题材丰富多样，包括城市风貌、建筑特色、文化习俗、语言风格、宗教信仰、哲学思想、孝道传统、民间艺术、民间传说以及自然生态等。这些作品充分展示了俄侨作家对中国的深刻理解和热爱，使读者能够感受到他们在中国的生活经历和对中国的独特情感。很多作家都描绘了第二祖国那最珍贵的一角。其中的代表作品有莉迪娅·哈茵德洛娃的《中国犁过的田地》，叶列娜·达丽的《献给第二祖国》，玛利娅·维吉的《中国风景》和《在中国的农村》。

中国俄侨文学的创作内涵丰富，融合了西方文学的热情豪放与中国文学的婉约细腻。在这类作品中，描绘中国的每一个字、每一句话都充满了俄侨作家对中国由衷的热爱。对于他们来说，中国城市、中国人民以及中国文化都具有独特的意义、韵味和风采。这些作品展示了俄侨作家对中国文化的深刻理解和热爱。他们在作品中描绘了中国的美丽景色、丰富多彩的文化习俗以及独特的人文风情。这些作品不仅表达了作家对中国的眷恋之情，还展示了他们在中国的生活经历和对中俄文化交流的渴望。

俄侨作家在中国各地留下了丰富的足迹，他们曾侨居或游历过哈尔滨、齐齐哈尔、安达、长春、沈阳、大连、北京、天津、杭州、宁波、苏州、上海等城市。这些城市成为他们创作的灵感来源，他们的作品中充满了对中国的深情厚谊。哈尔滨，作为俄罗斯侨民在东方的中心、中国俄侨文学的摇篮和发源地，更是吸引了众多俄侨作家的目光。他们在哈尔滨的街头巷尾寻找创作灵感，用深情的语言描绘了这座城市的美景和风土人情。他们的作品中，既有对哈尔滨自然景观的赞美，也有对风土人情的深刻描绘。在这些作品中，哈尔滨成为俄侨作家表达热爱的重要主题。他们以哈尔滨为名，创作了许多脍炙人口的作品，如阿尔谢尼·涅斯梅洛夫的《哈尔滨的诗》、尼古拉·沃赫金的《哈尔滨》、阿列克桑德拉·巴尔考的《哈尔滨的春天》和《春天在哈尔滨》、叶列娜·伏拉吉的《回忆哈尔滨》、维克多里娅·扬科夫斯卡娅的《哈尔滨的春天》等。这些作品都不同程度地表达了他们对哈尔滨的特殊情怀，使哈尔滨成为中国俄侨文学中一个重要的符号。

（二）文学作品中丰富的情感与家园建设

俄侨对哈尔滨建设的贡献是显而易见的。可以说，如果没有中国俄侨的努力，就没有如今被人们称为"东方莫斯科"的哈尔滨。他们忘记了自己作为流亡者的身份，亲手开拓和建设了这个富有俄罗斯风格的中西合璧的美丽城市。在哈尔滨，俄侨们将俄罗斯的文化和建筑风格带到了这里，将其与中国的传统文化和建筑风格相互融合，形成了一种独特的城市风貌。他们在这里建立了学校、医院、教堂等设施，为哈尔滨的发展打下了坚实的基础。哈尔滨的中央大街，是俄侨们留下的一个重要印记。这里处处是俄罗斯风格的建筑，让人仿佛置身于莫斯科的街头。而哈尔滨的许多著名景点，如索菲亚教堂等，也都是俄侨们留下的杰作。此外，俄侨们还在哈尔滨的经济建设和发展中发挥了重要作用。他们带来了先进的生产技术和理念，推动了哈尔滨的工业化和现代化进程。可以说，没有俄侨们的贡献，就没有哈尔滨今天的繁荣和发展。可以说俄侨对哈尔滨建设的贡献是巨大的，他们的努力和付出，使得哈尔滨成为中国的一颗璀璨明珠。他们的贡献将永远被人们铭记在心。就像米哈伊尔·什梅谢尔说的："我们，因为圣彼得堡而忧伤，但对它的忧情，并不强烈，因为哈尔滨的俄罗斯面貌，让我们与痛苦的流亡和解。"①俄侨作家希望历史能记住他们在中国生活的岁月，希望后人能看到他们在哈尔滨留下的遗迹："……工程师，领子解开着。军用水壶。卡宾。这里我们要兴建一个新的城市，给它起个名——哈尔滨……亲爱的城市，你高傲、匀称，这样的一天将会来临。人们不会再记起这史实：建城时俄罗斯人也曾参与。纵然这样的命运很苦涩，但我们不会垂下眼睛：请记起我们，历史老人，请记起我们这一群人……"②他们永远不会忘记在这里挥洒的汗水和泪水，更不愿被这个城市、被历史所遗忘。如今，哈尔滨中央大街上，涅斯梅洛夫曾寄居过的楼房依然矗立着，在夜晚柔和的街灯照耀下显得安静而祥和，美丽又神秘。站在静谧的拐角楼前，人们手里握着诗人写作的一页诗笺，绘声朗读着。那一刻，仿佛能感受到诗人阿尔谢尼·涅斯梅洛夫在多年以前，坐在顶楼里的写字桌前，眉头微皱，凝思创作的情景。或许，他也在憧憬多年以后的仲夏夜晚，人们会站在这里，手里握着他写作的诗笺，绘声朗读着。哈尔滨这座城市，见证了无数俄侨作家的创作与梦想。他们用文字描绘了这座城市的美景和风土人情，使哈尔滨成为中国俄侨文学中一个独特的符号。

（三）记录并弘扬中华民族节日精神

春节，这个具有深厚历史底蕴和丰富文化内涵的节日，堪称中华五千年的历史和传统习俗的瑰宝。它象征着团结、繁荣，寄托着人们对未来的美好期望。在这片土地上，许多俄侨度过了多个春节，

---

① 李延龄主编：《哈尔滨，我的摇篮》，顾蕴璞、李海译，哈尔滨：北方文艺出版社，黑龙江教育出版社，2002 年，第 130 页。

② 李延龄主编：《哈尔滨，我的摇篮》，顾蕴璞、李海译，哈尔滨：北方文艺出版社，黑龙江教育出版社，2002 年，第 19-21 页。

他们融入当地文化，亲身体验并欣赏着这个独具魅力的节日。在中国生活的俄侨们，深受春节喜庆氛围的感染，将这一独特的文化现象带入了他们的作品中。尼古拉·斯维特洛夫的《中国的新年》便是其中的佳作。这首诗歌生动地描绘了中国人欢度新年的方式和习俗，"咚咚咚！锵锵锵！到处都是欢乐的声响"，让人仿佛置身于春节的热闹氛围之中。这首诗以其独特的表达方式，生动地展现了中国农历新年的传统和习俗。在诗中，几乎每个词都具有浓厚的中国特色，如鼓、锣、鞭炮等，这些器具都是中国人过年时不可或缺的部分。在中国，人们在春节时祈求神明保佑，祈祷平安如意。这种信仰的真谛在诗中得到了体现。同时，诗中提到放炮驱赶妖魔，这一习俗源于中国民间的古老传说，也为诗歌增添了丰富的文化内涵。这首诗如同一幅生动的画卷，展现了锣鼓喧天、鞭炮齐鸣、辞旧迎新的热闹景象。它充分地描述了中国民间传统和风俗习惯的独特魅力，让读者仿佛置身于中国新年的喜庆氛围之中。通过这首诗，作者成功地将中国新年的美好氛围和丰富习俗传递给读者，让人们更加了解和热爱这个充满喜庆与团圆的节日。

诗人阿列克桑德拉·巴尔考的诗歌作品《阴历新年》从一个更加人性化、主观的角度，描绘了中国农历新年的主要习俗——团聚。诗中提到，"按规矩相互拜完了年"，展现了中国人过年时尊敬长辈、彼此祝福的优良传统。在这首诗中，巴尔考将中国新年的喜庆氛围和团圆的美好景象展现得淋漓尽致。她亲身经历并感受到了中国新年亲朋团聚的温馨，以及相互拜年、彼此祝福的民间传统。诗中描述的"节日烟雾笼罩的人们，欢度大年初一的夜晚"，以及"客主一块打麻将，在桌前"的场景，无不透露出春节团圆的氛围。在春节这个寓意着团圆、和睦的节日里，巴尔考的《阴历新年》让人们共同感受着新年的喜庆与温馨。

（四）文学创作中的中国古典艺术

俄语诗歌虽以其优美的文字和协调的韵律而著称，但对于许多俄侨诗人来说，汉语的独特性使他们对中国诗歌产生了更为浓厚的兴趣。这种兴趣不仅源于汉语的优美和深奥，还在于中国诗歌所传达的哲学思想和人文精神。在俄侨诗人的眼中，汉语的韵味和表达方式独具特色，既能抒发细腻的情感，又能展现宏大的意境。这种语言的美感使得中国诗歌在他们心中占据了一席之地，激发了他们学习和创作的欲望。他们试图通过学习汉语，更深入地了解中国文化，从而丰富自己的诗歌创作。同时，中国诗歌中蕴含的哲学思想和人文精神也是俄侨诗人热衷于其研究的原因。在中国诗歌中，他们找到了对生活、爱情、自然等主题的独特诠释，这些诗歌所表达的情感和价值观使他们产生了强烈的共鸣。在这种文化交流的过程中，俄侨诗人不断吸收中国诗歌的精髓，将其融入自己的作品中，形成了一种独特的艺术风格。

在一些俄侨诗人中，对中国古典诗词的格式韵律的兴趣不仅局限于欣赏，他们还对唐宋时期的著名诗人及其作品进行了深入研究。例如，俄侨诗人尤斯吉娜·克鲁津施坦因-彼得列茨，她自1906年起在中国生活了长达四十年，对这片土地充满感情。在中国生活的岁月里，尤斯吉娜深深被中国文化所吸引，特别是唐朝诗人李白的作品。她热爱阅读和研究李白的诗歌，对其作品有着深入的理解和领悟。在她眼中，李白是一位充满才情和浪漫精神的诗人，他的诗歌既有豪放不羁的气概，又有婉约柔情的味道。深受李白诗歌的启发，尤斯吉娜创作了一首名为《李太白》的诗歌。在这首诗中，她从一个异乡人的角度，描绘了她所理解的李白形象。这首诗歌不仅表达了对李白本人的敬仰，也展现了对中华文化的热爱和尊重："他不需要荣誉也不需要金钱，他思念的是茫茫的绿色大地。有一天，他在河边，高高兴兴，醉醉醺醺，忘记了什么事可做，什么事不许，他大喊了一声：'拿月亮来！'他举着樽不慎坠入水域。朋友们不胜惊讶，可怜这个怪人：他受宠于生活、人民和宫廷，杨贵妃亲自为他挥摇过羽扇，不止一次地向他微笑，表示垂青……诗仙李太白是千古永恒的人物。"①克鲁津施坦因-彼得列茨对中国古典文化有着

---

① 李延龄主编：《松花江畔紫丁香》，李延龄、乌兰汗译，哈尔滨：北方文艺出版社，黑龙江教育出版社，2002年，第324-325页。

深厚的了解，这使得她能够创作出富含深意的诗歌。

俄侨诗人在作品中描绘了一个斑斓的中国，用内心感受诠释了一个丰富的中国。每个俄侨心中都有一个独特的中国印象，但有一点始终如一，那就是他们深藏在心底的对中国的热爱之情。

第三节　俄罗斯本土文学与境外文学的交流与互动

俄罗斯侨民文学被誉为流亡的文学，是流浪的艺术。20世纪出现了多次大规模的俄侨流亡浪潮，这些流亡浪潮都是在国内或对外战争的背景下发生的。这些流亡浪潮分别发生在苏维埃政权初始时期和苏联时期。在这些时期，俄罗斯人民因为各种原因，如战争、政治斗争、经济困难等，纷纷离开祖国，前往其他国家。也正是这些流亡浪潮共同组成了俄罗斯侨民文学的历史。侨民文学是一种特殊的文学形式，它反映了侨民在异国他乡的生活经历和心境。侨民文学不仅具有很高的文学价值，而且也反映了侨民对祖国的深深依恋和对文化的深深尊重。总的来说，俄罗斯侨民文学是海外的文学，是流浪的艺术。它反映了侨民在异国他乡的生活经历和心境，具有很高的文学价值。

一、俄罗斯本土文学与侨民文学的历史关联

革命的鲜血与火光掀起了俄侨文学的第一次浪潮。1917年俄国二月革命爆发，革命成为当时的大浪，将俄国与世界相接。然而，接踵而来的国内斗争导致了落后贫困、炮火不断的尴尬境遇，使学者们陷入了无比糟糕的境遇。当时学者们在言论或出版方面的自由受限，对于学术界来说，负面的影响与压抑的气氛一同蔓延着。随着"白银时代"的开启，众多文学护持者一边躲避着四处的炮火，一边努力在异国他乡的土地上呵护着创作之花的生长。对于侨民文学来说，革命是推动其首次浪潮的主要力量，二战则直接掀起了俄罗斯侨民文学的第二次浪潮。苏联人民在战争与德军的高压下穿过

战区长途避难，在他国脱离熟悉的故乡，对残酷的现实进行深刻的反思，进而创作了许多发人深省的文学作品。第三次浪潮则是出于美苏两大阵营的对立与冷战，意识形态的分歧与混乱并未阻碍作家们短暂的创作自由，但不可避免地阻拦了社会主义和现实主义作品的传播，其中包括被官方禁止出版的作品，其只能通过地下传播才得以保留。政治对立带来的冷战僵局一时难以解开，侨民文学作家们也遭遇了被逮捕、驱逐出境等多种迫害。

总的来说，俄侨文学的发展经历了三次浪潮，每次浪潮都受到了当时社会背景的影响。从革命的鲜血与火光，到二战的炮火，再到冷战的对立，这些历史事件都为俄侨文学的发展提供了动力。

二、伴随"第三次浪潮"兴起的侨民文学回归潮流

在 20 世纪五六十年代，苏联经历了关键的转型期。在此期间，苏联当局对 20 世纪 30 年代至 50 年代初所犯的个人崇拜及破坏法治的错误进行了深刻反省与批判，在对外关系上采取了谨慎的开放政策，使得一些人去往了西方。随着"解冻"思潮的兴起，揭露社会疑难现象的社会批判文学盛行一时，思想界和文学界与保守派的激烈斗争不断。与官方文学并存的地下文学发展迅速，一些作家设法把他们的作品集送往国外发表。到了 20 世纪 70 年代，苏联当局放松了对公民的出国限制，相当一部分作家随着一直延续到 80 年代的第三次移居潮，纷纷离开苏联，前往他国。他们与被驱逐的作家一起形成了俄侨文学的第三次浪潮。

这些作家的作品不仅揭示了社会疑难现象，而且与保守派进行了激烈的斗争。他们的作品在地下文学中发展迅速，成为文学界的重要力量。尽管面临着种种困难，这些作家仍然设法把自己的作品集送往国外发表，以期让更多的人了解他们的思想和作品。他们的作品不仅具有很高的文学价值，而且对文学界的发展产生了深远的影响。直至苏联解体，俄侨文学终于凭借其独树一帜的文学精髓及独特的文学内核，在浩瀚的文学史上赢得了属于自己的宝贵位置。

三、俄侨文学与其本土文学的文脉联结

俄侨文学的三次浪潮与其本国的政治制度和社会局势的变化密切相关。20世纪的俄侨文学与俄本土文学最根本的不同依然是意识形态的分歧、不同社会制度的选择、不同世界观和价值观的界定，而这些恰恰是侨民作家自我肯定和自我表现的基础。侨民作家取得的成就有目共睹。俄侨文学和俄本土文学属于同一民族同一语言的文学。

（一）饱含对故国的深深眷恋之情

异国他乡的生活，使大部分侨民作家对俄罗斯有一种深深的怀念之情。在俄侨文学的第一次浪潮中，对往昔生活的回忆和对祖国的依恋成为作家关注的热点议题。当时，自传性作品和回忆录大量涌现，如伊凡诺夫的诗集《蔷薇》、乔尔内依的诗集《童年的岛》、扎伊采夫的《格列勃的游历》、茨维塔耶娃的《被征服的灵魂》、马科夫斯基的《在白银时代的帕尔纳斯山上》等。这些作品不仅抒发了作者对俄罗斯文化的眷恋，更表现出他们的愁苦和隐痛。这是保存精神文化的意识使然，就连成为美国公民的纳博科夫，即便用俄语、法语、英语创作，他的许多诗歌、小说也反映了他在俄罗斯度过的童年、少年生活以及俄国流亡者的心态和境遇。像其他侨民作家一样，纳博科夫向西方介绍、翻译了包括《叶甫盖尼·奥涅金》《伊戈尔远征记》在内的俄罗斯文学名著。这些作品不仅可以使西方读者更好地了解俄罗斯文学，同时也为俄侨文学的发展做出了重要贡献。

（二）延续俄式文学风格

大多数俄侨作家特别尊重俄罗斯文化与文学传统。这首先表现在一批俄侨作家以历史上著名作家的生平为题材进行创作，如扎伊采夫的《屠格涅夫传》、莫秋尔斯基的《果戈理的经商之路》《陀思妥耶夫斯基》等。其次是俄侨作家研究俄罗斯文学大师的作品，并在实践中学习和借鉴大师的创作经验，如列米佐夫的《事物之火》，其论述和分析了普希金、果戈理、莱蒙托夫、屠格涅夫等人的作品。

再次是俄侨作家秉承了俄罗斯文学反映现实的传统，以及从审美、伦理、政治等方面对读者产生影响的功能。俄侨作家努力使自己的创作与国内的现实和社会思潮联系起来，关心社会生活，以改造社会和变革现实为己任。第二次浪潮中希里亚耶夫等人的小说和诗歌，大部分反映了战前和战争爆发初期的苏联生活，表现了战争期间某些人对于个人生存发展的不同选择之主题。

（三）表达时代主题下的抨击与思考

在第一次浪潮中，一批年轻的俄侨作家积极吸取西方现代主义文学经验，投身于欧美文学的新潮流中。早在 20 世纪 30 年代，费尔棒就将乔伊斯和普鲁斯特的意识流方法应用到自己的创作中，展示了他对西方现代主义文学的深入了解和独到见解。在中国居住了 30 年的瓦列里·别列列申，其诗作深受中国文化的影响。他的作品融合了东西方文化的精华，展现了他对诗歌的独特理解和创作才华。诺贝尔奖得主布罗茨基广泛吸收英美等国的文化精华，将俄罗斯传统与西方现代主义结合起来，取得了辉煌的成绩。布罗茨基保持着与俄罗斯诗歌传统的紧密联系，他以普希金代表的 19 世纪俄罗斯诗歌和曼德尔施塔姆代表的阿克梅派为底色，在孤独困惑与乡愁中，表现对社会人生的人文关怀，同时他也抨击西方社会普遍存在的对文化的漠视。布罗茨基的诗歌作品体现了西方现代思想界对生命意义和生存状况的哲学思索。他对诗歌的独特见解和创作才华使得他的作品在全世界范围内都受到了广泛的关注和好评。

四、俄侨文学的回归与消亡

俄侨文学的回归带来了俄罗斯文学的欢乐景象，但回归也使俄侨文学走向消亡。在梳理俄侨文学的三次浪潮时，笔者发现俄侨作家确立自我及表现自我的基础与俄本土文学截然不同，这实际上是意识形态的分歧、不同社会制度的选择和不同的世界观和价值观所致，而这些正是俄侨文学赖以存在的前提。俄侨作家为实现理想而呐喊创作，而当苏联解体，国内政治制度和社会局势发生重大变化、其所追求的民主和自由降临俄罗斯时，他们曾经强烈批判、抨击的对象一夜之间消失了，他们感到茫然和失落，这也意味着他们愤怒呐喊的使命告一段落。而变革后的现实也让俄侨作家感到失望，他们甚至因而怀念祖国的过去，怀念自己的过去。这是多么尴尬的处境。作为 20 世纪俄罗斯文学的重要组成部分，俄侨文学随着同时代的另外一部分文学——苏联文学的消亡而消亡。尽管俄侨文学在历史上留下了丰富的作品和深远影响，但随着时间的推移，它已经逐渐被人们遗忘。然而，我们必须意识到，20 世纪的百年间，俄罗斯侨民文学在俄罗斯文学的演变中扮演了至关重要的角色，并对世界文学的进步做出了显著的贡献。

第四节　境外文学对俄罗斯本土文学的贡献

每一种文学都有一定的精神品格和价值取向。可以说俄罗斯侨民文学是高尚的、严肃的文学，它具有特殊意蕴。俄侨作家并没有因为生活际遇的变化、环境的变异而给自己的创作抹上消极颓废的阴影。他们循着真善美的轨迹，谱写着美的文学。这些作品一般以人道主义为尺度，从文化的视角反映和评说动荡岁月中出现的种种现象，探寻着个人命运、俄罗斯侨民的出路乃至民族前途。在其著作中，大多数作家关注的基本的主题是对现实的冷峻思考、对精神困惑的书写、对思乡情结和怀旧情绪的表现，这些是在特定的政治背景、社会地位、生活环境等因素影响下形成的。人性和人道主义的光辉在俄罗斯侨民文学中也有闪现。

在世界现代文学史、俄罗斯文学史上俄罗斯侨民文学都是独特的存在。它的特殊性是其他文学对象罕有的，其本身既是特殊的地域文学现象，也是跨国、跨民族、跨文化的文学现象。另外，中国俄罗斯侨民文学是在两国不同背景、不同文化模式下生活的特殊群体情感的物化产物，其蕴涵着不同层面的文化精神，体现了不同民族的主观意识。中国文化深深影响着许多中国俄罗斯侨民作家的作品，可以说当时的中国文化几乎影响了俄罗斯侨民作家的绝大部分创作。他们在对中国景物、风光、民俗进行描写的同时，很多东方特有的词汇和意象还不时会出现在其作品中，更有作家将对中国东北及少数民族地区的中国民俗的记录和阐释作为其创作的主要内容。

本章小结

总结来看，俄罗斯侨民文学不只是本土文学，更是世界文学。俄罗斯侨民在欧洲、亚洲等国长期侨居，实现了其文学创作与各地文学的深刻交融，进而形成了新的创作文体特征，集中于法国和中国哈尔滨等地的侨民文化及其文学创作也对本地及俄罗斯文化产生了极为深刻的影响。面向未来，俄罗斯侨民文学在深化与本土文学连接的同时，作为世界文学的重要组成部分正在积极拓展交流与互动的边界，基于侨民文学历史关联和回归潮流等深化的文脉连接与创新创作也预示着俄罗斯侨民文学将会持续在世界文坛上发光发热，以历史重现、风格延续和内容创新等方式激发更为深刻的当代影响。

结　语

　　本书以中国俄罗斯侨民侨居中国的不同历史阶段与主要区域为主线，详细剖析了中国俄罗斯侨民文学形成的历史背景、不同文化内涵与风格特征、中国元素在创作内容中的具体体现、中俄文化的碰撞等，最终聚焦围绕中国俄罗斯侨民文学的情感内核及其所表达出的文学性、文化性、社会性和历史性文学精神展开深刻讨论。从中国俄罗斯侨民文学发展与演变的进程来看，近现代史中俄罗斯侨民涌入中国，并深刻融入中国社会现实，为中国俄罗斯侨民文学创作提供了丰沛的文化土壤。在中俄文化理念和艺术元素碰撞交融的背景下，俄罗斯侨民文学实现了生根于中国文化背景，并展现大量中国元素的特质性文学艺术作品创作。在意识观念、日常生活、商业活动和政治活动影响下，中国俄罗斯侨民逐渐弥合了语言差异、文化习俗差异、人才生存空间差异等，传递了跨越国籍属性矛盾的价值认同、民族主义思潮和工人革命精神，并以侨民教育、文化交流和生活融合等广泛的社会生活交往，进一步丰富了中国俄罗斯侨民文化土壤，将对中国的感恩赞颂之情、对中国传统文化要素的认同喜爱之情、对中国本土信仰的求同存异理念、对中俄情感婚姻的深刻思考探寻以及对中国古典民族和文化艺术的认同与欣赏的中国元素融入中国俄罗斯侨民文学的具体创作之中，实现了兼具矛盾冲突和价值认同的文学艺术作品魅力呈现，也展现出了中国俄罗斯侨民文学作品及其所蕴含中国元素的亲情内核、友情内核、爱情内核与民族情感内核的丰富的文学艺术创作内容。

参考文献

[1] 〔新西兰〕布赖恩·博伊德. 纳博科夫传——俄罗斯时期（下）[M]. 刘佳林，译. 桂林：广西师范大学出版社，2009.

[2] 车春英，吴彦秋. 论俄罗斯侨民作家尼古拉·巴依科夫文学作品及其艺术特色 [J]. 青年文学家，2019（15）：103+105.

[3] 杜林杰. 巴黎俄侨文学团体"绿灯社"研究 [D]. 北京：中国社会科学院研究生院，2020.

[4] 〔美〕E. 弗洛姆. 追寻自我 [M]. 苏娜安定，编译. 延吉：延边大学出版社，1987.

[5] 〔俄〕弗·阿格诺索夫. 俄罗斯侨民文学史 [M]. 刘文飞、陈方，译. 北京：人民文学出版社，2004.

[6] 韩悦. 纳博科夫欧洲时期长篇小说的文化记忆研究 [D]. 北京：北京外国语大学，2023.

[7] 郝燕. 20世纪俄罗斯文学的多元化结构 [J]. 江西社会科学，2006（12）：139-141.

[8] 黑龙江大学俄语语言文学研究中心，编. 俄语语言文学研究（文学卷）[M]. 北京：人民文学出版社，2003.

[9] 黑龙江省地方志编纂委员会. 黑龙江省志 [M]. 哈尔滨：黑龙江人民出版社，1993.

[10] 贾立娇. 论中国俄罗斯侨民诗歌中的情感主题 [J]. 齐齐哈尔大学学报（哲学社会科学版），2014（2）：119-121.

[11] 金梅. 《苏满关于中东路转让基本协定》所涉及的国际法问题 [J]. 近代史研究，1990（4）：234-240.

[12] 〔美〕雷麦. 外人在华投资 [M]. 蒋学楷、赵康节，译. 北京：

商务印书馆，1959.

[13] 李萌. 缺失的一环：在华俄国侨民文学［M］. 北京：北京大学出版社，2007.

[14] 李兴耕. 十月革命后流亡到中国的俄国侨民及其出版物（20—30 年代）［J］. 国际共运史研究，1993（2）：41-45.

[15] 李兴耕等. 风雨浮萍：俄国侨民在中国（1917—1945）［M］. 北京：中央编译出版社，1997.

[16] 李延龄. 李延龄文集［C］. 哈尔滨：北方文艺出版社，2008.

[17] 李延龄，主编. 哈尔滨，我的摇篮［M］. 顾蕴璞、李海，译. 哈尔滨：北方文艺出版社，黑龙江教育出版社，2002.

[18] 李延龄，主编. 松花江晨曲［M］. 谷羽，译. 哈尔滨：北方文艺出版社，黑龙江教育出版社，2002.

[19] 李延龄，主编. 松花江畔紫丁香［M］. 李延龄、乌兰汗，译. 哈尔滨：北方文艺出版社，黑龙江教育出版社，2002.

[20] 李延龄，主编. 兴安岭奏鸣曲［M］. 冯玉律、石国雄、孙玉华、徐振亚，译. 哈尔滨：北方文艺出版社，黑龙江教育出版社，2002.

[21] 李延龄，主编. 中国，我爱你［M］. 李蔷薇、荣洁、唐逸红，译. 哈尔滨：北方文艺出版社，黑龙江教育出版社，2002.

[22] 辽左散人. 滨江尘嚣录［M］. 北京：中国青年出版社，2012.

[23] 林精华. 何谓"20 世纪俄罗斯文学"：来自西方斯拉夫学的建构［J］. 河南大学学报（社会科学版），2023（6）：60-68+154.

[24] 刘国瑛. 心态与诗歌创作［M］. 上海：学林出版社，1994.

[25] 刘宏伟. 中国俄罗斯侨民文学的中国文化元素浅究［J］. 北方文学，2017（33）：110-111.

[26] 柳成栋. 地名文化中的哈尔滨（上）［J］. 黑龙江史志，2019（3）：38-48.

[27] 卢威. 21 世纪俄罗斯后现代主义文学的发展流派［J］. 青年文学家，2015（32）：76.

[28] 吕元满. 在美国的俄罗斯侨民文学第三浪潮研究［D］. 内蒙

古：内蒙古师范大学，2011.

[29] 马良玉，宫丽艳. 近代哈尔滨俄侨群体发展与消亡历史考 [J]. 哈尔滨市委党校学报，2011（2）：87-90.

[30] 苗慧. 是俄罗斯的，也是中国的——论中国俄罗斯侨民文学也是中国文学 [J]. 俄罗斯文艺，2003（4）：75-77.

[31] 《庞进谈龙文化精要提出〈龙凤十不〉》，龙凤文化，http://www. loongfeng.org/pang-jin-tan-long-wen-hua-jing-yao-ti-chu-long-feng-shi-bu/

[32] 钱小萍. 丝绸文化的主要特征 [J]. 丹东师专学报，2001（1）：49-51.

[33] 荣洁. 俄罗斯侨民文学 [J]. 中国俄语教学，2004（1）：44-48.

[34] 荣洁. 中俄跨文化交际中的边缘语[J]. 解放军外语学院学报，1998（1）：39-44.

[35] 石绍庆. 邓中夏《中国职工运动简史》出版始末 [J]. 党史博采，2023（17）：40-43.

[36] 孙占文. 黑龙江省史探索 [M]. 哈尔滨：黑龙江人民出版社，1983.

[37] 田洪敏. 俄罗斯现代性释义的区域历史意识——以《剑桥现代俄罗斯文化指南》为中心 [J]. 河南大学学报（社会科学版），2023（6）：69-76+154.

[38] 汪介之. 20世纪俄罗斯侨民文学的文化观照 [J]. 南京师范大学文学院学报，2004（1）：37-42.

[39] 汪之成. 旧上海的俄国侨民 [J]. 社会科学，1994（7）：59-63.

[40] 王海涛，郭娉婷. 俄罗斯语言文学与文化研究 [M]. 北京：新华出版社，2015.

[41] 王晓兰. 跨文化语境下的俄罗斯侨民文学——以中国、美国的俄侨文学为例 [D]. 齐齐哈尔：齐齐哈尔大学，2013.

[42] 王亚民. 别列列申的中国情结和诗意表达[J]. 中国俄语教学，2008（2）：47-51.

[43] 王亚民. 从狂欢与杂乱中破茧：社会转型时期的当代俄罗斯文

学（1985—2000）［J］. 中国俄语教学，2022（1）：50-58.

［44］王亚民. 哈尔滨的俄罗斯侨民文学——以阿恰伊尔和佩列列申为中心［J］. 西北师大学报（社会科学版），2005（2）：83-86.

［45］王亚民. 中国现代文学与俄侨文学中的上海——以 20 世纪 20—30 年代为中心［J］. 兰州学刊，2015（8）：6-11.

［46］〔俄〕伊凡·亚历克塞维奇·布宁.《阿尔谢尼耶夫的一生》［M］. 张松林，译. 北京：北京出版社，2020.

［47］迟虹. 20 世纪上半叶俄罗斯文学中的童年叙事与文化记忆［D］. 哈尔滨：哈尔滨工业大学，2018.

［48］于学斌. 俄侨文献：20 世纪上半叶的中国记忆［N］. 中国社会科学报，2020-7-27（6）.

［49］余连祥. 中国丝绸文化概述［J］. 湖州师专学报，1994（4）：68-73+76.

［50］张芳丽. 回望"生命之流"——用生命哲学解读《阿尔谢尼耶夫的一生》［D］. 济南：山东师范大学，2016.

［51］张建华. 作为历史文化现象的20世纪20～30年代的俄罗斯波兰、南斯拉夫侨民文学［J］. 欧洲语言文化研究，2019（2）：99-112+200-201.

［52］张俊翔. 俄罗斯"三十岁一代"作家研究［M］. 南京：南京大学出版社，2019.

［53］张玉伟. 俄罗斯的新现实主义研究述评[J]. 俄罗斯文艺，2022（2）：89-99.

［54］朱红琼. 冷战召唤与文学应答——以俄罗斯第三次侨民文学浪潮为例［J］. 安徽文学（下半月），2013（10）：37-38.

［55］В. Казак. Лексикон русской литературы XX века. Москва, 1996.

［56］Валерий Перелешин. Жертва: Четвертая книга стихотворений. Харбин, 1944.

［57］Ekaterina, A. A Russian Story in the USA: On the Identity of Post-Socialist Immigration. *Open Cultural Studies*, 2023(1): 156-191.